오직
사랑만이

정희남 지음

도·서·출·판 **문화문고**

오직 사랑만이

발행일 | 초판 1쇄 2014년 5월 15일

지은이 | 정희남
펴낸이 | 고진숙
펴낸곳 | 도서출판 문화문고
책임편집 | 김종만
디자인 | 배경태
CTP출력 | 상지사피앤비
인쇄·제본 | 상지사피앤비
물류 | 문화유통북스
출판등록 | 제 300-2004-89호(2005년 5월 17일)
주소 | 110-816 서울시 종로구 자하문로 266, 612호
구) 서울시 종로구 부암동 129-8 울트라타임730 오피스텔 612호
전화 | 02-379-8883, 723-1835 팩스 02-379-8874
이메일 | mbook2004@naver.com

ISBN 978-89-7744-040-1 (03810)

* 책값은 뒤표지에 표시되어 있습니다.
* 저자와의 협의에 따라 인지는 붙이지 않습니다.
* 잘못된 책은 바꿔드립니다.

* 이 도서의 국립중앙도서관 출판시도서목록(CIP)은 서지정보유통지원시스템 홈페이지
(http://seoji.nl.kr)와 국가자료공동목록시스템(http://www.nl.go.kr/kolisnet)에서
이용하실 수 있습니다(CIP제어번호:CIP2014014266).

오직 사랑만이

- 정희남 -

이들 본연의 모습은 당당하고 용감하며
착하기 그지없는 천사들이거늘
인간들을 수호하기 위해
마당 한 켠에 묶여져 집 지킴이가 되어주고
희로애락의 시간 안에
기쁨이 되어주기도 하거늘

그런 너희들의 소중한 목숨을
사람들의 마음은 왜 한순간에 비수가 되어
난도질 하고 있는지

이 약하고 여린 죄 없는 생명들이
모든 사람들의 눈에 꽃처럼 어여쁘게 보여져
버림받지 않고
본연의 수명을 다하는 그날까지
행복한 동행을 하게 되기를 바랍니다.

| 차례 |

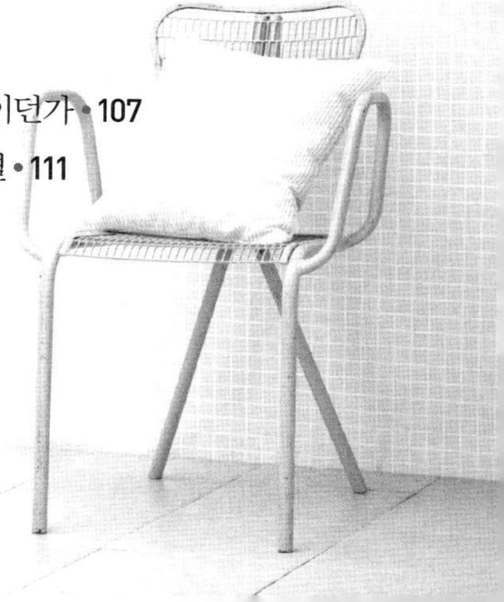

• 2장 • 시 보호소의 생명들

• 4장 • 생명의 기쁨을 나눈 귀한 인연들

추천의 글

정희남, 그녀는 누구인가 -생명을 밝히는 불꽃-

참혹한 세계전쟁을 일으킨 사람들은 모두 남자였다. 그들은 지도자라는 이름으로 존재했었다. 그 뒷켠에는 평화와 인권의 가치를 높이며 싸운 사람들이 있다. 그들은 여성이었다. 그들의 단호한 외침이 세상을 바꾸었다. 그들은 평범한 일상생활을 하던 주부이거나 어머니였다. 한 여성의 힘이 사회를 변화시킬 수 있었다.

비폭력운동으로 1976년 노벨평화상을 수상한 북아일랜드의 메어리드 코리건 마기르. 원주민의 인권운동으로 과테말라의 민주화를 이끌어, 역시 노벨평화상을 수상한 리고베르타 멘추 툼. 핵을 반대한 여의사 헬렌 캘디컷.

여기 또 한 사람의 여성이 있다. 그녀 역시 어머니였고 여성이었다. 그러나 그녀는 그들과는 달랐다. 그들은 부모나 형제가 살해당하거나 슬픈 개인사를 가졌다. 평화운동과 비폭력운동에 궐기해야 하는 숙명이었다.

그녀는 이러한 개인사 고통이 비폭력 운동 활동의 이유가 아니었다. 강력하고 공격적인 카리스마로 시위를 한 것도 아니었다. 인간의 권리를 위해 싸운 것도 아니었다. 그녀가 인간의 권리와 비폭력을 위해 싸웠더라면 사람들에게 박수를 받았을 것이다. 노벨상을 탔을지도 모른다. 그녀는 그들과는 달리 낮고 부드러운 목소리로, 사회적 약자가 되어 겪는 생명들의 부당한 고통을 영혼으로 호소했다.

항상 "외롭고 어려운 분들을 위하는 일에 조금이나마 일조를 하는 삶으로 만년을 보내자."라는 작은 꿈을 꾸며 살아가던 그녀는 어느 날 종견의 삶을 살다 늙고 병들어 버림받은 한 생명을 만나게 된다. 그 후 이어지는 유사한 경험들로 그녀는, 우리들 삶 속에 인간 외에도 우리와 같은 영혼을 가진 생명들이 있음을 알게 되었다. 그리고 이들이 사람들 편견으로 아비규환의 고통 속에 살고 있다는 것도 알게 된다. 그녀는 약자인 사람과 함께 동물들 또한 보호받아야 할 대상임을 절감하게 된다.

그리고 한국인들의 개식용에 대한 잘못된 인식과 정부의 동물법 모순과 실책, 생명을 향한 무관심이라는 벽에 직면한다. 그녀는 직접 동물보호와 학대받는 생명들을 살리기 위해 발로 뛰기 시작했다. 길거리 유기견을 찾아 먹이를 주고 아픈 곳을 치료해주며 동물들에게 폭력을 행사하는 주인이 있을 경우 난관을 뛰어넘어 주인으로부터 구조해온다.

사람들이 놓은 독극물을 먹고 고통스럽게 죽어가는 길고양이를 안고 병원으로 달리며 동물들의 터전을 철저히 빼앗고 살아가는 사람들의 비정한 마음을 보게 되었다.

쥐 끈끈이에 붙어 고통으로 울부짖던 어린고양이 형제들의 죽음을 보며 환영 받지 못하는 생명들의 번식을 줄이기 위해 길고양이들의 중성화수술에 앞장선다.

무책임한 사람들에 의해 버려져 동물고아가 되어버린 생명들의 삶에 도움이 되고자 유기견 보호소 자원봉사자가 되어 힘든 일을 하는 것은 물론 동물고아들을 돕기 위한 후원금도 꾸준히 지속하고 있다.

2005년 1월 개정된 동물법이 교묘하게 비껴간, 개고기 합법화의 함정을 파내어 많은 사람들에게 그 진실을 알리고자 노력하며 동물을 보호한다는 미명 아래 생명처리소가 되어갈 수밖에 없는 유기견 보호소의 불합리한 현실과 직면하며 막아낼 수 있는 방법을 실현해보고자 동물단체와 반려가족들에게 수없이 호소한다.

동물보호법 강화를 위해 (반려동물 식용근절) 노력해 달라며, 구조 동물과 반려동물에게 절실한 중성화수술을 실행에 달라며 소리친다.

그녀는 생명보호에 대한 젊은 세대의 의식과 세계화의 추세에 한국정부가 역행한다고 말하며, 정부와 사회 각계 각층의 지도자들에게 생명구제와 생명학대 금지에 동참해 주기를 꾸준히 탄원하고 있다.

생명경시 사상이 깔린 한국의 법제도 속에서 그녀는 절망의 길을 더듬어 오며 어떠한 상황 앞에서도 증거를 댈 수 없는 동물들의 참담한 아픔을 그들의 삶을 대변해 주고 싶다는 간절함을 가지게 된다. 밤을 새며 정부 관계자들에게 보낼 애탄서를 쓰는 등 동물들을 돕기 위한 그녀의 동분서주는 그녀를 가까이서 지켜보는 사람들을 감동케 하며 생명을 향한 인식의 전환을 갖게 한다.

경기도청 김문수 도지사께서 2009년 동물보호법 강화와 함께 애견복지센터를 건립한다고 발표했다. 그러나 완공시기가 돌아온다고 믿어온 어느 날 예산부족이라는 이유와 반대자들에게 밀려 취소가 되었다는 답을 듣게 된다.

동물로 태어난 것이 죄가 되어 언제나 순위 저 뒤편에서 서성이다 사라지는 동물복지 정책은 그녀가 이 세상을 향해 외치고자 하는 목적을 더욱 구체화 시킨다.

먹이를 향한 잘못된 인식과 생명에 대한 그릇된 가치관으로 인하여 무수한 생명들이 고통과 공포 속에서 살다 죽어가는 실태를 알게 되었기에 우리들이 다 알 수 없는 어둠속에서 고통과 공포에 떨고 있는 동물들을 위해 그녀는 끊임없이 작은 불꽃을 밝히고 있다.

그녀는 늘 가족에게 미안한 마음과 고마운 마음을 가지고 살아간다고 한다. 주부로 살면서 지극히 평범한 행복을 추구하며 살아가던 그녀가 왜 세상을 향해 이토록 절규하려 하는지 그 절규에 왜 우리들은 귀를 기울여야 하는지 지금부터 말 못하는 생명들을 대변하며 써내려간 그녀의 애탄서를 보며 함께 느끼며 깨달아보자.

그녀는 그녀의 딸에게 그리고 세상의 딸들에게 말한다.

세상에서 가장 귀한 보석은 내 사랑으로 약자가 행복을 얻는 순간이라고…."

역사 속에서 많은 여성의 힘이 인간에 대한 인간의 폭력을 멈추게 해왔다. 이제, 그녀의 '애탄서', 영혼의 목소리가 동물에 대한 '인간의 폭력'을 막으려 한다. 세상을 향하여 던지는 그녀의 생명구제와 생명학대 금지에 대한 '애탄서', 그 영혼의 눈물이 한국은 물론 전 세계의 노래가 되기를 바란다.

생명의 고통이 있는 곳에 그녀가 있다.

강희옥 작가

글을 시작하며

어느 날 문득 자신들의 의지와 상관없이 온 육신을 차압당한 채 울고 있는 생명들을 보게 된 이후 사람이기에 누릴 수 있었던 혜택이 무한하였음을 새삼 깨닫게 되었고 스스로의 양심을 다시 한번 깊이 되돌아보는 계기가 되었습니다.

사람에게 주어진 그 감사한 능력들이 미처 돌아보지 못한 한편에서 경악하리만큼 잔인하게 쓰여지고 있는 현실들과 직면하면서 아름다웠던 삼라만상의 우주가 잿빛으로 변하고 말았습니다.

이 땅에 태어난 것이 죄가 되어 세상의 차가운 인심에 떠밀려 고통의 긴 신음을 토해내며 숨을 쉬고 있으니 살아있는 것이다라고 느낄 수밖에 없는 그들은 감각과 감정을 지니고는 있으되, 자신이 겪고 있는 이유모를 고통들을 호소할 길이 없는 말을 하지 못하는 동물이란 생명들이었습니다.

폐부를 찌르며 다가온 그 찰나의 충격으로 평온하였던 저의 삶은 온통 가엾은 생명들의 비명으로 마구 흔들렸고 하나, 둘 세월을 거듭하며 저의 품을 파고드는 외로운 생명들의 영혼은 차마 밀어낼 수 없는 생의 화두가 되어 저를 가두었습니다. 그 참담한 시간 속에 정지되어 버린 듯 살아오며 저의 삶 속에서 풀어내야 할 오늘을 만들어 주었고, 하나의 과제가 되어버렸기에 동물들의 고통의 삶을 대변하고자 책을 출간하기 위한 기나긴 노력의 순간을 가져야 했었습니다. 이 책을 낸다하여 시민 정서에 얼마나 변화를 이루어 낼 수 있을까? 그리하여 박해받는 생명들에게 어떠한 이로움을 줄 수 있을까? 책을 내기 위해 몸살을 앓으며 써내려가는 이 시간들보다 거리의 고아들을 한 생명만이라도 더 구조하는 것이 온당한 것이 아닌가? 하는 숱한 생각들, 갈등과 고뇌는 언제나 저의 의식을 괴롭혀왔습니다. 나의 가족에게 미칠 영향은 없을까? 반대적 입장의 분들에게 상처를 드리거나 또는 질타를 받으며 상처를 받지는 않을까? 그러나 제가 그릇되었다고 판단하는 것은 어느 한 개인의 성향이기에 앞서 내가 아닌 다른 생명을 가볍게 대하는 패륜적 흐름이 사회적 정서로 이어져서는 안 된다는 것입니다.

참담한 생명들의 피눈물을 체험한 십여 년의 길. 도저히 알 수 없었던 강아지들의 언어, 고양이들의 언어가 들리기 시작하면서 봄날, 피를 토해내는 두견의 울음소리마저도 그 마음을 헤아리며 듣게 되었습니다.

숙명에 순응하며 때로는 인간의 부족한 일면을 고스란히 채워주기도 하는 고마운 생명들. 사람처럼 욕망이 충천하지도 잡다함에 메여야 하는 조건을 내거는 것도 아닌 누군가의 보호를 받고 있다는 안도감 하나로도 족함을 아는 너무도 충직한 생명들입니다. 그들(동물)이 없는 세상 인간도 살아갈 수 없으니 수가 넘쳐나 천덕꾸러기가 되어버린 무수한 생명들을 우리가 가까이 접하며 살아가는 생명들만이라도 과학(중성화수술)의 힘으로 수를 조절해주어 보다 많은 생명들이 저마다의 가치를 인정받는 삶을 살다 떠날 수 있도록 그렇게 상생의 길을 열어가야 할 것입니다.

수많은 목숨들을 초개같이 앗아버리고 그들의 터전을 무참히 빼앗는 것은 오직 이윤에 의존한 것이며 그릇된 먹이 습성에 의한 것입니다. 과욕으로 길을 잘못 든 것이니 잘못 들어선 길은 바로잡으면 되는 것이라 생각합니다. 충천하는 탐욕으로 무충(無忠), 무효(無孝), 무례(無禮), 무정(無情)의 흐름이 난무하는 이러한 메마른 국민정서를 회복하기 위해서라도 약자를 위한 사랑은 필수 항목이 되어야 할 것입니다.

자라나는 꿈나무들의 교육적 가치는 물론, 증가되는 반려가족문화로 야기되는 사회적 갈등을 해소하기 위해서라도 생명을 경시하는 무차별 학대와 도살은 종식되어야 하며, 그렇게 하기 위해서는 그들로 인해 얻어내는 과학의 힘을 그들을 돕는 길에 기꺼이 쓰이도록 국가가 보장해 주어야 할 것입니다. 그야말로 입법기관인 국회가 역지사지의 관점으로 돌이켜 고민해 보고 사람다운 해법을 찾아내야 할 것입니다.

편견의 문제, 인식의 문제, 이로 인하여 누군가의 학대로 육신이 갈갈이 찢어지고 갈라진 생명들, 죽음의 형장에서 도망쳐 나온 듯 난도질당한 몸, 안구가 돌출이 된 생명들, 이제는 죽겠구나!라고 느껴졌던 생명들이 하나 둘 다시 살아나 행복을 찾는다는 것, 죽음만을 기다려야 했던 지옥, 그 좁은 철장을 벗어나는 해방의 기쁨을 안겨주는, 누군가의 눈에는 가장 허섭스러운 허드렛일에 불과한 일들이 왜 현실을 인정하고 살면 편안하였을 한 여인의 삶에 그리도 힘겨운 집념의 길이 되고 보람의 길이 되었는지에 대해서도 헤아려 보셨으면 감사하겠습니다.

몰라서 저지를 수 있는 수많은 우리들의 과오, 그 반복들을 조금이나마 막아내야 한다는 간구함, 절망하고 앉아 한숨만 쉬기에는 가슴이 너무 아파 작은 희망이나마 현실로 만들어야내야 한다는 양심적 책임이 저를 놓아주질 않았기에 비록 수는 적을 지라도 공의(共議)를 모아 방패막을 친다면 가능할 것 같았던 이 숙제들을 내려놓지 못하고 갈증의 시간들을 참아낸 것입니다.

모든 사람들이 동물을 좋아할 수도, 그들의 마음과 교감할 수도 없기에 모두가 같은 생각을 하고 살아갈 수는 없는 것이니 반대 의견을 가진 분들의 마음을 존중하며 이해하고 있습니다. 다만 그분들에게도 우리들은 능력을 부여받은 사람들이니 사회적 약자로 살아가는 생명들을 동물이기에 앞서 하나의 생명체로 인정하며 인도적으로 그들의 삶을 배려해 달라는 것입니다.

수많은 동물생명을 희생시켜 얻어내는 과학의 힘으로 우리들이 생을 누리고 살아가듯 이제라도 상생의 기틀을 마련하는 계기를 만들어가야 함이 그들을 향한 사람됨의 양심일 것이며 고도로 문명이 발달된 시대적 흐름에도 부합하는 길이 아닐까 생각합니다. 또한 증가되고 있는 나의 이웃인 반려가족들을 향한 배려일 것이라고 생각합니다.

사람 또한 자신이 원하는 삶을 위해 숱한 비바람의 시련을 견뎌내노라 아파하며 살아가는데 동물들의 그러한 삶이 무엇이 그리 마음 쓸 일이냐고 생각하시는 다수의 분들이 보잘것없지만 무고한 생명들의 고통 그대로를 대변한 저의 글을 통하여 그들을 인식하는 마음이 측은지심과 함께 자비와 사랑으로 변화되길 바라며 말이 통하지 않는 생명으로 인간세계에 내려와 참혹한 세월을 숙명처럼 안고 살아가야 하는 아픔을, 힘겹고 고단한 삶을 따뜻한 인간애로 돌아봐주시고 순백의 아이들과도 같은 그들의 천진난만한 심성과 교감해주셨으면 합니다.

그들도 우리네와 같이 오감을 가진 생명들이건만 왜 고통은 언제나 묻혀져야 하는 것인지를 동정심어린 깊은 마음으로 다시 한 번 되돌아 보시며 사계(四季)가 주는 경이롭고 아름다운 혜택을 동물생명들 또한 누릴 수 있는 은혜로운 세상이 될 수 있도록 아름다운 사랑을 가진 세상의 모든 분들이 함께 관심을 가져주시고 노력해 주시기를 바래봅니다. 동물은 반려가족들에게는 언제나 손톱 밑의 가시처럼 아리고 아픈 애잔한 생명들입니다.

부족한 글이지만 독자 여러분들의 공감대가 이루어져 모호한 동물 정책이 진정성 있는 복지정책으로 거듭나도록 많은 분들이 엄마의 약손들이 되어주시기를 감히 염원해 봅니다. 외롭고 가난한 생명들에게는 한 분 한 분의 사랑이 모두 구세주인 것입니다.

"상대를(대상) 나의 편리에 의해 재단하지 않고 그 대상이 무엇을 느끼고 원하는가에 시선을 집중해본다면 우리는 그 어떤 생명들과도 교감할 수 있으며 서로에게 이로움이 되는 삶을 살아갈 수가 있을 것"이라는 본이 되는 말씀을 교훈삼아 입법기관인 국회의원 한 분 한 분들께서 동물생명들을 보호할 수 있는 복지정책을 조속히 이루어 주시기를 간절히 바랍니다.

감사합니다.

감사한 분들을 향한 인사

살아가는 동안 우리는 참으로 많은 인연들을 맺으며 살아가게 됩니다. 그 인연 속에 세월의 흐름 속에서도 흐려지지 않는 빛으로 남아있는 그러한 분들이 계실 것입니다.

저 또한 이러한 분들이 계심으로 소중한 한 분 한 분을 기억하며 서문을 통하여 다시 한 번 감사를 드리고자 합니다.

혼자만의 힘으로는 불가능할 수도 있는 그 모든 난감함 속에서 오랜 시간을 함께 해주신 평택 코리아동물병원 전태현 원장님, 펫25시 이 원장님, 이모란 원장님, 지금은 고양시 봄빛병원 원장님이 되신 홍창민 원장님, 이미 먼 곳으로 이사하셨지만 참으로 오랜 세월 도움을 주신 (구) 안정리 동물병원 이 원장님, 경남의 K 병원장님, 평택동 작은 동물원 이민우 사장님, 이미 고인이 되신 대동동물병원 원장님까지 뒤돌아보니 참으로 많은 원장님들께 신세를 지며 살아왔음을 다시금 감사하게 생각합니다.

또한 굳은살이 되어 버린 동물들을 향한 편견의식에 전환점을 이루기 위해, 죄 없는 동물생명들의 권익을 위해 동물복지에 씨앗을 뿌리고 가꾸어주신 동물보호협회 금선란 회장님의 각고의 노고에도 지면을 빌려 심심한 감사의 인사를 드립니다. 지옥이 되어버린 그들의 참담한 땅을 비옥한 땅으로 다듬어 되돌려 주고 싶다는 간절함에 늘 목이 마른 저에게 동병상련(同病相憐)을 함께 나누는 분들이 계시다는 것은 크나큰 희망이고 위안이었습니다. 서로에게 하늘의 바람과 공기가 되며 살아가는 서울의 강희옥 작가님, 경남 김해의 동물고아들의 지킴이 배을선님, 대전의 전병숙, 임백란, 부산의 이영란, 이두환, 포천 땅을 떠올리는 것만으로도 애잔함이 밀려오는 일곱 녀석들의 천사엄마 까미, 푸른 청춘을, 반려동물 식용금지를 위해 고군분투하는 경주의 조희정, 기억하는 것만으로도 힘이 되는 그리운 이보엽님, 이봉남님, 송성인님, 한영복님, 최금춘님, 박가우님, 정은경님, 정남숙님, 류현님, 김지숙님, 생명들의 권익을 위하여 1인 시위에 앞장서며 식용금지 피켓을 들고 출퇴근을 하신 동물들의 수호천사 한세미님의 남다른 용기와 실천하는 깊은 사랑에 감사의 인사를 진심을 다해 드릴 뿐입니다. 그 외 이호석님, 최혜은님 고된 야식업을 하시며 가엾은 생명들을 돕기 위해 숨은 천사로 살아가시는 일산의 엄마, 서울형님 등 이름이 기억되지 않는 많은 분들, 약자를 위한 하나님의 사랑을 행동으로 실천하고 살아가시는 성남의 김이진 목사님, 수원의 권 장로님, 그 외 많은 분들, 또한 이들(동물)의 뼈아픈 삶을 직면해보지 않았음에도 긴 세월 저의 변화되는 삶을 통하여 공감해주며 때론 위기에 놓여진 생명들의 구원투수가 되어주기도 하는 나의 벗 김형숙 원장과 송경옥 차순자 집사, 조금씩이나마 가엾은 생명들을 향한 사랑이 성숙되어가니 하나님의 축복을 받은 듯 보기 좋은 삶을 살아가고 있습니다.

또 사랑하는 김영순, 윤현옥 형님, 아파트 주변 길고양이들에게 오랜 세월 먹이를 주시며 살아오신 양이 할머님(동산교회 권사님) 아름답게 믿음생활을 하시는 할머님은 10년의 세월을 저의 건강과 안전운전을 위해 기도해 주십니다. 진심을 담은 마음의 향기가 있는 할머님의 기도는 언제나 저의 가슴에 안전 신호등이 되어줌을 믿어 의심치 않습니다.

어느 날 할머니께서 쌈짓돈을 털어 가엾은 생명들을 위해 써달라며 저의 손에 꽉 지어주신 10만 원, 그건 돈이 아닌 가엾은 생명들을 향한 애절한 사랑이었습니다. 길고양이들의 예쁜 천사 원평동 양이 언니 이름 또한 선녀입니다.

밥을 주던 길고양이들 불임을 위한 구조 등, 학대견 학대묘들 구조까지 밤이슬을 함께 맞으며 동터오는 새벽을 맞이했던 선녀와의 일화, 나의 권유로 안락사를 앞둔 두 아이를 입양하여 6년의 세월을 지극한 사랑으로 함께하는 우리 예쁜 아우 땡칠이 엄마, 버림받은 똘이를 거두어준 고마운 똘이 엄마와 사랑이 엄마, 넘치는 사랑을 가진 천사표 쿠키네 가족, 기동력에 마비가 왔을 때 구조차량 지원 요청에 흔쾌히 응해주는 우리 착한 미옥이, 학대받는 아이들을 보면 발 빠르게 SOS를 쳐주는 돌순엄마, 돌순엄마의 제보로만 구조한 생명들이 20여 명에 달합니다. 언제나 정신적인 조력자가 되어주는 고마운 아우 미숙이, 경미, 지희, 자신의 도움이 필요할 때 얘기해 달라며 언니가 존경스럽다며 립서비스를 아끼지 않는 박순영, 알콩이 엄마, 희망이 엄마 나에게 컴맹을 벗어나게 해준 초롱, 다롱이 엄마 백인옥 선생, 보고 싶은 흰돌이 콩이 엄마, 학생들을 상대로 개인과외를 함으로 어려움을 직면하면서도 극성쟁이 세 녀석들을 굳건히 지켜나가는 사랑스러운 아산 아우, 수원의 깜순이와 크림이 언니, 송탄의 별이와 애디 엄마, 공덕이 엄마, 성남의 샛별이 엄마, 당진의 무쏘와 밴 엄마, 포항의 탄탄이와 샛

별이 엄마, 일곱 마리 유기견의 엄마 송지영 강사님, 거금을 들여 중성화 수술을 해주며 돈 걱정보다는 아이들의 아픔을 걱정하던 그녀의 따스한 마음은 생각만으로도 나에게는 엔돌핀이 된다. 대복이와 행복이 아빠, 바야바 아빠, 산이 아빠, 아! 열거하고픈 분들이 왜 이리도 많을까요?

아이들과의 인연, 그 무수한 사연들을 담아 낼 수 없듯이 수없는 인연들과의 숱한 사연들 또한 결코 한 권의 책으로는 담아낼 수가 없기에 기록하지 못한 한 분 한 분의 인연에 감사를 전할 뿐입니다.

자신의 삶을 선택할 권리를 갖지 못한 생명들을 향한 우리 반려가족들의 자세는 그들의 모든 삶과 죽음까지를 책임지며 동행할 때 온전한 사랑이 되는 것입니다.

반려가족 불임(중성화 수술)이야말로 생명들의 고통을 미연에 방지해줄 수 있는 그들에 대한 우리들의 도리이자 책임입니다.

척박한 환경 속에서 동물고아가 된 생명들의 눈물을 닦아주시며 그들의 권익을 위해 노력해주시는 동물단체장님들과 그분들을 힘차게 응원하며 사랑으로 함께하시는 회원님들, 나의 반려가족은 물론 타 생명에게도 의무와 도리를 다하는 진정한 반려가족 분들에게 심심한 감사를 전합니다.

자연이 인간을, 또는 모든 생명을 품고 살아가듯 세상이 버린 이 생명들에게도 그러한 희망을 안겨주도록 함께 노력해 가십시다. 아울러 동통(同痛)을 겪고 살아가는 우리들은 한계를 뛰어넘지 못함에 늘 아파야 하지만 모든 정답은 언제나 현장에 있고 모든 일의 시작은 나로

부터 시작되는 것이니 변함없는 사랑과 용기로 동물학대의 원흉이 되고 있는 그릇된 제도와 관습들을 개선해 나아가는 선봉자들이 되어주시기를 부탁과 함께 발원해 봅니다.

부족함이 많은 저의 "애탄서"를 생명으로 탄생시키기 위해 한결같은 마음으로 함께 노력해주신 강희옥님과 좌절되는 순간순간마다 늘 잘 될 것이라며 용기를 주신 대구의 서재숙 선생님, 언제나 사랑으로 응원을 해주는 나의 반쪽과도 같은 친구 전주의 박순자, 아이들이 늘었다 줄었다를 반복하며 민폐가 되고 있음에도 나의 마음을 배려하시며 이해해주시는 마음 넉넉하신 이웃 분들을 향한 감사한 마음. 또한 지난해 다른 곳으로 떠나셨지만 10년이 가까운 세월 나의 극성에 가까운 민원에 화답해주고자 진심을 담고 노력해주신 평택시 축수산과의 구양회 주사님, 지난해에 새로 부임하셨지만 민원인의 뜻을 존중해주시며 협력을 아끼지 않으시는 이영욱 계장님, 또한 해를 거듭할수록 생명들의 마음과 소리에 귀 기울이며 그들의 입장에 맞추어 유기견 보호소를 정감 있게 운영해주는 마음 따뜻한 조성계 소장 부부에게도 감사의 마음을 전하며 끝으로 도움도 되지못할 원고를 밀어내지 않고 출간해주신 도서출판 문화문고 김종만 대표님께 깊은 마음으로 감사를 올립니다.

감사합니다.

정희남 올림

비록 적은 규모이나 생명을 향한 배려가 우선 시되는 평택시 유기견 보호소는 이제 나의 원망의 대상이 아닌 신뢰의 대상이 되어 있다. 그러나 언제나 보살핌의 체계가 더욱 발전되기를 바라는 나의 욕심에는 변함이 없다. 유기견 보호소를 떠올리면 가슴이 따가웠던 지난 긴 시간들을 돌이켜보면, 지금의 조 소장 내외는 나에게 고마운 인연이다.

어떠한 상황 속에서나 뛰어넘을 수 없는 한계는 있겠지만, 모든 보호소 관리인들이 어려운 여건 속에서나마 무고한 생명들의 생애를 역지사지(易地思之)로 돌아보는 자세가 되기를 희망해본다.

시골마을 풀들 가까이에서 살아가는 생명들의 몸에는 진드기가 붙어 피까지 빨려 죽어가는 경우도 생겨난다. 떼어낼 수도 없으니 얼마나 고통스럽겠는가. 자신이 처한 상황을 말해주지 못하는 생명이니 그들에게는 인간의 세심한 보살핌이 절실히 필요한 것이다.

• 1장 •

동물로 태어난 것이 죄가 되어…….

이 땅에 태어난 것이 죄가 되어 볼모가 된 채 살아가는
비운의 생명들이 있습니다.
이 생명들의 순수한 눈망울이 두려움과 고통이 아닌
평온함을 담고 살아갈 수 있는 세상을 위해
혼자서는 이룰 수 없는 희망,
아름다운 사랑을 가진 세상의 많은 분들과
이루어 가고 싶습니다.

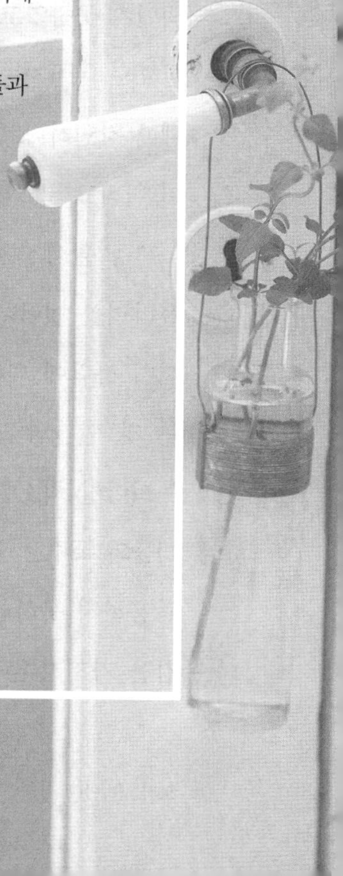

내 사랑 세찬이와의 만남

16년 전 첫 추위를 알리는 동장군이 기승을 부리던 어느 날 두려움에 가득 찬 모습으로 나의 품으로 안겨온 아이, 그 병약한 생명이 새끼를 낳아주다 늙고 병들어 주인에 의해 버려진 생명임을 알게 되었고 상처로 아파하는 그 아이의 고통을 느끼게 되며 또 다른 하나의 삶이 시작되었다.

예상치 못했던 생명들과의 만남으로 몰랐다면 편안하였을 아픔들을 알게 되며 눈이 짓물러 피고름을 흘리며 거리를 떠도는 생명들을 외면치 못하였고 생명이 아닌 물건으로 치부되어 취하고 버림이 난무함으로 이어지는 생명들의 크나큰 고통 속에 스스로가 지배 되었으니 때론 강인하다고 여겨왔던 나의 마음이 습자지보다도 더 약한 것이 되어 버리고 말았다.

관동 팔십 리를 포효하는 동물의 제왕이라 할지라도 사람이 쳐놓은 울타리를 벗어나지 못하면 자생력을 잃어버리는 나약한 생명이 될뿐이며 사람에 의해 삶과 죽음이 결정되는 풍전등화의 생명이 되고 마는 것. 인간의 생존을 위해 그들에게 끝없는 희생을 강요하고 그들이 누려야할 최소한의 영토마저 무참히 앗아버리며 그들에게 가하는 우리들의 폭력은 당연하다 말하고 그들이 우리들에게 주는 작은 피해를 관용하지 못하는 우리들을 만물의 영장이라 말하는 것에 깊은 죄책감을 가지지 않을 수가 없었다. 우리들 언어 속에 무심함으로 사용되었던 말, "개 팔자가 상팔자" 나 또한 다수 동물들의 삶이 그저 그러하리라 여기며 그들의 삶에 깊은 관심을 두지 않았었기에 통증으로 다가오는 놀라운 진실들 앞에 죄의식과 두려움으로 몸을 떨어야했으며 사랑이라는 아름다움을 지닌 우리들이 왜 도덕적 결핍에 의한 삶을 살아가고 있는지 양심의 통증을 견딜 수가 없었다. 수가 많이 태어나는 것이 이유가 되어서일까. 어미의 품에서 자라야 할 젖먹이 생명들이 무생물의 짐짝처럼 치부되어 무차별적으로 세상에 던져지는 서러운 울부짖음, 애지중지하던 젖먹이 새끼들을 끊임없이 빼앗기며 마음의 병을 앓고 살아가는 어미의 눈물, 나아가 감정과 감각을 가진 생명들이 학대와 폭력의 사각지대에 감금되어 두려움 속에 몸을 떨며 죽지 못하여 연명하듯 살아가고 있는 현장들과 마주하며, 용서….

우리는 용서받아야 할 죄인이라는 것을 가슴으로 깨달았다. 죄인으로 걸어가는 삶이 최소화가 되기를 간절히 원하며 나는 나와 내 가족의 영혼까지 그 모두를 바쳐 하느님이 주신 그 모든 생명들에게 용서를 구하려 한다.

사랑과 미움, 부(富)와 빈곤(貧困)한 삶의 애환 속에서 갈등하며 오늘보다 나은 내일을 꿈꾸며 살아가는 우리들의 고유한 삶속에 오늘도 우리들로 인하여 산체로 뼈가 부스러지고 도치 램프의 뜨거운 불길로 온몸이 불태워져 단발마의 비명을 지르며 처절한 고통 속에 절명되는 생명들이 있음을 왜 나는 몰랐을까.

우리들의 필요에 의한 철장에 갇혀 끝없이 상처받고 학대당하며 모질게 목숨을 이어가다 죽어가는 생명들이 있음을 왜 나는 몰랐을까.

내가 아픔을 싫어하듯 그들(동물)도 아픔을 싫어하며 내가 고통을 두려워하듯 그들(동물)도 고통을 두려워 한다는 것.

내가 나와 내 가족을 이리도 절실히 사랑하듯이 그들도 애끓는 모정이 있고 가족애가 있다는 것을 왜 나는 몰랐을까. 그들도 맑은 영혼을 가진 너무나도 소중한 생명들인 것을…. 시시때때로 이기적으로 살아온 내 마음들을 돌아보니 그 미안함 한이 없다. 너무 질겨서 끊어낼 수조차 없는 축생들의 업보라 할지라도 우리들의 도움이 필요한 생명들임을 알게 되면서 나는 언제나 그들에게 용서를 구하는 마음으로 살아간다.

그들의 뼈아픈 생애를 표현하기에는 빙산의 일각에도 미치지 못하는…. 그러나 그들의 고통의 신음소리를 온몸으로 느끼며 육천 마디가 녹아나는 아픔으로 써내려간 이 작은 한 권의 책이 부디 나의 소리가 아닌 수많은 생명들의 소리가 되어 큰 메아리가 되고 신문고가 되어주기를 바랄뿐이다. 그리하여 우리들 모두가 생명을 바르게 보호해주고 책임져나가는 상아탑을 이루어 가는데 도움이 되기를 간절히 바란다.

또한 나와 같이 이들의 아픔이 곧 자신들의 아픔이 되어 동통(疼痛)을 견디며 살아가는 그 누군가들의 시간들이 결코 헛되지 않기를 바라며 그 분들에게도 조금이나마 위안이 되기를 바란다.

내 것을 늘리기 위해 남을 해치기보다는 내 것을 지키기 위해 남의 소중함에 가치를 두어야 하는 올바른 이치, 모든 종교의 궁극적 목적, 또한 생명사랑이 원천이었음을 함께 공감하며 나아가기를 간절함으로 소망한다. 하나님이 내리신 생명들이니 동등하고 평등한 자신의 몫을 누리며 살아갈 수 있어야 하지 않겠는가.

하느님께서 인간에게 특별한 권리와 능력을 주신 것은 약한 생명들을 잔인하게 죽이고 가두어 고통을 주라한 것이 아닌 다스리고 보호하는데 발휘하라며 주신 은혜인 것이다. 그들은 오늘도 벼랑 끝에서 우리들의 구원의 손길을 기다리고 있다.

내가 베푼 작은 사랑으로 행복하다고 노래하는 생명들을 보며 나는 오늘도 주문을 걸듯 기도를 올린다.

"이 약하고 여린 죄 없는 생명들이 모든 사람들의 눈에 꽃처럼 어여쁘게 보여 본연의 수명을 다하는 그날까지 버림받지 말고 행복한 동행을 할 수 있도록 하늘이시여 도와주소서." 라고.

우리들 모두가 잊고 살아온 주변의 아픔들을 살피고 헤아려보며 대대손손 생명의 존엄함을 지켜나가는 아름답고 맑은 세상을 사랑하는 나의 후손에게 유산으로 물려주기를 바란다.

또한 나에게 또 다른 사랑을 알게해 준 우리 세찬이와의 인연에 오늘도 감사한다.

애탄서

사랑받던 기억이 있어 더욱 외롭고 버림받은 상처가 있어 더욱 가련한 생명들이 우리들 주변에는 너무도 많습니다.

인간의 손에서 길들여진 생명들이 어느 날 길을 잃거나 거리로 버려지면 생존의 방법을 몰라 두려움과 외로움으로 고통을 받다가 너무도 큰 상처를 안고 비참하게 죽어갑니다.

참혹한 교통사고.

지옥 같은 사육장.

건강원의 창살 속에서 죽음을 기다리는 공포의 순간들까지도 늘 배고픔에 허덕여야 하고 좁은 번식장의 케이지에 갇혀 햇살 한번 보지 못한 피부는 곰팡이 균의 서식처가 되어있지만 자유롭게 뛰어볼 수조차 없기에 하반신은 관절염이 와 탈골이 되고 그렇게 강제 번식되다 쓸모가 없어지면 마지막 순간 거리로 버려지거나 사랑하고 의지했던 주인의 손에 의해 건강원으로 팔려갑니다. 그들도 우리와 똑같이 따스한 정을 알고 아픔도 알건만….

사람을 가장 아름답다고 하는 것은 가슴에 따뜻한 사랑이 넘쳐나며 그 사랑을 나눌 수 있는 능력을 부여받았기 때문입니다. 그 사랑을 조금씩만 떼어 내어 안주할 곳 없어 떠도는 이 불쌍한 생명들을 위한 간이역이 되어 줄 수는 없는지요?

70~80년 인생의 긴 여정 속에서 10~15년 오직 주인에게 충직하고

절대적 순종하는 무채색의 동반자와 함께 걸어가는 삶의 길도 때로는 고행 같기도 하지만 겹겹이 쌓여있는 내안의 사랑을 찾아내어 나누다 보면 더욱 모든 삶과 자신이 소중해지는, 참으로 많은 느낌표를 줍니다.

때로는 삶의 여정 속에 지쳐 있는 우리들에게 조건 없는 사랑이라는 이름으로 쉬어 감을 알게해 주고, 용서를 알게 해주는 쉼터와도 같은 생명들입니다.

말이 필요 없는 눈빛이면 족한 그런 동반자. 등 한번 토닥여줌으로 충분한 족함을 얻고 온몸으로 화답해 주는 욕심 없고 거짓 없는 순수함. 사랑 중에 으뜸 사랑이 약자에게 주는 사랑이며 봉사 중에 으뜸 봉사도 약자를 위함이 아니겠습니까?

그 약자가 사람이든 동물이든 우리는 존엄한 생명의 가치를 부여하여야 합니다. 아무 죄가 없는 생명들임에도 우리들의 필요에 따라 취하고 버리며 처참한 고통을 주는 업보의 세월이 더 이상 지속되어서는 안될 것입니다.

그러한 생명경시 풍조가 당연시되는 세상을 사랑하는 후손들에게 물려주어서도 안 됩니다. 내 가족의 아픔과 죽음이 아니기에 생살의 찢김을 당하는 동물들의 엄청난 고통을 학대라 생각지 않고 죄악이라 생각지 않으며, 구원할 수 있는 방법을 찾지도 않은 채 외면하는 비정함이 지속되고 있습니다.

억겁의 인연을 돌고 돌아 환생하는 것이 우리네 삶의 근원이기에 측은지심을 함께 모아 상생의 길을 찾아야 할 것입니다. 동물은 인간과 모습만 다를 뿐 똑같은 감정과 감각을 가지고 있습니다. 그들로 인해 이익을 얻고 또한 집 지킴이로 함께 지낼 때 그들의 생태적 습성에 맞는 건강하고 쾌적하게 살아갈 수 있도록 최소한의 배려를 해주어야 함은 인간의 도리입니다. 배가 고파도 고프다 말 못하고 아파도 아프다 말 못하며 갇혀 있고 묶여있으니 어떠한 재해 앞에서도 피할 길이 없는 참으로 가엾은 생명들입니다. 자신들의 의지와 상관없이 어느 날 주인이 바뀌고 젖먹이 새끼와 이별하여 애간장이 녹는 슬픔이 와도 짧은 줄에 묶여 그저 멍하니 바라볼 수밖에 아무런 표현도 할 수 없는 그렇게 슬픈 생명들입니다. 동물을 키우시며 새끼를 낳아보신 분들은 동물들의 새끼 사랑이 사람이 가진 모성애에 뒤지지 않음을 알고 계실 것입니다.

우리는 그들의 아픔을 다독여 줄 수 있는 사랑이라는 위대함이 있고 그 사랑을 실천할 수 있는 능력이 있습니다. 말 못하는 짐승이기에 가장 열악하게 소외된 생명들, 그들을 배려하는 마음이야 말로 아름다운 나눔이요, 진정한 방생이 될 것입니다. 정부 당국에서도 잠자는 법이 아닌 행동하는 법을 만들어 수많은 생명들을 무차별하게 수입함으로 생겨난 오늘날의 문제점 등에 책임을 지고 시급히 공존해 나갈 수 있는 합리적 법안을 내놓아야 할 것입니다.

돈이 된다는 이유만으로, 곳곳에서 악취로 눈을 뜰 수조차 없는 환경 속에서 번식을 하며 판매를 일삼는 곳은 물론, 우후죽순 생겨나는 애견센터들을 제한하여 폐업 후 무수한 생명들이 거리로 사육장으로 돌멩이처럼 던져지는 악순환의 고리를 금지하여야 합니다. 생명들의 불행을 줄이기 위하여 시작된 각 지자체가 운영하는 유기동물 보호소는 진정한 생명들의 쉼터가 되어야 함으로 사랑과 봉사 정신이 투철하신 수의사와 함께 운영하여 광견병과 같이 불임(중성화수술)을 제도적으로 실행하여야 함은 물론, 절제되지 않는 번식으로 당면한 국가적 난항들을 국민들에게 알려주어야 하고, 불임수술은 잔인한 행위가 아닌 공존해 나갈 수 있는 조화로움의 대안 책임을 홍보해 주어야 합니다. 보호소에 입소하는 생명들만이라도 중성화 수술을 이행함을 법으로 규정하여 유기동물을 줄이는데 앞장서야 하며 수를 감당키 어려워 생명을 처리하듯 행하고 있는 현재의 안락사 규정은 단연코 폐지되어야 합니다.

불임이야말로 밑 빠진 독에 물을 붙는 식의 오늘날의 동물정책 제도를 바로 잡아 나아가는 길이며 수많은 생명들을 억울한 죽음에서 구할 수 있는 길이 되는 것입니다.

겨울이면 물이 얼어 추위와 허기를 면치 못하고, 여름에는 바람 한 점 들어오지 않는 비닐 견사 내지는 장대비를 피할 곳조차 없는 환경 속에서 온몸에 곰팡이, 피부병이 번져 고통받는 그러한 생명들을 동물이라고 계속 방치하고 방관하여서는 안될 것입니다.

또한, 지자체 유기동물 보호소는 행정기관의 운영체제라는 벽을 허물고 시민봉사자를 모집하여 쾌적한 환경이 유지되도록 민·관·학이 함께 노력하며 이끌어가야 할 것입니다.

어느 국가의 수상이 하신 말씀입니다.

"그 나라의 미래와 국민성을 알려면 그 나라의 동물들이 어떠한 환경 속에서 살아가는가를 보면 된다." "동물들의 삶이 건강하지 않고서는 결코 그 나라의 미래도 인간의 건강한 삶도 유지할 수도 없다."라고도 말씀하셨습니다. 절절히 마음에 새겨야 할 말씀입니다. 생명을 양육하는 상식조차 없이 돈이 될 것이라는 생각만으로 시작하는 많은 분들의 시행착오로 아비규환의 환경 속에서 악취가 진동하는 쓰레기로 허기를 채우며, 극도의 공포와 스트레스를 받으며 목숨을 이어가다 고통 속에 생을 마감하는 그러한 생명들이 너무도 많습니다. 이러한 생명들이 어찌 사람들에게 보신이 된다고 생각하십니까?

어떠한 동물이든 인간의 먹이가 될 수밖에 없다면 살아있는 동안만이라도 그들의 습성에 맞는 삶을 살다가 고통을 최소화 하여 보낼 수 있도록 배려하고 고민하는 것이 인간의 도리입니다. 동물이 건강한 환경에서 생존할 때 인간도 건강한 삶을 지속할 수 있는 것입니다. 정부는 자리를 지키는 행정이 아닌 눈으로 보고 가슴으로 느끼며 책임을 행하는 행정이 되도록 사육장이나 보호소 등을 수시 감사하여 수용소가 아닌 진정한 보호소로 거듭나도록 노력하여야 함은 물론 상처받은 생명들에게 양질의 삶을 보장해주도록 노력해 주십시오.

무수한 애완동물을 수입함으로써 반려동물 문화를 증가시킨 정부가 공동주택에서 애견인들이 소외됨을 당연시 하며 애완동물과 함께하는 세대는 입주조차 허락되지 않음을 방관하고 있으니 이 또한 무책임하기 그지없는 행정입니다. 그렇다면 지금이라도 애완동물 수입을 폐지하여야 하며 비틀거리며 거리를 떠도는 동물들이 도심의 쓰레기로 전락되지 않도록 정부차원에서 모두 책임을 져야 할 것입니다. 순위가 뒤바뀐 애완동물법으로 인하여 각 지역의 담당기관을 힘들게 하며 그 생명들의 참담한 삶이 눈물겨워 고통을 나누어지고 있는 우리네와 같은 사람들이 너무도 힘겨운 것입니다. 지고 가는 고통의 무게보다 더욱 힘든 것은 끝이 보이지 않는 암울한 제도 때문인 것입니다.

수만 많아지면 독극물에 희생되어 고통스럽게 죽어가는 생명들이 우리 주변에 너무도 많습니다. 먹이를 찾아 쓰레기를 뒤지는 도둑고양이라 이름 붙여진 길고양이들입니다. 사람이나 동물이나 굶주림의 고통이 같을 진데 배가 고파 먹이를 찾아 우리들 주변을 헤맨 죄로 죽임을 당합니다. 해마다 정책부실로 국민세금을 낭비하면서 동물의 생명들을 돕는 길에는 예산이 부족하다며 변명을 앞세우지 마시고 길고양이 중성화수술을 보다 효과적으로 실행해 주어야 할 것입니다.

나의 가정에서 배출되는 쓰레기 분리조차도 제대로 하지 않은 채 마구잡이로 버려진 도심이나 마을 곳곳 쓰레기장의 모습은 인간이 얼마나 사람답지 못하게 살아가고 있는지를 보여주는 단면이기도 하건만 자신의 허물은 보지 못한 채 길고양이들이 환경을 더럽힌다고 말하며 독극물을 놓습니다. 우주를 나누어 태어난 생명들이거늘 그 자그마한 생명들이 주는 조그마한 피해조차도 용납지 못하는 사람들의 이기심이야말로 반성해야할 부분이 아닐까요?

하나뿐인 나의 생명이 귀하고 내 가족의 생명이 소중하듯이 동물들의 생명도 그들에게는 귀하고 소중한 것입니다. 가난한 백성에 고단함을 탄식한 유민탄 중 한 구절이 절절히 살아 오릅니다.

나는 너희를 구제할 마음은 있으나 힘이 없고 나라는 너희를 구제할 힘은 있으나 마음이 없구나.

대한민국 국회의원님들과 동물법에 임하시는 실무자님들께서는 부디 상생과 공생의 법으로 무차별 살생이 사라지는 참다운 세상을 하루빨리 열어주시기를 동물을 사랑하는 모든 이들의 마음을 실어 간곡히 간청드립니다.

자연을 사랑하라고 작은 생명도 사랑하여야 한다고 자라나는 후손들에게 교육을 하며 애니메이션이나 전래동화 속에서도 동물의 심성을 비유하여 인간의 선한 마을을 이끌어 내며 어린이들의 정서에 도움이 되고자 동물원으로 놀이를 갑니다.

마약구조견, 생명구조견, 맹인 안내견들만 보더라도 사람이 느끼는 모든 감정을 교감하며 살아가는데 손색이 없는 생명들입니다.

이기적인 인간의 유희거리가 되어 고통을 견뎌야 하는 소싸움. 투견. 닭싸움 등도 이제는 사라져야 할 것입니다. 성실한 마음으로 노력하면 먹을거리도 많으며 유희거리도 넘쳐납니다. 감각이 살아있는 생명들의 고통을 볼모삼아 취하고 즐기는 풍습은 이미 늦었지만 지금이라도 금지되어야 하지 않을까요?

법은 혼자의 힘으로는 이루지 못하지만 이루어 낸 법안에서는 공무원 한 분 한 분의 공정하고 성실한 임무수행과 어떠한 마음자세로 임하느냐에 따라 천차만별의 결과를 가져올 것입니다.

생명은 모두가 저마다의 권리를 부여받고 태어난 귀한 존재입니다.

반려가족이 지켜야 할 예의

- 반려동물을 거부하는 이웃을 이해하며 먼저 다가가 친목을 위해 노력하여야 한다.
- 반려가족으로 인하여 발생되는 냄새 등이 나의 공간을 벗어나지 않도록 주변 환경을 청결히 하여야 함은 물론 짖는 소리를 이웃들이 이해할 수 있도록 늘 겸손한 자세로 교감을 위한 최선의 노력을 하여야 한다.
- 특히 아파트 거주자는 청소하시는 분들이 불쾌감을 갖지 않도록 주변 계단 등 철저한 관리를 하여야 한다.
- 산책 시에는 이름표와 목줄착용은 필수. 배변수거용품을 필히 준비하여 나의 반려가족으로 인하여 주변이 불결해지지 않도록 하야야 한다.
- 음식물 쓰레기, 기타 쓰레기 분리 등을 철저히 하여 무분별하게 버리는 쓰레기 등으로 돌봄을 받지 못하고 살아가는 길 위의 생명들이 다치거나 피해를 보는 일이 없도록 세심함을 기울여야 한다.
- 중성화수술은 나의 반려가족의 스트레스를 줄여줌으로 짖음 소리를 줄일 수 있고 충동 가출을 예방할 수 있으며 질병을 예방하는데도 큰 도움이 된다.

올바른 반려가족이 되려면 위의 몇 가지만이라도 꼭 지켜 나가야함은 물론 보다 부지런한 생활인이 되어야만 반려가족을 포함한 나의 가족이 행복하며 이웃들도 나의 생활을 이해하고 공감해 준다.

반려가족으로 살아감이 죄가 되지는 않으나 우리들 주변에는 동물을 극도로 싫어하는 사람들도 함께 살아가고 있으니 공동체의 예를 갖추어 우리들 스스로 모범이 되어야 그들의 편견의식을 설득할 수도 있을 것이다. 그리고, 반려동물을 너무도 사랑하여 사람 이상의 호사를 시키시는 분들께서는 지나친 호사는 그 아이들에게 과도한 스트레스를 유발할 뿐이고 반려가족을 희망하는 다수의 분들에게 부담감을 증가시키는 계기가 될뿐 거부감을 주게 될 것이니 참고가 되었으면 한다. 반려동물들이 바라는 것은 분단장과 분에 넘치는 호사가 아니라 어떠한 난관이 와도 자신의 수명이 다하는 마지막 순간까지 버림받지 않고 함께 하는 것, 이것이야말로 우리들이 반려동물에게 주는 가장 큰 사랑과 책임이 될 것이다. 물질적 호사로움 조금 줄이시어 도심의 각 보호소에서 굶주림과 병마로 고통 받는 수많은 생명들에게 한 포의 사료라도 후원하여 주시기를 부탁드린다.

한 마리의 동물이라도 사랑으로 지켜주시는 모든 반려가족 분들께 감사를 드리며 가정 가정마다에 만복을 깃들기를 기원한다.

오늘도 누군가의 구원의 손길을 기다리며 우리들 주변을 맴도는 가엾은 생명들에게 맑은 물이라도 제공하여 갈증을 면할 수 있도록 측은지심으로 관심과 사랑을 부탁드린다.

세상이 버린 생명들

등이 굽은 아이들이 땅위에 떨어져 있는 먹이를 찾느라 비틀거리며 땅위를 더듬고 헤맨다. 새까맣게 찌든 육신으로 온통 기름때와 악취만이 가득한 더러운 땅을 더듬고 헤맨다.

몇 날을 굶었을까.
굶주림은 등을 굽게 하고
맑고 순수하였을 동공은
고통과 두려움으로 일그러져
그 아픔의 세월은 눈물마저 고름으로 변해 버렸구나.

세상이 이리도 넓고
하늘 또한 저리도 높고 푸른데….

할 일 없어 손이 심심하고
너무도 포식하여 꾸역꾸역 소화를 못시키는 자 너무도 많은데

이 작은 생명들
키가 자라지 못할 만큼 굶주림으로 차가운 세상 속 거리를 헤맨다.

비틀거리는 그의 걸음을 멈추게 하기 위해

따뜻이 손 내밀어 보아도
학대와 잔인함에 상처받은 저 생명들은
으르렁 대는 소리로 자신을 방어하며
어둠속 어딘가로 비틀거리며 걸어간다.

사람들이 쉽게 말하는
저 아이들의 사나움의 이유는
바로 인간을 향한 두려움의 표현일 뿐이다.

사람이 동물을 향해 행하는 가진 가혹 행위들은
취미가 되고 이익의 대상이라 말하며
동물들의 자신을 지키기 위한 행위는
잔인한 습성
야생적 기질이라며 고고한 학문처럼 말을 한다.

그들은 단지
배가 고플 뿐이다.
그래서 먹이를 찾아
우리들 주변으로 오고 있을 뿐이다.

그 아이가 서성대던 곳에 눈을 걷어내고
플라스틱 그릇을 이용하여

사료를 듬뿍 놓아주고

보호소 아가들에게 주고 남은 육포 몇 개를 올려놓고 돌아섰다.

언젠가 다시 만나는 날 두려움 없이 내손을 잡아주기를 바라며

저 가련하고 슬픈 삶에 조금이나마

행복과 안정을 찾아줄 수 있는 기회가 꼭 오기를 바라며….

아!

저 아이들의 그 순수한 눈망울이

두려움과 고통이 아닌 미소를 담고 살 수 있는 날은 언제 오려나….

길 위의 천사

길 위의 천사는 오늘도 떠난 주인님을 그리워합니다.
어디에서 만날 수 있을까.
약속이 없는 기다림으로
어제도, 오늘도, 또 내일도
이 골목 저 골목을 헤매고 다닙니다.

사랑받지 못하여 슬픈 질기고 서러운 목숨 살아있기에
사랑했던 주인님을 향한 그리움이 남아있기에
굶주림으로 지친 몸 죽을 힘을 다하여
한 걸음 한 걸음 타는 갈증 견뎌내며 걸어 갑니다.

어둠은 찾아오고 비마저 내리는 날이면
간절한 그리움 슬픈 가슴에 안은 채
어느 모퉁이에 지쳐 쓰러져 죽음으로 이어지는 잠을 청합니다.

오늘도, 내일도, 또 내일도
이 가엾은 생명들을 향해 돌팔매를 던지는 분들
어느 날 홀연히
아무 준비 없이 세상 떠난 뒤
남겨진 어린 자녀들이 겪고 살아야 할 아픔들을

한번쯤 생각해 보시면 고맙겠습니다.

내가 불행을 원치 않듯이
동물들도 불행을 원치 않습니다.

함께 하는 동물가족을 유기시키는 분들
한 번의 실수를 참회하시고 두 번의 죄를 짓지 마시기 바랍니다.

깨달음

유년을 회상하는 것은 아프고 시려도 추억이 되었음에 행복하다.
추억은 언제나 잔잔한 오솔길이 되어 다가오고
향긋한 소슬바람이 되어 다가오니 어찌 곱지 않겠는가.
세상을 미처 몰랐을 때 떠나가신 어머니로 인해
나에게 그리움이란
잊기 위한 몸부림이 되었고
인도 여행에서 말라리아를 안고 온 동생의 죽음은
아픔과 슬픔을 삼키며 살아야 하는 잔인한 세월이 되었다.
그러한 나에게 깨달음을 준 생명들을 나는 보고 말았노라.

사람보다 더 여린 감성으로 그리움과 외로움을 견뎌가며
관절뼈 마디마디가 부서져가며 울어야 하는 무수한 생명들의 피눈물들을.
어미의 눈앞에서 자식이 내동댕이쳐지고
새끼의 눈앞에서 어미의 몸뚱이가 부서져가는 그 참형의 현장을
그러한 부당한 세상이 있음을 보았네라.
그들의 삶과 생명의 가치는 오직 인간의 잣대로 결정될 뿐.

아!
억울한 생명들의 영혼이 가는 곳은 어디일까.

영혼마저 갈 곳을 잃어 하늘의 비가 되고 천둥이 되었는가.

허공이 흔들리고 땅이 흔들린다.

이들의 영혼을 보지 못한 사람들은 나를 미쳤다 말한다.

그러나 그들의 눈물을 본 사람들은

그들이 한을 품고 세상이란 바퀴를 돌고 있음이 느껴질 것이다.

오늘도,

고단함으로 삭아드는 내 목소리 세상을 향하여 소리를 내본다.

그러나 목젖의 울림 뿐.

울퉁불퉁한 길 위를 걸어가는 사람들의 마음은

자신만을 다독이는 한계를 벗어나지 못한다.

가엾은 생명들아.

내 목소리 너무 작아서 세상에 닿지 않는데

나는 오늘도 너희들로 인하여 할 말이 많구나.

휴가

2004년 7월 휴가는 이제 내게는 먼 이야기가 되고만 단어가 되었건만 속없는 친구는 끊임없이 나를 보챈다. 사람이 먼저라며, 내 인생이 먼저라며, 한번만 함께 나서자며…. 바가지 긁는 마누라처럼, 옷 사달라 보채는 딸아이처럼, 그렇게 끊임없이 말을 해대고 있다. 어린 시절 나의 별명을 들추어 내가며…. 나는 '오리'였다. 눈만 뜨면 걸레를 잡고 더러운 곳을 닦고 다니며 물도 씻어먹을 만큼 깔끔을 떤다하여 아버지께서 붙여 놓은 나의 별명이었다. "어떻게 결벽증 환자 같던 네가 털 있는 아이들을 돌보며 사느냐며, 너에게 이런 운명은 꿈에도 없을 줄 알았는데…."를 몇 번씩 곱씹으며 빚쟁이처럼 버티고 앉아 나를 재촉한다. 남편의 사주를 받은 것인가. 유난스레 질기다. 좋아했던 선물은 고급화장품도 화려한 옷도 아닌 좋아하는 음악이 담긴 테이프나 CD였던 나. 이 친구는 30년 전부터 까다로운 나를 위해 정성껏 녹음한 음악 테이프를 선물해 주었고 CD를 사와 커피와 함께 그 음악에 빠져 함께 잠들기도 했던 소중하고 사랑하는 내 친구이다. 23인치 개미허리를 무슨 무기인양 뽐내고 다녔던 우리. 그녀의 허리는 32인치가 되어버렸다. 내가 놀린다. '살찐 친구들 골려먹은 죄 값이다'라고 그 죄 엄마 잃은 천사들이 다 사멸해 줄 것이니 이렇게 어여쁜 아가들 한 생명만이라도 사랑으로 안아보라고. 친구는 말한다. 자신은 벌을 받고 말지, 떵 치우기 싫어 키울 수 없다고…. 미운 년. 때려주고 싶을 만큼 밉기도 하지만 미워할 수 없는 친구이다. 나를 위해 울어도 주고 웃어도 준 친구이니. 그래 한번쯤 져주어야겠다. 3일이 아닌 당일 코스의 멋진 하루를 언약하고 그녀의 음이 높은 목소리가 내 귓속에서 문풍지 소리로 변해가려 할 때 두 손 두발 다 들었다고 꼬리 내리며 현관문을 나선다. 아이들이 긁어놓은 부서진 식탁 다리를 향해 눈을 흘겨대며, 나의 모습이 낯설다고 입을 삐죽여대며, 그렇게 우리 아가들의 웅장한 배웅을 받으며 떠났다. 이 애물단지들아. 엄마는 너희들과 사랑에 빠진 거니? 쉿 조용히~ 아빠 언니가 시샘하면 안 되용~ 다음날 친구 내외와 우리 세 가족은 공주 마곡사 계곡물로 갈증을 채우며 산채비빔밥의 향기를 가득 채우고 송림욕을 만끽하고 돌아왔다. '하얀 조가비', '진정 난 몰랐네' 나의 애창곡 '천년바위' 등을 합창하면서. 나이는 정말 숫자에 불과한 것인가. 우리 둘은 오늘 조그마한 우리 딸에게 귀엽다는 말을 수없이 들었으니. (웃음) 15시간 만에 돌아온 엄마, 아빠, 언니를 향한 우리 아가들의 환영식. 참으로 가관이었다. 보너스로 캔에 밥을 비벼주며 여전히 콧노래를 부른다. 즐거운 나의 집, 집 내 집뿐이리. 천사들이 있는 집. 집 내 집뿐이리. 나의 사랑스러운 애물단지들아. 너희들이 있는 곳. 이곳이 천국이다. 휴가는 이렇게 끝났다.

그 후 1년 뒤 친구는 반려가족이 되었다. 예쁜 몰티즈(Maltese) 두 녀석을 키우면서 자신에게 이러한 기쁨을 안겨준 내가 고맙다며 자녀들과의 대화도 더 많아지고 늦둥이를 키우는 듯 부부사이도 더욱 좋아졌다며 수다를 떤다. 그래 이것이 바로 인간과 동물의 합리적 공존, 상생의 기쁨인 것이다.

친구에게 보내는 편지

친구야. 참 많은 추억이 교차 하누나….
“덕진공원에 연꽃이 만개했다오.

어젯밤 인간을 향한 너의 그 처절한 원망의 소리가
지금도 나의 가슴에 한숨이 되어 남아있다.
어찌할거나 너의 두근두근하는 그 가슴을….”

늦은 밤
핸드폰 문자로 남겨준 친구의 이 몇 마디에
잠시 30년 전이 주마등처럼 스쳐 지나간다.
빨간 구두 함께 사신고 귀여운 촌스러움이라
재잘대며
코스모스가 만개한 길을 꿈꾸듯 걸었었지….

젖살을 머금은 듯 풋풋한 우리의 모습
어느 사이 세월에게 되돌려주고 말았구나.
그러나 나이를 먹는다는 건
인생의 참맛을 알게 하는 것이니
이런들 어떻고 저런들 어떠하리.

이런저런 추억들로 꿈을 꾸듯
여리고 곱던 풋풋했던 우리들의 그 시절을 잠시 더듬어도 보지만
이내 나의 머릿속을 휘젓듯이 밀고 들어오는 것은
죄 없는 생명들의 신음소리….

가끔은 나도
이 아픔에서 벗어나 아주 조금이나마
행복을 느끼고 싶다.
투정 한 번 제대로 받아주지 못했든 딸년의 볼을 감싸며
뜨겁게 안아주고도 싶고,
남편을 위한 편안한 안식처가 되어주고도 싶으며
어떤 날에는 상큼하게 멋을 내고 길을 나서
추억 속에 있는 그리움들을 만나고 싶다.
그러나 언제나
내 가슴이 너무 아파서
내 가슴이 너무 아려서
내 가슴이 너무 먹먹하여서
모든 인간적 감정 얼음조각을 만들고
이 가엾은 생명들을 위해
난 아무것도 할 수 없지만
그 고통 앞에
서 있음을 너무도 당연해 하며,

이렇게라도 이 아이들을 돕고 살아갈 수 있음에 감사하며
그릇된 제도와
잘못된 인성에
오늘도 통분하며
상처로 나를 짓이긴다.

나의 친구야
각기 저마다의 추구하는 삶이 다를지라도
양심을 지켜야 한다는 것은
인간 본연의 가치인 것이다.
물론 그 양심이란 것이 내가 지켜주고 싶은
이 무능하고 나약한 생명들 앞에서만
인정되는 것이 아님을
나도 잘~ 알고 있다.
그러나 우리 인간들로 인하여
이 무고한 생명들이 이토록 아프게 살아야 한다는 것,
이것은 인간의 길이 아니다.

보고 싶은 오래된 나의 친구야.
나는 이렇게 살아가리라.
이렇게….
너도 가지 않고 또 그 누구도 가지 않으니

내가 이렇게 가고 있는 것이다.

이렇게….

버틸 수 있는 힘, 싸울 수 있는 용기, 견뎌내야 하는 강인함,

이 모든 것들이

보호해 주지 않으면 안될 이 가련한 생명들이 있기에

가능한가 보다.

길고 긴 인고의 세월

이 세상

어느 연인과의 사랑이 이리도 강한 책임감으로 이어질까.

천년을 살아온 듯

깊고 깊게 파인 상처

그 상처로 오늘도 아파하지만

고목의 썩은 뿌리보다도 더 남루하게 파헤쳐진 이 죄 없는 생명들의

고통을 종식시킬 수 없으니

나는 늘 하늘만 보아도 눈물이 솟구치는 그런 생을 살아가고 있는 것이다.

사랑하는 친구야.

네가 한 생명을 보듬어주던 그때에는 나는 몰랐었다.

이 생명들이 차가운 세상에 마구 던져지고 있음을.

그러하였던 내가 이제는 이 생명들의 고통을 돌아보지 않는다고 너를

질책한다.

그러나

나로 인하여 아파하지 말아라.

세상이 버린 생명들에게

행복을 되안겨 줌으로 다가오는 행복은

두 배의 가치로 나에게

기쁨을 주기도 하니 말이다.

보고 싶다 친구야!

건강히 잘 지내렴.

자비사의 개, 진여 이야기

1995년 6월 7일.

딸 주연이가 눈병을 앓는 진여(자비사 절에 있는 누렁이 이름)를 가까이 하며 놀다 그만 유행성 안질이 왔단다. 엄마의 불찰인 듯하여 마음이 편치 않다.

두 살 때도 네 살 때도 눈병을 앓았는데, 이번에는 동물로 인한 전염성이라 가장 강한 세균이라며 아주 오래 치료를 받아야 한단다. 사람이 좋다고 낑낑대며 꼬리를 치는 강아지가 왠지 자꾸만 가엾어 귀여워한 나의 탓인거지.

딸아이를 치료하던 중 문득 생각이 났다. 심하면 실명할 수도 있는 눈병이라는데 동물이라고 그냥두면 진여가 실명할 수도 있겠구나 하는….

스님께서도 멀리 출타하시고 안 계시니 더더욱 마음이 심란해진다. 내일은 진여를 치료할 수 있는 약을 좀 알아보아야겠다. 우리 딸 미안해. 엄마 말 잘 들으면 금방 나을 거야. 빨리 완쾌되게 해달라고 부처님께 기도하자.

(아가병원 치료 20일 그 후 엄마치료 10일. 아빠 15일을 치료하였음. 또 자비사 진여는 동물병원의 1주일 분 약과 두 방의 주사. 처방해준 물약으로 보름 후 씻은 듯이 낳았다.) 나는 그때 처음 알았다. 동물 치료비가 사람 치료비보다 더 비싸다는 것을. 그리고 그때 얻은 상식으로 그 후 많은 아이들을 돌보는데 도움이 되었다.(동물에게도 사람에게 처방한 외상치료 연고

등은 매우 효과적이었다.) 아마 나의 동물사랑. 아니 가엾은 집지킴이들을 향한 사랑은 그 순간부터 시작되지 않았나 싶다. 그리고 동물들을 향한 사람들의 냉정한 편견의식이 얼마나 잘못된 것인가를 그때부터 조금씩 배워나간 듯하다. 안과의사의 무책임한 진단. 동물들에게서 전염된 눈병은 실명될 확률이 높다라며 겁을 주던 그 의사를 몇 년 뒤 다시 찾아가 생명의 가치가 달라지는 그런 진단을 가볍게 내리기 전, 동물도 함께 치료해 주기를 당부해주는 의사가 되어달라고 부탁하였다. 쉽게 던지는 사람의 무책임한 말 한마디가 동물들의 생명에 끼치는 영향을 고려해달라는 나의 말에 그래도 고객이니 잘 알겠다며 대답은 하였으나 과연 그가 그렇게 하였을 가에 대해서는 지금도 믿음은 없다. 그 의사는 몇 해 전 동탄 신도시로 이사하였고 자비사의 진여는 3년 전 자신의 수명을 다하여 스님의 기도 속에 뒷동산에 묻혀 길고 긴 편안한 잠을 자고 있다. 아마 진여는 다시 환생한다면 능력을 지닌 아름다운 사람으로 태어날 것이다.

스님의 지극하신 사랑 속에서 불경소리를 들으며 긴 세월을 해탈하였으니 말이다. 자비사에는 지금도 두 마리의 백구가 살고 있다. 그들은 말할 것도 없이 아가였을 때 농장으로 팔려가는 것을 데려와 스님께서 거두어주신 생명들이다. 오랜 시간이 흘렀지만 그 아이들은 언제나 그때 나의 품안에서 어미와 떨어진 불안함으로 온몸을 떨어대던 그 작은 갓난아기로 애잔하게 남아 있다.

낮에는 자신들의 둥지에서, 경내 문이 닫힌 밤이면 자유의 몸이 되어 두 아이는 그 넓은 자비사 도량을 뛰어다닌다. 마치 춤을 추듯이….

이효리의 '텐미닛' 춤도 이보다 더 나를 흥겹게는 하지 못한다. 스님께서 긴 출타를 하시는 날에는 간혹 밤에도 오시는 객들에게 혹시나 일어날지 모르는 위험한 상황을 예방하기 위해 나는 행복한 외박을 하기도 한다. 녀석들이 아프면 망설임 없이 수의사 왕진을 요청하시는 스님. 녀석들 마음의 상처를 함께 우려해 주시며 기꺼이 불임수술에 응해주신 스님의 깊고 자애로우신 사랑 앞에 고개가 절로 숙여진다.

녀석들 건강을 위해 내가 간혹 가져다 드리는 북어머리, 멸치머리. 한 주먹씩 넣어 녀석들을 위해 구수한 된장국을 끓여 먹이시며 (사료는 새벽에 주시는 스님만의 특별간식임) 언제나 "착하다. 착하다. 내생엔 해탈 하려무나."라고 들려주시며 큰 사랑으로 보듬어주시는 큰 스님께 다시 한 번 감사의 절을 올립니다.

스님 성불하세요.(합장) (웃음)

눈부신 6월, 사랑의 시작을 꿈꾸며….

오전 7시 밤새워 그리워 한 주인님이 나옵니다.
반가워, 반가워 꼬리치며 사랑을 갈망하지만,
바쁜 출근으로 등 한번 쓸어주지 않은 채
대문은 탁! 소리와 함께 닫히고 맙니다.
언제나 같은 일상이지만,
지킴이는 또다시 서운함으로 더욱 외로워집니다.

아침내 구수한 찌개냄새 입맛을 달구었지만,
땟국에 절은 밥그릇엔
이것저것 쓸어 모은 찌꺼기뿐인 음식
허겁지겁 먹다 가시에 찔려 여러 날이 힘겨웠고
상한 음식 탓에 며칠간 배앓이를 한 적도 있지만,
주인님은 과식해서 그런 것이라고 말하십니다.
이끼 낀 물그릇은 바짝 말라 있어
목마름에 너무도 괴로운데
내가 사랑하는 우리 주인님은 너무도 무심합니다.
언제나 주인님은 어두워야 돌아오십니다.
아! 이 짧은 목줄이라도 풀어주신다면
풀쩍 뛰어 담장밖 세상 구경이라도 좀 해보련만….
아! 친구가 한 명만이라도 있다면

이 답답하고 지루한 시간 슬퍼하지 않으련만….

눈부신 6월,
담장 넘어 가지를 뻗어 오가는 행인에게
아름다움과 향기를 아낌없이 주는 저 장미꽃처럼
우리 모두의 무심한 마음에 사랑의 가지를 뻗어
표현하지 못해, 아니 열심히 표현하지만 그들의 언어를 알려고 하지 않는 우리들로 인해
더욱 쓸쓸해지는 저 지킴이들에게
무관심으로 인한 고통의 삶이 아닌
아프지는 않은지
목은 마르지 않은지
배가 고프지는 않은지
바쁜 마음 잠시 멈춰 토닥여 보면
더욱 큰 사랑이 되어 내게로 돌아옵니다.

저 찬란한 햇빛이 없다면 우리들이 살아갈 수 없듯이
그 햇살 같은 따스한 사랑을 가련하게 살아가는 이 땅에 모든 동물들에게 줄 수 있는 6월이 시작되기를.
인간이 더욱 인간다워질 수 있는 아름다운 보은의 달 6월에 애절함으로 간절함으로 기원해 봅니다.

나는 오늘도 꿈을 꾼다

하늘의 노여움이 불덩이가 되었는가!
폭우는 가난한 누군가들의 삶을 초토화시켜 눈물 짓게 하고
폭염은 말 못하는 생명들을 갈증의 고통과 함께 죽음으로 몰아낸다.
이 폭염 속 너무도 고단한 모든 일상,
그 기억의 장치마저 망각될 수 있다면
뚜~ 긴 기적의 울림 벗 삼아 혼자만의 길을 나서고 싶다.
그러다가
유년이 되살아나는 풍경이 있는 길.
그곳에서 발길을 멈추고
아련히 살아나는 분홍빛 추억에 잠겨 배시시 웃음도 지어보고
너무도 한가로움에 큰 하품도 지어보며
그렇게 나의 육신과 영혼만을 벗하며
혼자만의 가벼운 길을 가고 싶다.
그러나,
아마 내가 쉬어가려 머문 그 간이역에도
또 다른 외로운 생명들이 나를 부르겠지!
작은 몸뚱이 동그마니 똬리를 틀어 자신을 감싸며
외롭다 말하며 목이 탄다 말하려 하겠지.

뜨거운 태양 아래 빠짝 말라있는 먼지 쌓이고 찌그러진 빈 밥그릇과

함께 허기져 공허하기까지 한 그들의 두 눈동자와 마주하면 혼자만의 나의 여행은 또 다시 아픔이 벗이 되리라.

이 세상 모든 사람들이시여
부디 길 위의 생명들을 업신여기지 마소서.
내가 배부름으로 만족함을 얻을 때
이들의 배고픔에 슬픔을 함께 나누소서.
이 또한 하느님이 내리신 생명이니
이것이야말로 하느님의 진정한 사랑을 마음으로
영접하는 길이요,
부처님의 자비를 맞이하는 길일 지어다.
타 생명의 눈물로
내 영욕의 희열을 누린다면
어찌 신성한 종교의 진리를 말하며
믿음에 동참하라 권유할 수가 있겠는가.

우리 모두 아름다운 인생이란 길목에서
잠시 잊은 채 스쳐 지낸
나약한 생명들을 향한
내 마음속 양심을 다시 돌아보며
아름다운 마무리,
그 향연에 취해 보자.

생명들의 눈물, 나의 눈물

핸드폰의 불빛으로 느낄 수 있었던 아이들의 모습.
마디 마디의 떨림으로 자신들에게 둘러싸인 죽음의 순간을 표현하며
도움을 갈구하는 처절하고 애절한 눈동자
아!
너희들을 칭칭 묶어둔 사슬이 썩은 동아줄이라면
금방이라도
너희들과 나는 자유로운 새가 될 수 있으련만,

너희들은 쇠사슬에 묶여
나는 너희들의 고통의 시간들에 묶여
오늘도 이렇게 어둠 속에서 흔적 없이 사라지고 말 눈물만을 흘린다.

너희들로 인하여 생겨난 비애
끊임없는 연민이 나의 삶 전부를 질기게 감아 돌아
내 온 육신 바스러지고 아파도
이 험난한 길 포기할 수 없으니 어찌하리….

고목이 되어 죽은 나무에게도 나이테를 볼 수 있건만
나의 깊은 한숨과 비애 속에 흘린 이 뜨거운 눈물은
무엇을 보여주며 남길 수 있을까.

저 길의 끝이 어디인지 아무도 알 수 없듯이
너희들의 두려움과 고통이 동반되는 이 길의 끝이 어디인지 알 수 없지만,
나는 오늘도 울분의 길고긴 한숨을 가쁘게 토해내며
그 해결의 실마리를 찾기 위해
꺼져가는 희망의 고리들을 찾아내기 위해
침몰조차 두려워하지 못하며
이렇게 살아가고 있다.

내가 이토록 가슴 아픈 것은,
고통을 두려워하는 너희들의 마음을 읽기 때문이며
너희들을 모두 구조해 줄 수 있는 능력의 부족함 때문이다.

엄마가 되어주고 돌아왔다

사람들은 먹이를 찾아 우리들 쓰레기장 주변을 서성이는 이 생명들을 도둑고양이라 부른다.

사람들의 삶에 걸림돌이 되는 짐을 이미 알기에

인간의 표적의 대상이 되면 안 된다는 것을 알기에

우리들이 잠든 깊은 밤에 조심스레 먹이를 찾아 나서는

가엾고도 애처로운 생명일 뿐이다.

배고픔의 고통을 두려워하며 가족 간의 애절함 또한 우리네와 다를 바 없는 우리와 모습이 다른 생명일 뿐이다.

하루 하루 이어가기 힘겨운 삶!

쏟아지는 장대비는 먹이를 찾아 헤매어야 하는

그 아이들의 걸음의 자유마저 사슬을 채운다.

그 아이들에게 엄마의 마음으로 다가가 먹이를 놓아주었다.

기다렸다는 듯 이곳저곳에서 두 눈에 빛을 내며 다가온다.

그래! 오늘도 모퉁이 어디쯤에선가 기다리고 있었구나.

두 녀석에서부터 7~8명에 이르는 대가족이 오물거리며 다가와

맛있게 먹는 만찬의 모습은 애잔하기 그지없다.

사람에게나 동물에게나 배고픔을 견뎌야 한다는 것은 무엇과도 비유될 수 없는 고통이겠지.

늘 짝을 지어 다니든 녀석이 홀로 왔다.

한참을 지켜보아도 나타나지 않는 녀석은 혹여 며칠간 내린 큰 비로

인해 변을 당한 것은 아닌지 근심이 잦아든다.

변함없는 모습으로 내일은 만났으면 좋겠다.

바라보는 눈동자들에게 다정하게 말을 건네주었다.

어서 어서 배불리 먹고 안전한 곳으로 돌아가 숨어 지낸 하루의 긴장된 삶.

그 무게 내려놓고 편히 쉬어라.

그리고 우리 내일 또 만나자.

길 위의 생명들에게 먹이를 주시는 분들은 알 것이다.

배고픈 생명들에게 밥을 먹이고 물을 먹인다는 것은

화초들에게 물을 먹이고 잎을 매만져주는 의미와 다른 것이라는 것을.

그래서 더욱 한결같아야 한다는 것을….

간절하게 나를 기다리는 곳곳마다

그들에게 꼭 필요한 엄마가 되어주고 돌아왔다.

어김없이 내일도 온다는 것을 눈빛으로 전해주면서,

애잔한 생명들아!

너희들을 향한 안타까움 꿈길마저 고뇌의 시간으로 이어지노라.

슬픈 길고양이의 죽음

비가 내린 후,
빗물이 흙탕물이 되어 고여 있는 웅덩이에
이슬 같은 생명이 죽어 쓰러져 있다.
위협을 피하다 머리를 다쳤느냐?
선혈이 가득 흘러 있고
돌팔매에 맞았더냐?
가족들의 슬픈 울음소리 빙벽이 되어 가슴을 굳게 한다.

차갑게 굳어있는 너의 육신 검은 천둥소리가 되어 내 가슴에 박힌다.
내 가슴 아무리 아파한들 가족의 참혹한 죽음을 본 너희들의 아픔에 비유되랴.
푸른 달빛에 매달려 슬픔과 두려움으로 두 눈을 굴리며, 하지 못한 말들을 눈물로 대신하고 있구나.

이런 저런 가슴의 희망, 사막의 모래처럼 흩날리고.
모진 축생의 업보, 그 운명 앞에 나의 슬픈 무릎을 꿇고 너를 저 편에 묻으려 한다.

부디,
이 세상 차갑고 모진 인연의 줄기를 끊고

훨훨 천국의 세상으로 날아가 편히 쉬어라.
그리고 남겨진 너의 사랑했던 가족들을 수호신이 되어 지켜주어라.
나 또한 더욱 사랑으로 지켜주리니.
내 마음에 향불을 사르며 너의 행복한 영생을 위해 명복을 빌어주마.
(아이들 먹이를 주다 어미의 죽음 앞에 울고 있는 어린 생명들을 보았다.)

여러분! 개인구조가 힘드실테니 시청으로 제보하셔서 길고양이들 구조로 불임 시행을 도와주십시오. 또한, 불임 후 회복기간이 지나, 그 아이들이 원래의 자리로 돌려보내지도록 지속적 관심을 가져주세요. 제보만 한다는 것은 또 하나의 살생 행위가 될 수도 있습니다. 우리들의 흐리고 무책임한 판단으로 수술 도중 감당을 못하고 죽어가는 생명들이 있기 때문입니다. 단, 생존이 어려울 만큼 힘든 시간을 보내는 생명들을 만나신다면 부디 외면치 말고 내가 겪는 고통이라 생각하며 강인한 마음으로 안락사로라도 고통을 덜어주십시오. '개똥밭에 굴러도 이승이 좋다'라는 말은 자신의 의지를 표현하며 살아갈 수 있는 사람에게 해당되는 말일 뿐입니다.

조금 젊었던 시절, 장애인 쉼터를 다니며 봉사라는 것을 잠시 해본 적이 있습니다. 보는 순간 가슴이 먹먹해지는 중증장애를 가지신 분들도 눈빛으로 표현을 해내시곤 하셨습니다. 그러한 부분들이 그분들의 희망이 될 수 있었습니다. 그러나 사랑으로 함께 살아간 주인이 아니라면 이 생명들의 언어를 들을 수 있는 분들은 아무도 없습니다. 여러분이 손을 놓는 순간 하나의 생명이 겪는 고통은 너무도 참혹하답니다.

인간의 편리를 위해 생명들의 생과 사를 좌지우지하는 정부의 안락사 제도를 분명 반대하지만 죽음만이 천국이 되는 생명들이 있다는 것 또한 우리들은 알아야 할 것입니다. 동물들의 고통을 나누어지려는 많은 분들의 노력에도 불구하고 곳곳에서 먹이가 부족해 아사되고 온갖 질병으로 육신이 녹아내려도 단 한 번의 치료조차도 받지 못한 채 고통으로 신음하다 슬프게 죽어가는 생명들이 넘쳐나고 있습니다. 또한 방치나 학대 속에서 사육당하는 생명들에게 일어나고 있는 처절한 현실들입니다. 조금만 관심을 가지고 보면 얼마나 많은 생명들이 곳곳에서 죽음보다 못한 삶을 살아가고 있는지 아시게 될 것입니다. 우리들은 이 가련한 생명들에게 자연의 품이 되어야 하며 희망이 되어야 합니다.

철야구조

새벽의 차가운 바람이 두꺼운 옷을 헤집고 들어온다. 가슴속에 물결이 일듯 기억이 되살아난다. 벌써 8년이 되었구나. 길고양이들을 구조하기 시작한 지도.

1년만 열심히 구조하면 고통 속에 죽어가는 생명들이, 배가 고픈 생명들이 눈에 뜨이지 않을 거라는 무지한 착각 속에서 용기백배하며 구조팀과 날을 세웠었다. 그런데 그 1년이 8년으로 이어졌고 앞으로도 육신이 허락하는 한 이어질 것이다. 침잠해 버리듯 가라앉는 나의 기력을 느끼며 한계를 통감하고 있지만 이 생명들을 향한 나의 연민은 그조차 두려움을 갖지 못한다. 가엾은 생명들에게 따스한 봄의 세상을 안겨줄 수 있기를 바래보지만 편견으로 쌓아진 세상의 옹벽은 무너지질 않는다.

나라님께서 도와주신다면 행복시대가 열리련만 나의 비통한 탄원서에도 나라님은 응답이 없다. 이 험난한 길에서 한걸음도 물러서지 못하는 나의 측은지심(惻隱之心). 어둠에 잠긴 도시는 한기로 몸을 휘감지만 참아내야 한다. 최선을 다하지 못했을 때 오는 자괴감이 더욱 견디기 힘든 괴로움이 될 것이니 말이다. 사람만이 세상의 보석이라 여기며 살아온 나에게 털옷을 입고 온 우리 세찬이가 모든 생명들을 더욱 소중히 여기는 사랑을 안겨주었기에 나는 오늘도 무수한 생명들의 고통의 숨결을 들을 수 있는 것이다. 구조된 생명들에게 그나마 안전한 삶을 보장해주는 중성화수술을 위해 나를 인내하며 노력하고 있는 것이다. 새벽의 찬바람 옷깃을 파고들지만 그래도 별빛은 너무도 아름답다.

길냥이 길동이들의 세월

혹독한 한파의 등등한 기세 속에서
눈 비속 강풍으로 시리고도 시린 시간들을 견디느라
토해내는 너희들의 아픔의 소리 하늘 높았어라.
그 모진 겨울을 참아내며
기다림 끝에 봄이 왔건만
비바람에 이어 차가운 바람 또다시 매섭게
도심의 골목을 할퀴어댄다.
겨울의 상처가 다시 살아나는 듯
웅크린 너희들의 모습이 애처롭기 한이 없다.
우리는 또다시
겨울을 만나야 하겠지만
그래도 이제는
움츠렸던 너희들의 초라한 몸 생기를 불어 넣어주는
모든 생물들을 일깨워 소생의 기쁨을 주는
따스한 봄날이 되었으면 좋겠다.
인간은
봄, 여름, 가을의 풍요로움을 통하여 겨울을 대비한다.
인생의 만년도 그리하여야 하듯….
너희들도 횡포가 없는 곳에서
두려움이 없는 곳에서

겨울을 준비할 수 있는
너희들만의 영토가 허락되었다면 얼마나 행복하였을까.

세상 만물의 진리와 이치, 또 영화가
사람만을 위해 존재되어 있음이 아닌 것을….
옛 선조님들께서 풍월을 벗 삼는 것도
세간의 먼지를 씻기 위함이라 하였듯이.
흐르는 계곡물에 자신을 비추어
삶의 이치를 다시 돌아보고 깨달아보아야 하지 않을까.
악이 그릇에 차면 하늘은 반드시
그 그릇을 깨뜨린다 하였건만, 좀처럼 악은 부서지질 않는다.
오늘도 나는 이슬처럼 맑고 사랑스러운 너희들의 눈빛 속에서
선함을 배우고 가난의 행복을 배우노라.

세월

그때는 바삐 지나가는 세월을 느끼지 못하였다.
오직 가족만을 챙기고 집안을 쓸고 닦으며

햇살이 눈부신 날엔
아이의 운동화 맑게 빨아 툇마루에 얹어두며
햇님과 방긋방긋 웃으며 인사 나누던 그때는
나의 행복이 온통 세상의 행복인줄만 알았다.

타임머신을 타고 돌아본 옛날이여
그러나,
철 없었음이 너무도 부끄러워
지금의 시간들이 아깝기 그지없다.

지나온 길은 멀어져만 가고
갈 길은 가까워오는데
한번으로 끝나는 인생
누구나 재방송은 없는 것.

이리도 나의 생애가 소중하기에 우리는
자연이 주는 경이로움 속에서

이 땅에 존재하는 무수한 생명들과
함께 살아있음을 감사할 줄 알아야 하지 않을까!

동물도 자유를 꿈꾸며
그들의 영토에서 가족을 이루며 그렇게 자연의 섭리에 순응하며
살아가기를 원할 것이니,
우리들로 인해 생겨나는 동물들의 고통을 돌아보아야 한다.

풋풋하고 여린 생명들의 목숨을 먼지처럼 날려 보내고
그들의 삶을 난도질하며
자손들의 만복을 위해 기도를 한다는 것
어찌 하늘에 닿기를 원할 수 있겠는가.

낙조가 내려앉은 붉은 석양을 바라보며
우리들의 석양을 참회로 느껴보자.
무심코 저지른 작은 죄업들이 쌓여
세상을 난지도로 만들어가고 있음이
하늘보기 두렵구나.
땅을 밟기가 차마 두렵구나.

조류독감

닭, 오리, 돼지 등 고통으로 아우성치며 울부짖음 속에
산 채로 땅속에 묻히고,
땅은 억울한 생명들의 분노로 통곡하며 몸살을 앓는다.
하늘이 노하실까 우러러 볼 수도 없구나.
내가 기억하는 아름답고도 감사한 이 넓은 대지는
인간들의 유희를 위한 도박을 일삼는 오락장으로 난무한데
생명들은 좁은 우리에 갇혀 시달림의 고통으로
미친 병을 얻고 살아간다.
이들을 미치게 하고 병들게 하는 것은 세상의 오염이 되어버린 탐욕.
탐욕에 갇힌 탁한 환경은
광우병을 빠르게 확산시키며
조류독감과 같은 공포의 산물을 낳고 있다.

자연의 순리를 역행하는 우리들이
스스로 불러들인 재앙이거늘 자승자박의 결과임을 모르고
또 다시
하늘의 뜻을 거역하고
지구의 파멸을 향해 뜨거운 독을 뿜어댄다.
지금 들리는
죄 없는 동물들의 저 처절한 아우성은

머지않아 우리들의 아우성이 될 것 같아 생이 두렵다.

한을 안고

쓰러져간 생명들아!

부디 극락왕생하여 윤회를 보자.

만승(萬乘)의 자리에 우뚝 선 장엄한 인물이 되어 다시 살아날 그날의 윤회를 보자.

미안하다는 말 차마 두려워하지 못하니

인간의 죄, 용서를 빌 수도 없구나.

봄 햇살 아래에서

2006년 3월. 금비, 보리, 해득이, 현미, 사랑이, 누리, 평화, 덕이, 복이, 콩이, 완두, 밀크, 꼬모, 짱이, 이 녀석들이 사랑스러운 나의 애물단지들이다. 아침을 분주함으로 열게 하고 저녁을 안도의 숨 속에 닫게 하는 예쁜 나의 애물단지들이다. 양귀비과에 속하는 현미, 밀크, 누리, 꼬모는 우리 집 미스애견 진, 선, 미 그리고 현이다. 분단장도 하지 않는데 어찌 그리 고운 것이냐?

그렇구나. 마음이 천사인 너희들이니 모습도 천사가 되어 눈부신 꽃이 되었구나. 예쁘다. 예쁘다. 쓰다듬고 안아주면 좋아라고 소리쳐 웃는다. 각기 다른 모양새의 엉덩이를 실룩이고 꼬리를 흔들며 진, 선, 미, 현을 향한 아홉 녀석의 식지 않는 사랑.

때로는 서열 없는 패싸움이 되기도 하고 때로는 돈독한 동지애로 뭉쳐 공갈 협박단이 되기도 한다. 애정구걸 조합단이라며 남편과 딸아이 박장대소로 지켜보고 엄마의 부럽던 눈. 파리채로 애꿎은 바닥 한번 내리치면 모두 효자 효녀가 되어 순한 양으로 돌변하니 어찌 이 영특함을 칭찬치 않으리오. 그래. 나는 하늘나라를 가더라도 너희들과 함께 가련다.

너희들이 천사이니….

그 곳이 바로 천국일 것이다.

베네딕트 교황의 말씀

"생명이, 생명이 아닌 무생물로 취급을 당하는 밀집식 공장의 사육 과정으로 지옥보다 더한 고통을 당하는 축산업화된 동물들을 우리 모두는 채식을 통하여 구원해주어야 한다."

간디 수상의 말씀,

"그 나라의 미래와 도덕성을 알려면 동물들을 대하는 국민성과 환경을 보면 알 수가 있다."

두 분이 남긴 말씀을 나는 하루에도 몇 번씩 되뇐다.

생명을 얻고 살아가는 우리 모두는 이승을 하직할 때 모두를 버리고 떠나는 것을. 내 것이라고 가지고 가는 것은 영혼과 업보뿐이라 하였으니, 사람이든 동물이든, 약자이기에 권리를 유린당하며 살아가는 것에 대한 측은지심을 열어 배려와 나눔으로 이어간다면 사회가 선업의 꽃을 피워 백년의 세상이 얼마나 더 아름다울까 하는 생각에 깊이 빠져보기도 한다.

생각은 있으나 소통이 되지 않아 날개가 꺾인 그래서 너무도 아픈 세월들을 살아가고 있는 생명들을 향한 편견의 인식이 언제나 쯤이면 변화될 수 있을까?….

진정한 동물가족들의 진심을 담은 협력. 존재하는 모든 동물보호단체들이 스스로를 내려놓고 한마음으로 단결하여 동물복지국가를 이루는데 총력을 기울여야 할 것이다.

상처와 상처가 만나

그 상처를 서로 부비며 살아가는 눈물겨운 생명들!
난 오늘도 너무 아프다.
인간으로 인해 사랑을 배우고
인간으로 인해 상처를 안고 살아가는 너희들의
처절한 고통의 무게를 내가 다 이고 지고 갈 수 있기를 바란다.
나는 인간이라 견딜 수 있으니,
반드시 이겨내야 한다.
이 고통의 순간들을.
나는 이 아이들에게 아낌없이 주는 나무가 되고 싶다.
청량한 물이 되고
시원한 바람이 되고
넓은 평야가 되어주고 싶다.

자고나면 버려지는 생명들이 끝없이 이어진다.
우리들이 이들을 도울 수 있는 하나의 답.
불임이라는 과학의 힘을 활용하는 것인데,
왜?
반려가족이라 말하며 불임을 거부하고 생명들의 고통을 확대시키고
연장시키는 길에 동참자가 되고 있는 것인가?
도무지 그들의 마음을 나는 알 수가 없다.

우후죽순으로 생겨나는 번식센터를, 생업을 위해 번식업을 하는 그들을 우리들은 막을 수도 탓할 수도 없기에 반려가족으로 살아가는 우리들만이라도 불임의 중요성을 인식하고 실천하여야 하는 것이다.
누구에게나 새 생명의 탄생은 경이롭고 아름다운 것이지만,
왜?
수 없는 생명들이 끝없이 버려지고 있는가를 우리들은 보다 아프게 받아들여야 할 것이다.
끝없는 잉태와 출산으로 사랑하는 자식을 품어보지만,
감은 눈 떠보면 그 자식은 사라지고 손과 발이 있지만 떼어놓는 주인의 마음 막을 수 없으니
언제나 슬픈 이별에 두 눈이 젖어 있다.

어제까지 나를 품어준 엄마는 대체 어디로 간 것일까?
그리고 우리의 형제들은 또 어디로 간 것일까?
나는 엄마가 보고 싶고 형제가 보고 싶다고 이별한 생명들은 말을 한다.
이 생명들의 마음을 보고 느낀 사람들이라면 어찌 이들의 마음을 모를 리 있겠는가.
그 아픔과 슬픔을 견뎌내며 살아온 너희들의 삶
마지막 떠나는 길.
단두대에서 죽음으로 원망과 서러움의 한을 남기니
너희들 세상만은 이제 그만 아프고 웃음만 있었으면 좋겠다.

그렇게 되기를 내 오늘도 한 걸음 한 걸음 나의 발자국 아래
간절한 기도를 심어 놓았노라.

부디 말 못하는 생명들을 이용하지 말라.
하소연 할 수 없는 이 아이들이
혼자 견디기엔 슬픔이 너무 크고 고통이 너무 크다.

쇼핑백에 담겨 대문 앞에 버려진 아가들 덕이와 복이로 이름 짓다.

9년 전 시 보호소에서 폐렴으로 죽어가던 아이들 다시금 찾은 행복. 짱이와 밀크.

10여년 전 수도 동파가 빈번하던 강추위 속에서 누군가에 의해 버려져 동네를 떠돌던 아이들. 보리와 현미라는 이름으로 내 가슴에 사랑을 키워준 보배들이다.

새끼 때 입양되었으나 변을 못 가린다는 이유로 유기견 보호소로 버려졌던 아이 안락사 직전에 데려온 우리 미남이.

여러 번의 출산 후 병약한 몸으로 버려져 나의 품에 안긴 우리 세찬이. 나의 첫 사랑!

재개발 아파트에서 구조한 루키. 딸아이가 지은 이름이다.

가난 속의 모정

갈퀴 같이 야윈 어미의 품안에 여섯 녀석이 붙어 수유한다. 이미 썩어 곰팡내 코를 찌르는 부서지고 떨어진 넝마의 집안에서, 그렇게 어미는 새끼들에게 말라 구겨진 젖을 먹이고 있다. 밥그릇은 보는 이의 가슴에 원망의 눈물이 솟게 하고 그 눈물은 원망의 날이 되어 내 손을 내 심장을 경련케 한다.

물이 콸콸 쏟아지는 수도는 1미터 옆
그러나 목이 마른 어미는
벌겋게 단 몸을 고통으로 신음할 뿐!
인간이 아님으로 그 수문을 열지 못한 채 먼지 가득한 빈 그릇만을
하염없이 바라본다.
이미 늙어 보이는 어미의 야윈 품안에는
빈 젖을 놓지 못하는 여섯 새끼들의 칭얼거림만 가득하고
고소한 부침 향에 코를 실룩여보지만
해가 다 저물도록 어미의 밥그릇은 채워지질 않는다.
며칠 후 장날 새끼들은 내다 팔 것이라 한다.
가슴 저밈으로 새끼와 나누었을 모정,
털옷을 입었다고 모를 리 없건만 매정한 주인은 그들의 아픈 마음
안중에도 없이 가격 계산에만 여념이 없다.
젖이나 떼면 좋으련만 새끼들 움직이면 성가시단다.

측은한 생명들의 불안한 모습 속에 밤이 차올라
초승달이 가난한 생명들의 삶을 보며 슬픈 미소를 짓는다.
밤 깊도록 풍겨나는 한 생명을 죽인 고기 내음
초승달이 슬퍼서 운다.

수세질 한 밥그릇은 달빛에 윤이 나고
나는 윤이 나는 밥그릇에 가득 밥을 채우며 아파한다.
먹지 못해 갈퀴가 된 어미의 고단한 삶이 너무도 가엾어
저 여린 생명들을 기다리고 있는 잔인한 세월들이 너무도 슬퍼
그렇게 나는 아파한다.

저 묵묵한 생명들의 세월이 이토록 혹독한 것은 우리 사람들의 먹이
습성 때문이다.
내 몸 또한 인간이니 이 잔인한 시대의 양심이 아프다.

그때만 하여도 용기와 담대함이 부족하여 그저 아린 마음으로 주인 몰래 밥을 주는 것으로 마음의 아픔을 달래곤 하였다. 이 아이들의 보호 환경, 새끼들과의 슬픈 이별, 그 후 마음과 육체의 병이 되어 죽어가는 생명들, 그 시간들이 이토록 크나큰 아픔으로 번질 줄은, 세상이 이토록 그릇되었음을 몰랐었다.

썩은 나무의 생명 잉태

썩은 나무에 벌레들이 둥지를 틉니다.
그 뿌리는 새로운 생명을 잉태시킵니다.
이미 늙고 썩어 자신의 존재는 푸르지 못하여도
많은 생명들의 안식을 도우며 그렇게 자신을 받쳐 줍니다.
고통 받는 생명들을 보듬으며 살아가는 우리들의 삶이
바로 그러한 것일 겁니다.

버려진 생명들을 보듬어 안은 채
그들의 상처를 치유하며
그들의 배고픔에 포만감의 행복을 채워주며
늘~ 그렇게 살아가는 우리들은
사는 곳이 어디이든
어떠한 일을 하든
생의 마지막 순간까지
이러한 나무의 삶을 살아갈 것이라 생각합니다.
고마울 뿐입니다.

빈집에서 짧은 줄에 묶인 채 먹을 것, 마실 물 한 방울 없이 방치되어 살아가던 발바리, 이사 간 주인을 수소문하여 구조해온 아이.

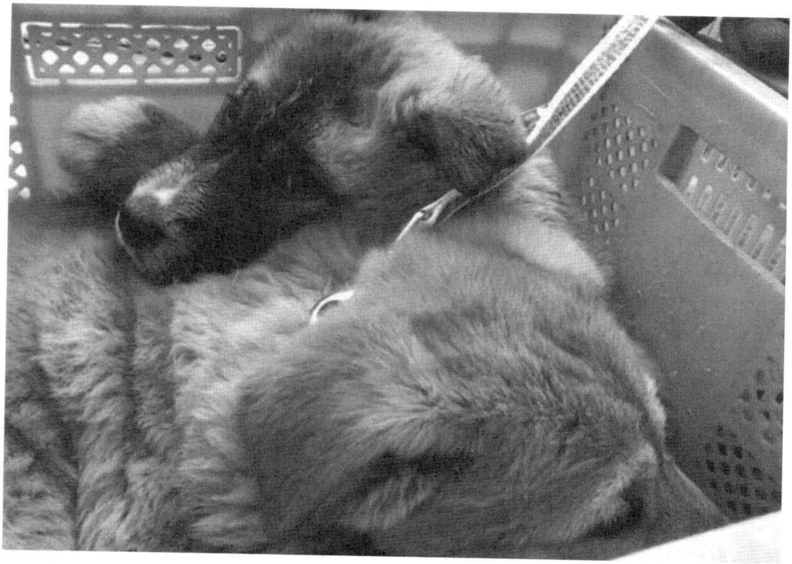

철제 뚜껑에 짓눌린 채 바구니에 갇혀 식육 농장으로 팔려가기 위해 장터로 끌려나와 사시나무처럼 떨고 있는 모습. 6개월 정도의 누렁 아가들, 구조 후 데려오기 위해 목줄을 하였으나 버티고 나오지를 않아 애를 먹었다. 서로에게 의지하며 두려움을 달래고 있던 모습이 너무도 처연하여 남기게 되었음.

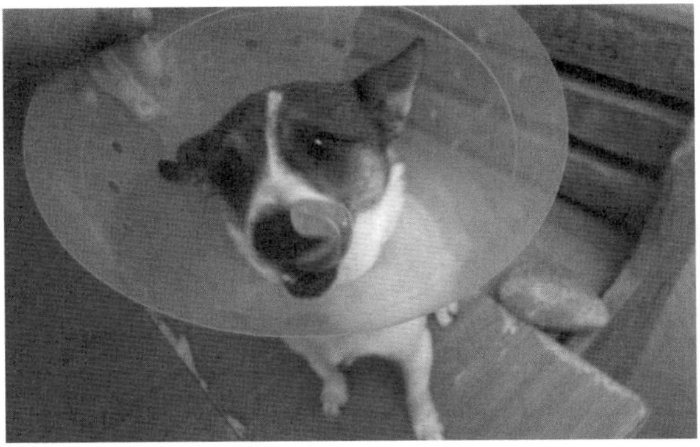

자신을 버리고 떠난 주인을 기다리느라 비가 오나 눈이 오나 버스 정거장을 떠나지 못하던 아이. 떠돌이가 되어 새끼를 낳았으나 혹독한 추위를 이기지 못하여 새끼들은 죽어 있었고 가까스로 어미를 구조하여 중성화 수술을 하였다. 너무 아프게 새끼를 잃어서인지 언제나 눈이 슬프다. 간식을 먹은 후 입맛을 다시는 모습조차 애처롭기 그지없다.

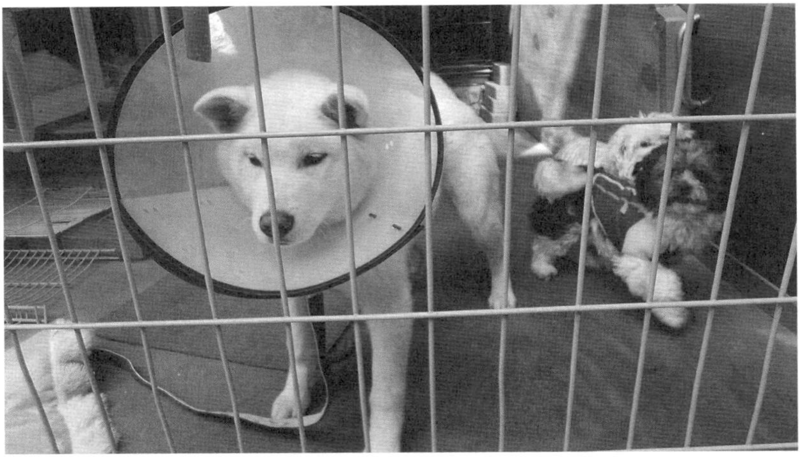

육견이 되기 전 구조된 아이 불임 후 회복 중에 있다. 회복 후에는 머나먼 경북 김천 땅 자비로 가득한 사찰. 큰스님 품으로 안기게 될 것이다. 그곳엔 이미 보리라는 이름을 가진 녀석이 있으니 환영하신다는 뜻으로 보영이라는 이름을 스님께서 지어주셨다. 보리와 보영이는 축복받은 생명들이다. 스님의 큰 사랑 속에 살아갈 수 있으니. 덩치가 큰 녀석들을 구조하게 되면 이제는 힘에 부침을 느낀다. 시골에서는 이런 아이들이 자라면 보신을 한다는 이유만으로 포대에 넣어 몽둥이로 내리쳐 죽음을 당하기도 한다.

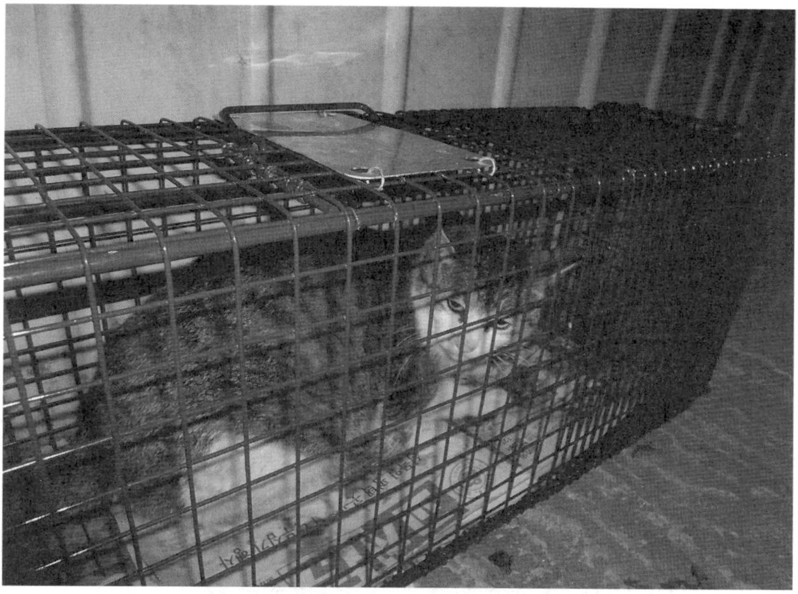

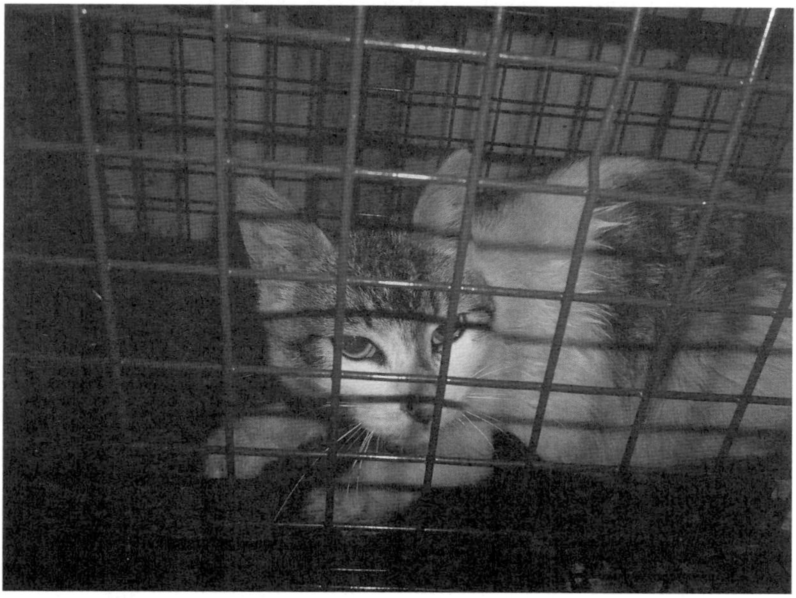

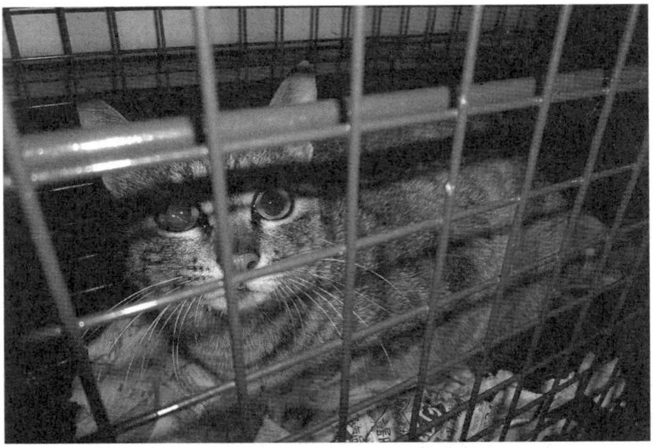

구조틀을 놓아 이렇게 구조한 뒤 불임수술을 한 후 회복기를 거치는 동안 순화시켜 가족이 되기도 본래의 자리에 방사하기도 하며 먹이를 준다.
사람 손에 키워졌던 아이들은 순화가 빠르다. 구조는 계절별로 꾸준히 지속되어야 하며 발정 시기가 좋다. 새끼들이 독립할 수 있는 나이라 수유 중의 어미 묘가 드물기 때문이다. 간혹 예외가 있으니 사전에 주의 깊게 살펴보아야 한다.
구조된 길고양이들은 매우 예민해 짐으로 눈맞춤을 해주어야 하고 이들의 언어로 부드럽게 안심시켜주며 담요로 케이지를 덮은 뒤 신속히 병원으로 이동을 하여야 한다. 사랑만 있으면 누구도 할 수 있는 일이다.

너의 어미는 그렇게 떠났다

오늘 하루도 또 이렇게….

모래알처럼 작은 존재가

우주만큼이나 큰 사랑을 품게 되었기에

늘~ 숨이 막혀오는 듯한 갈증을 느낀다.

너무도 아파 모가 난 나의 가슴은

이제 더 이상 울퉁불퉁 거칠어질 곳도 없을 것 같다.

모나고 거친 돌도

닦으면 반짝이는 수석으로 다듬어지건만

나의 가슴은 어찌 할꼬….

작은 누군가의 발소리에도 가냘픈 아이의 몸은 사시나무처럼 떨기만 한다.

조심조심 다가가 이제는 괜찮다.

속삭이듯 말해 주어도

포근한 침낭에서 편히 잠들라 말하여도

아이의 불안함은 멈춰지질 않는다.

혈연의 정을

강제로 떼어졌음이 이리도 고통이거늘

야속하고 차가운 사람들의 심성은

그것을 당연하다 말하니 어찌하겠는가.

아가야!

너에게서 형제들과 어미를 앗아간 자는
식육견을 사고파는 업자였느니라.
너의 어미는 그렇게 떠난 것이란다.
어미의 단발마의 비명소리가
아직도 너의 귓전에 맴돌고 있는 것이냐?
사랑하고 또 사랑하는 너희들 일곱 남매를 두고
먹이사슬의 희생물이 되고 말았느니라.
뿔뿔이 다 흩어지고 만 혈육들
나는 그 속에서 마지막까지 남아있는 너를 만난 것이다.
서럽고 억울하더라도
어미의 피눈물이 형제의 눈물들이
가슴에 남아 있더라도
이제는
온 가슴 짓누르는 슬픔과
인간을 향한 불신을 내려놓으려무나.
그리고 나의 둥지에서 행복감에 취해 살아다오.
너의 이름은 평화
이미 터줏대감이 되어있는 누리 언니랑
온누리에 평화가 오는 그날을 기다리며
그렇게 지난날을 잊어가며 알콩달콩 살아다오.
어미가 검은 장막 속으로 끌려가는 그 두렵고 서러운 세월
결코 너에게 또한 너희들에게 대물림하지 않을 것이니

아픈 기억 모두 잊고

사지의 땅이 아닌

따스한 둥지에서

마음껏 자유롭게 행복하려무나.

길고양이들과의 입맞춤

사랑의 빛을 보았더냐?

그리하여 시리디 시린 눈보라를 온몸으로 맞으며 언제나 그 자리 그곳에서 너희들의 먹이를 든 나를 기다리고 있었더냐?

자연의 조화라고….

그저 그렇게 스치고 지나치기에는 너무나도 애절한 맑은 마음을 가진 생명들.

언제나 두려움을 안고 살아가는 너희들은 단지 배가 고파 넘쳐나는 사람들의 먹이를, 버려진 먹이를 찾아 나섰을 뿐.

배고픔의 고통은 너희들에게도 견디기 힘든 고통이란 것을 사람들이 알아준다면 얼마나 좋을까….

차가운 눈 비 속에서 거리의 소음에 소스라쳐 놀라 도망치며 행인들의 발자국에 두려움으로 몸을 웅크린 채

그렇게

늘~ 아픔들을 보듬고 살아가야 하는 너희들 또한 형언할 수 없는 신비로운 마음들을 가진, 삶의 방식을 가진 생명들임을 사람들이 인정해 준다면 얼마나 좋을까….

너희들의 아픔 속에 내가 끌려들기 전에는 나는 몰랐느니라.

내 아픔만 아픔이고 고통이라 여겼던 것이 얼마나 그릇된 마음이란 것을.

너희들을 향한 인성의 바람이 쓰나미였다는 것을 나는 몰랐느니라.

너희들을 향한 측은지심으로 사랑의 키가 자라기 시작하였으니 그 사랑을 통하여 세상의 모든 생명에 대한 사랑과 애착을 느끼게 되었으니 그 고통을 내 몸의 고통보다 더 아파하게 되었으니 나는 어떠한 상대를 만나도 양심의 부끄러움이 없는 인연을 지속한다.
나의 양심을 돌아볼 수 있다는 것, 나에게 힘든 것은 남에게도 힘든 것이라는 것을 인정하며 살아간다는 것.
너희들을 향한 사랑으로 얻어진 보배 같은 큰 수확이 아니겠느냐.
나는
꽃잎보다도 더 여린 너희들의 마음을 보았기에 오늘도 너희들에게 두 눈으로 입맞춤을 하며 발길을 돌린다.
어서 어서 배불리 먹고 두려움을 피할 수 있는 곳, 눈비가 젖어들지 않는 둥지를 찾아 몸을 누이거라. 그리고 내일 다시 만나자.

혼잣말

한없는 자신과의 싸움 속에서 무능함으로 가득 찬 힘없는 육신이지만 너희들에게 오늘도 나는 희망이 되려 한다.

얼마만큼 견뎌낼지 때로는 배터리처럼 충전이 필요한 나의 부실한 육신이 두렵기도 하지만 그래도 나는 너희들이 나의 가슴에 묻혀 편히 살기를 그래서 한 생명이라도 더 고통에서 벗어나게 되기를 바란다.

수면 부족이 거듭되면서 축 늘어진 몸은 여느 때와 다를 바 없으니 집안 일하는 것조차 힘이 든다.

너희들의 그 잔혹한 고통이 멈춰질 수 있을 때 이런 피곤과 아픔들을 벗어날 수 있겠지….

나에게 주어진 복이라고.

하늘이 사랑이 많은 나를 택하신 것이라며 혼잣말로 위로하며 오늘도 나는 전력을 다해 동분서주하였고, 그 보람은 습관처럼 새끼를 놓아 상품화 하던 집의 두 어미견을 병원으로 데려올 수 있었던 것이다.

당연히 불임하기 위해서다.

동물들이 받는 상처나 아픔에 무관심하고 무지한 사람들을 설득하여야 한다는 것, 늘~ 목이 타고 가슴이 탄다….

내일은 정말 한나절을 자고 싶다고 고단한 육신을 향해 중얼거려 보지만, 새벽이 오는 시간이면 나는 또 다른 너희들의 곁으로 발소리 죽이며 걸어가리라….

뜨락의 임들과 나누고 싶은 이야기

아무 준비된 것도 없이 너무도 갑작스럽게 (한국동물보호협회) 보은 보호소를 다녀왔습니다. 올해가 저물기 전 함께 동행 할 수 있는 뜨락의 우리 임들과 꼭 한번 다녀오리라, 내심 혼자 간절한 마음을 가지고 있었던 곳이었답니다.

토요일 늦은 오후 협회 회원 두 분께 전화가 왔습니다. 보은을 함께 가고 싶다고. 큰 비가 오기 전 하나라도 더 고양이를 구조하기 위해 틀을 놓아둔 곳도 있고 또 데려와야 할 우리 멍멍 아가들도 있었기에 도저히 엄두가 나질 않았습니다. 또 계획대로 움직이지 않으면 마음도 몸도 그 외 모든 상황이 어려워지기도 한지라 난감해지기도 하였습니다.

남편에게 걱정을 토로했고….

남편이 함께 동행해 줄테니 다녀오자고….

남편의 선선한 협조가 너무도 고맙고 힘이 되어 일요일 동물농장이 끝난 시간 출발, 저녁 9시경 집에 도착 하였습니다.

우리 뜨락의 임들과 함께 하지 못하여 아쉬움이 많은 시간이었지만, 그래도 보은 아가들의 나름 자유롭고 여유로운 또한 결코 외롭지 않은 삶을 보며 뿌듯한 행복을 안고 돌아올 수 있었답니다.

갖가지 모질고 슬픈 사연을 안은 채 죽음 앞에 놓여졌던 아가들이 협회장님의 품에서 저리도 평화로운 삶을 살아가는구나!

아이들의 마음에는 늘 사람이 그립고 부족함이 있겠지만 안전이 보장된 넓은 주거 공간에서 골고루 나누어주시는 사랑이 있기에 인간을 향한 두려움과 불신을 잊은 아이들의 모습은 너무나도 활발하였고 행복해 보였습니다.

천진하고 빛나는 눈망울로 저마다 우리들에게 사랑을 전하는 세레모니를 여유롭게 날리고 있었어요.

아이들의 족쇄인 목줄이 필요 없는 곳.

감옥과도 같은 케이지가 필요 없는 곳.

늘~ 혼자가 아닌 친구와 함께 놀이를 즐기며 자유를 누릴 수 있는 곳.

이런저런 아픔으로 숨이 막혀오는 근심들을 크게 위로받을 수 있었습니다.

물론 세상 곳곳 지옥을 벗어나지 못하고 살아가는 아이들이 더욱더 많이 구조되어 회장님의 큰 사랑 속에서 보은의 삼림욕을 할 수 없음이 애석하지만, 우리와 더불어 사람은 누구에게나 한계가 있는 법. 그 한계를 벗어나면 평화도 전쟁이 되고 안락도 지옥의 수렁이 되며 방심과 무책임으로 이어져 참혹한 고통으로 이어지는 것이니 지나친 욕심은 그야말로 욕심임을 자각하며 아쉬움을 달랬습니다.

저는 아이들의 삶을 지향하는 욕심이 많은 사람입니다. 그러나 그간 회장님에 대한 한결같은 믿음과 그분의 의지를 신뢰하며 지내온 시간들이 헛되지 않았음을 확인되는 계기가 되었습니다. 길이 멀다는 이유로 또는 안락하게 쉴 곳이 없는 이곳의 아이들이 더욱 시급하여 오직 구조와 불임에만 눈을 돌릴 수밖에 없어 늘 뒷전에 밀어두었던 보은 아가들과의 만남….

돌아오는 발걸음이 회한의 아픔이 아닌 안도를 담은 시간이 되었기에 회장님과 보호소의 양 소장님 내외분께도 머리 숙여 감사드릴 뿐입니다. 분명 다음 기회가 있을 것이라 생각하며 함께 하지 못한 아쉬움을 이렇게 표현해 보았습니다.

치통으로 진통제를 먹으며 밤잠을 설쳤음에도기꺼이 가랑비를 맞으며 함께 동행해준 남편에게도 고마움을 다시 한 번 전해야겠어요. 밤과 낮도 구분치 않는 아내의 끝이 보이지 않는 진퇴양난의 길이 아내 혼자만의 삶일 것이라며 절망의 한숨을 토하기도 했던 사람, 그 남편이 미소를 머금고 돌아올 수 있었으니 조금은 남편에게도 위안이 된 시간이 되었을 것이라 믿고 싶습니다.(웃음)

회장님의 자그마한 손을 보며 그 작은 손으로 얼마나 많은 생명들을 구조하시며 혹독한 세월을 보내셨을까 마음이 숙연해왔습니다. 회장님 가엾은 생명들에게 낙원을 선물해주셔서 너무도 감사합니다. 또한 회장님의 좌우 보처(補處)가 되어주시는 우리 이승묵 부장님과 양 소장님 내외 분께도 진심어린 경의를 표합니다.

나름 여러 곳의 동물고아원을 다니며 너무도 열악한 환경과 조건에 상처받은바가 크기에 오늘의 기쁨은 두 배가 되는 듯합니다. 회장님의 인고의 세월, 애잔한 마음과 함께 깊은 감사를 표합니다. 오늘 구조에 실패한 아이, 감옥과 다를 바 없는 좁고 답답한 공간에서 지내고 있는 그 아이, 자신을 감옥에서 구해달라며 정에 목말라 회장님과 우리들에게 한없이 매달리던 그 아이, 정말 구조해주고 싶습니다.

자신을 돕고 싶어 하는 저희들의 의중을 이미 다 알고 있던 그 해맑은 아이, 마음에서 떠나지를 않습니다. 물론 회장님께서는 더욱 심난하실 것으로 짐작됩니다. 학대자도 견주라고 큰돈을 요구한 것으로 알고 있습니다. 저마다의 삶의 애로가 있기에 내일을 걱정하며 살아가야 하지만, 어떻게라도 힘을 모아 구조해주고 싶습니다.

오늘,

그 학대자 앞에서 격분한 저로서는 회장님의 만류로 그 자에게 할 말을 다 못하고 왔음이 마음 상합니다. 회장님과 보고 싶었던 병숙 씨 을선 씨 또 젊은 의용군 두환 씨와 지선 씨 아름다운 임들을 만난 오늘 행복한 하루였습니다. 또 다시 만나게 될 순간을 위해 우리 모두 열공하며 살아야겠지요.

부디 건강들 하셔야 합니다.

저마다가 처음 이 아이들을 지켜주기 위해 올올이 아파하며 키워낸 사랑 그 초심을 잃지 마시고 진정한 동물복지를 이루기 위한 최선의 노력들을 해주신다면 분명 우리들이 바라는 동물복지국가는 이루어 질 것입니다. 포기하지 않는 한 절망은 없습니다. 사랑합니다. 뜨락의 임들을….

그리고, 길 위의 생명들을 구조하는 SBS 동물농장 팀들에게도 또는 동물단체에게도 아낌없는 격려를 보내주시기 바랍니다.

(그날 구조하고자 했던 아이는 '그레이드 피리니즈' 이틀 후 학대자의 손을 벗어나 솔바람 향기 그윽한 보은 보호소의 품으로 친구들의 환영을 받으며 입

소되었습니다. 족쇄와도 같은 쇠사슬을 벗어내고 미소라는 새로운 이름을 얻었습니다. 아이의 구조를 위해 함께 힘이 되어준 배을선님과 전병숙님에게 고마움의 세러 머니를 날립니다.〈웃음〉

희망의 길은 어디에 있는 것일까

몸은 천근의 무게를 이고 있는 듯하고
마음은 만근의 아픔을 안고 있는 듯하다.
아가를 태중에 안고 있는 어미가 되려는 길고양이들이
부쩍 늘어 있음에 새벽의 발길이 무겁기만 하다.
별을 보며 마음의 간절한 기도를 오늘도 올려본다.

우리 모두
더 큰 희망을 찾아갈 수 있도록 환한 마음의 길을 열어 주소서!
터벅터벅 걸음을 옮기며 기도를 올린다.
먹이를 주며 삼삼오오 짝을 이루어 기다리는 생명들을 보며
우울해지는 마음.
수가 늘어나면 생겨나는 불상사.
그 생명들의 생과 사가
마치 나의 손에 달려있는 듯하여
착잡함이 몰려옴에 스스로를 향한
아픔의 노래를 불러보았다.

너희들은 나에게

겨울을 재촉하는 비가 싫어 눈물짓게 하고 긴 장마가 옴을 두려워하게 하는 한없이 애잔하고 애처로운 그러한 생명들이다.
앞서 악을 품을 줄 모르는 천진무구한 너희들의 마음 보듬어주지 않을 수 없는 슬픈 거리의 천사들아.
그 애처로움으로 나의 오랜 시간을 꽁꽁 묶어 두었으니 오랜 시간 아픈 만큼 사랑에 키만 자라 거침없이 불의와 싸울 수 있는 용기를 다진다.
어린이가 사랑하고 함께하며 즐거워하는 우리들의 반려견.
결코, 사람의 먹이가 되기 위해 태어난 생명들이 아닐텐데 너희들의 고통을 모두 보듬을 수 있는 능력이 나에게 없으니 세상의 야박한 인심이 밉다고 원망을 하게 된다.

가련한 생명들아.
내가 죽어 꽃이 될테니 너희들은 나비가 되어 나의 꽃 속에서 편안히 쉬어 주려무나.
나는 너희들의 영원한 안식처가 되리니 너희들은 나에게서 먹이를 구하고
육신을 쉬어주며 나로 인해 행복하여라….

너무도 아픈 이야기

숨이 넘어갈듯 기침을 하는 발바리 한마리가 털이 날린다는 이유로 대문 밖으로 내쳐져 감나무 밑에 묶인 채 살고 있었습니다. 너무도 안타까워 밤마다 몰래 맛있는 사료와 북어를 곤 물을 가져다주었던. 어느 날 그 아이를 8년 키웠다는 주인은 사냥총으로 갈겨대고 있었습니다. 어차피 병든 것 죽어야 한다며 찢어지는 비명소리에 가던 길 멈추고 뛰어 들어가 미친 듯 소리치며 안고 온 아이. 그때는 동물보호법도 몰랐습니다. 학대법도 없었습니다. 그냥 본능적으로 인간의 잔인함에 치를 떨며 그 아이를 살려야한다는 일념 하나로 미친 듯 가로막아 안고 나온 아이. 총구의 두려움도 잊은 채 두 눈을 부릅뜨고 이를 악물며 너를 안았다.

이미 쳐져 늘어지는 너의 식어버린 육신.
꼬집고 때려보아도 꿈쩍하지 않는 너를 보며
나의 울분은 분노로 바뀌어 지고.

부드러운 너의 털은 그대로인데
너를 이렇게 만든 것이 너를 키워준 주인이란 말이냐!
한평생 집지킴이가 되어주고 주인의 발자국 소리만 들어도
반가워 꼬리쳐 준 너를 향한 이성이 없는 그 자의 행동은
살육자들의 마음과 다를 바 없으니

나 또한,

인적 살인을 당한 것처럼 온 가슴의 멍울이 가시질 않는다.

야속하고 억울하다.

부디 다시 일어나라.

그래서 이 고통스러운 삶의 시간에서 벗어나

이제 나의 발치 아래서, 나의 품안에서 행복을 느껴주렴.

나의 따뜻한 품안에서….

입원 이틀 후

이 아이는 고통의 숨을 몰아쉬며 눈을 감고 말았습니다.

어설픈 나의 사랑은 그 안타까운 생명에게 길고 외로운 고통의 시간만을 연장시켜 주었을 뿐이었습니다. 7년이 흐른 지난해 11월. 그 아이에게 사냥총을 휘둘렀던 남자, 몹쓸 지병(간암)을 오래토록 앓다가 육십이 조금 넘은 아까운 나이에 세상을 떠났습니다. 죽기 1년 전 그의 얼굴은 흙빛이었어요.

독백

어둠에 휘감겨 도심을 돌고나니 어느덧 차가운 새벽이다.
간혹,
마주치는 사랑스러운 너희들의 모습에 깊은 시름을 삼키며
오늘도 나는 동터 오는 아침을 또 맞이했구나.
외로운 봉우리 홀로 앉아 있는 마음이면 이러할까?
너희들을 돕고자 하는 이 간구한 마음은
털끝하나도 붙일 데 없는 고독한 마음일 뿐이다.

사람이 발길에 차이건만 이 길을 함께 해줄 사람 그 어디도 없으며
자신들의 푸념 들어주며
자신들과 놀아 달라 보채기에 바쁘다.

예수도 부처도 하지 않는 일을 왜 네가 하려 하느냐고
편히 살아갈 수 있는 사람이
왜 사서 고생을 하냐고 끔찍이도 나를 위하는 양
귀를 아프게 한다.

그렇다.
예수도 부처도 아닌
인간이 걸어가기에는 너무도 힘겨운 이 길….

나의 평범하였던 삶을 확연히 둘로 나누어놓은 생명들은
지난 시절 철없이 안주했던 내 삶의 흔적조차 이제 묻어버린 듯하다.
마흔이 넘어 시작된 생명들과의 동거
또 다른 생명들의 성향들을 발견하며
한 해 한 해 깊어져가는 관심은
결국 생명들의 지옥의 현장들을 목격하게 되었고
그 순간부터 나는 아이들을 위한 투사가 되고 말았다.

오랜 시간 내 인생을 둘로 나눈다면
나 이대로 살아도 되는 건가?
그래 내가 이렇게나마 이 생명들을 도울 수 있으니 얼마나 큰 축복인가였다!
숙명처럼 다가온 아이들
아직도 나는 또 다른 삶을 익혀간다.
무고한 너희들에게
칼날에 베인 듯 시린 상처를 안겨준 누군가들을 대신하여
이렇게 너희들을 다독여 줄 수 있으니
이제,
이것이 나의 마지막까지의 모습이 되리라.

위선적이고 이기적인 사람은
생각에만 그치며 실천하지 않는 자들이라 생각한다.

내가 하기 힘든 일을

남이 대신 해주기를 바라며

그 공을 자신에게 돌리려 하는 사람이라 생각한다.

남이 하기를 바라지 말고

나부터 시작하는 그런 사람이 되어야 하지 않을까.

육지 속의 섬은 이러한 곳을 두고 말함이던가

꼬불꼬불 시골길.

논두렁 밭두렁을 지나고 지나 다다른 곳.

폐가인지 창고인지 쓰레기덤불인지 악취로 진동하는 작은 움막 속에서 금방이라도 달려 나와 물을 듯한 기세로 여러 명의 아이들이 짖어대는 속으로 꺼칠꺼칠한 모습의 젊은 남자가 나온다.

낯선 두 여자의 방문에 당황한 듯 막아서는 그의 뒤로 폐사 직전에 놓여진 듯한 처참한 모습들을 한 여러 명의 아이들이 지친 듯 누워있고 몇몇 아이들은 악에 바친 듯 큰소리로 짖어댄다.

첫 방문 때 함께 동행해준 친구는 무슨 일을 당할 것 같은 예감이 든다며 그곳은 포기하라 한다. 10년 전 다리를 절며 아파트 단지를 떠도는 유기견에게 수술을 해주는 나에게 정신나간 사람이라고 비난을 해대던 그녀.

그런 그녀가 지금은 절박한 순간에 간혹 함께 동참해 주기 위해 결코 가깝지 않은 거리를 달려와 주기도 한다. 조금이나마 약자를 위한 사랑을 행하는 사람이 되어가고 있으니 고마울 수밖에….

도저히 현대문화를 이용하여 살 수 없을 듯한 폐쇄된 외딴섬 같은 곳. 이곳에서 그는, 또 이 아이들은 어찌 살아가고 있는 것일까.

나 또한 이곳을 어찌 왔을까.

내가 밟고 걸어온 풀들이 무성한 길을 보니 순간, 두려움인듯 식은 땀이 난다. 길이 거칠었듯 사람도 거칠고 고통으로 일그러진 아이들 또한 너무도 거칠다. 온갖 쓰레기더미 속에서 생명들의 사체인지 쌓인 털들이 보인다.

오직 하나의 발원으로 아랫마을의 주민들에게 도움을 청해보기를 거듭해보지만 "그놈은 미친놈이오."라는 대답뿐 아무런 도움을 주질 않는다. 그 지옥에서 고통받는 그 아이들을 구조해야 한다는 나의 일념은 포기가 되지 않으니 경제력의 한계와 씨름하며 폭염과 싸우며 6번의 방문을 하였고 몇 년처럼 아득하게 느껴졌던 25일 남짓의 지옥행은 끝이 났다.

13명이었던 아이들 그 사이 두 아이는 또 다시 고통의 시간 속에서 삶의 끈을 놓아버렸음에 가슴이 저며와 그 자를 향해 가시 돋친 말을 쏟아낸다. 그런데 나의 귀를 의심한 그의 말. 느리고 어눌했지만 확고함을 전하는 그가 던지는 말.

"우리 애들 다 데려다 어디다 팔지 말고 안락사 시켜 주세요. 병들고 못생겨서 분양하면 또 버려질 거예요."(나를 장사꾼으로 여긴 모양이다.)

아!

마을사람들이 미친 자라 말한 사람, 그의 마음 골골이 누군가를 향한 한과 설움을 품고 그 황폐한 가슴으로 한 아이 두 아이를 만나고 중성화가 되지 않은 아이들은 출산까지 하게 되었고 쓰레기를 주워먹으며 연명해온 지 8개 월이 되어간단다.

그러한 그가 아이들이 자신과 같은 운명이 될까 불안하다고 한다.

그렇구나. 정말 겉모습은 아무것도 아니구나. 내면의 깊이는 아무나 쉽게 가질 수 없는 진정성을 담고 살아가는 사람이었구나. 혹여, 그의 마음에 변화가 올까 서둘러 콜밴을 부르고 나의 작은 차도 또다시 아이들의 고통만큼이나 크고 짙은 흔적으로 가득 채워진다. 아이들을 안아 차에 올려 주며 눈물을 훔치던 그 자의 모습 속에서 연민을 느낀다. 나에게 마당이 있는 작은 시골집이라도 있었더라면 사람마저 구조할 수 있으련만.

전기도 가스도 없는 곳에서 혹독했던 지난겨울을 보낸 그와 아이들을 생각하니 생명이라는 질긴 존재 앞에 다시금 고개가 숙여지고 만감이 교차된다. 그의 마음을 돌리기 위해 쓰레기 검불에 불을 붙여 가져간 라면을 끓여주다 데인 팔뚝의 상처가, 아이들에게 먹이를 주다 돌에 걸려 넘어져 멍든 무릎과 손톱의 상처가 영광의 상처처럼 여겨지며 격한 혼란스러움 속에서도 안도의 후련함으로 몸이 가라앉는다.

머리와 가슴이 쓰레기더미가 되어 고통의 신음을 토해대며 살아가고 있는 대책 없는 삶들이 넘쳐나는 기막힌 세상에 넌더리가 난 시간들이었지만 독하게 나를 채찍하며 견뎌온 시간들에 내 바람을 이루었으니 나는 너무도 값진 고통의 결과를 얻지 않았는가.

굶어 죽고 폭염으로 타 죽을 영양실조로 피부가 괴사되어가는 고통으로 일그러진 11마리의 생명을 구해냈으니 수백 마리의 아이를 나는 또다시 구해낸 것이다. 나에게 컨테이너 집을 지어달라고 하기도 하고 아이 하나 당 백만 원을 달라고 억지를 부리기도 하며 어느 날은 서울집에 다녀와야 한다며 많은 여비를 요구하기도 어느 날은 마트를 가자고 하여 온갖 필요한 물건들을 다 사달라고 떼를 써서 나의 가난한 주머니를 마구잡이로 털어 당혹스럽게 하였던 그가 이토록 측은하기만

한 것은 그 또한 세상의 잔인한 바람을 견디지 못했을 뿐 너무도 외로워하였으며 능력은 없었으나 말 못하며 떠도는 생명들을 가엾어 할 줄 아는 인간다운 마음을 가진 사람이라 느껴지기 때문인 것이다.

데려온 아이들로 정신 없었던 10여 일이 지난 뒤 그래도 혹시나 하는 마음에 다시 찾은 그곳. 그의 흔적이 없다. 그를 보았다는 사람도 없다. 산을 향해 소리쳐 불러 보았지만 그는 없다. 그래, 넝마 같은 그의 모습 속에 담겨져 있던 그 사람다움이 그에게 새 삶을 열어 갈 수 있는 원동력이 되기 바란다.

여러분!

목적을 분명히 하면 삶이 결정되듯이 할 수 있다고 믿는 사람은 이룰 수 있습니다. 오직 원하는 것만을 생각하고 행동할 때 원하던 바를 이룰 수 있지 않을까요? 진실한 사랑 앞에서는 우리들 모두 구조대원이 될 수 있습니다.

가슴으로 묻은 그리움, 너무도 슬픈 이별

3년 전, 아주 추운 겨울이었습니다. 바람결에 들리는 소문으로 찾아 나선 곳. 너무도 예쁘고 천사 같은 아이들이 철장에 갇힌 채, 주인의 방치 속에서 고통에 시간을 보내고 있었습니다. 긴 장마에는 몸의 절반이 물에 잠긴 채 살아야 했고 추운 겨울에는 물조차 마시지 못한 날이 여러 날. 영양가 없는 저가의 사료조차도 배불리 먹을 수 없었던 아이들, 간경화로 복수가 차 있는 아이, 피부병으로 온몸이 가려워 고통으로 신음하는 아이, 극도의 스트레스로 서로를 물고 할퀴며 고통에 세월을 보내는 아이들. 그 지옥 속에서도 새끼는 어김없이 태어나고….

그 아이들이 안타까워 사랑을 나누게 되었고, 계절은 몇 번이 바뀌었습니다. 하루도 무심할 수 없었기에, 명절조차도 황급히 올라와 전등에 의지하며 돌봐주던 가련한 생명들. 손톱이 빠져나갈 듯, 추운 겨울이면 들통에 물을 끓여 출렁이며 차로 나르고, 북어를 고아서 먹이며, 그렇게 2년의 시간이 흘렀습니다.

어느 날 주인이란 자, 죽음만이 기다리는 사지로 아이들을 보낸다고 하였습니다. 고통으로 이어진 세월 속에서 이미 상처를 안고 살아온 생명들, 그 아이들을 보듬어 줄 곳은 아무데도 없었습니다. 어렵게 3세 아이를 좋은 곳이라 믿고 입양해 보냈으나 3일만에 여러 가지 이유로 또 버려지고 1개월을 괴로움으로 저의 가슴은 녹아내렸고, 죽을 만큼 고통스러워 발을 동동 구를 수밖에 없었던 시간들.

비정한 도시 속에 짐짝처럼 버려지는 눈물겨운 생명들. 이러한 생명들과 살아온 시간들, 아무리 아픈 날이었다 해도 지울 수가 없으며 억울하게 학대받고 희생되는 아이들의 삶을 외면할 수 없기에 오늘도 나는 그 슬픈 만남과 이별을 반복하며 내일이면 또 견뎌야할 고통의 길을 어김없이 갈 것입니다.

나로 인하여 이 가련한 슬픈 생명들을
사랑해 줄 수 있는 누군가를 만나기 위하여
그렇게
비오는 작은 도시를 오늘도 돌고 돌아 왔습니다.

뉴스를 보고나니

잦은 폭우를 동반한 기나긴 장마와 폭염으로 기승 부리던 여름이 지나고 어느덧 하늘이 점점 높아만 간다. 농부들은 결실에 대한 기대로 마음이 부풀기도 하는 풍요를 안겨주는 가을이란 계절이 동물들에게도 조금이나마 도움이 되어주기를 기도하며 바라건만 먹이를 찾아 마을로 내려온 산짐승들은 총살당한다. 모든 동물들에게도 그만의 터전을 슬기롭게 가꾸어가는 지혜와 삶의 방식이 있거늘 그들의 터전과 삶을 송두리째 지배하는 사람들의 양심은 자신의 손실만을 앞세울 뿐이다.

그들의 영토를 빼앗은 것도 우리 인간이며 그들의 먹이를 약탈하는 것도 우리 인간인 것을 굶주린 배를 채우기 위한 한 생명의 몸부림은 또 그렇게 죽음이 되고 말았다. 무고한 생명들은 그렇게 늘~ 우리들에 의해 끔찍한 위해를 당하고 있는 것이다. 사람이 살아야 하기에 총부리를 겨눈 것이라고 말한다. 감정이 있는 생명이 겪는 고통과 기쁨은 누구든 예외일 수 없거늘. 동물들로 인해 목숨을 연명하고 동물들로 하여금 이윤을 얻으며 동물들로 배를 채움에도 미안함, 고마움, 소중함 등을 모른 채 늘 인간은 동물들을 향하여 흉기만을 앞세운다. 소도 그 임자를 알고 나귀 또한 주인의 규율은 알건만 어찌 인간으로써 하늘의 뜻을 알지 못하는 것일까?

자고 나면 보도되는 열거할 수 없는 수많은 악행들이 마치 도덕적 순위가 되는 듯 인간본연의 순리를 거역하는 세상. 몇 푼의 이익에 급급하여 소중한 새싹들의 급식을 속이고 패륜적 행위들로 어린 동심을 짓밟으며, 실업의 틈새를 노려 젊은이들의 꿈을 앗아가는 불량업종이 판을 치니 정직보다 거짓이, 도덕보다 부도덕이 난무하니 후손들에게 우리들은 남겨서는 안될 악행의 부채만을 남기는 결과를 가져올 것이다. 먹이를 찾아 내려오는 산짐승들의 죽음 앞에 미안함을 느끼며 동물로 태어난 것이 죄가 된 그들의 해탈(解脫)을 빌어본다.

구조한 아가들

아이들을 나흘의 시간을 송두리째 바쳐 구조해왔다.
발바리 한 녀석은 새끼를 낳아
공장 직원들끼리 나누어 가지는 어미견이었다.
너무 고생스러운 환경이었는지
사람을 믿지 못하며 사나움을 떨어
데려오는데 많은 어려움이 따랐고

누렁이 아가 셋은
너무 힘들어 질끈 눈감고
여아 둘만 데려오려 하였으나
(여아2 남아2) 벼룩시장 정보지에 내놓았던 아기들
이미 한 녀석은 팔려나갔고
혼자 외롭게 어디론가 팔려가 고통 받을 것을 생각하니
안 되겠기에 함께 데려왔다.

어미와 저들 형제를 판 주인도 주인이라고 그리웠을까?
아니 어미와 형제가 그리웠겠지!
이틀간을 나의 모습이 보이지 않으면
구슬피 울어 대기에
안으로 데려와

욕실을 내어주고 달랜다.

또 젖도 떼지 못한 채
한 달도 안된 애기들을 팔려는 어느 집에서
쉽지 않았지만
기어이 어미까지 데리고 왔다.
혹여라도 새끼를 해칠까봐
얼마나 애절한 정성으로 지키려 하는지
매순간 가슴이 먹먹 눈시울이 뜨거워진다.

공장 한편에서
외로움으로 찌든 아이가 있던 집은
분뇨로 봉우리를 세웠고
너무도 가슴 아픈 사연을 담은 여덟 명의 아이들과
불임을 하여 돌려주기로 한 두 명의 어미 견.

새끼를 여러번 낳아
십 만 원씩에 팔았다는
그 두 명의 어미 견들은
코리아 동물병원 전 원장님의 배려 속에 수술을 끝낸 후
회복을 위해 입원을 하고 있다.

팔기 위해 번식되던 집에서
불임만이라도 응해 주었으니
얼마나 큰 수확이냐며 스스로 위로받는다.

생명을 이윤의 대상으로만 생각하는
무지한 사람들을 상대하며 살아야 한다는 것,
아픔으로 누더기가 된 생명들을 보듬어오며
그들의 상처를 치유하며
살아야 한다는 것.

어느 누가 이 힘겨운 나날들을 짐작이나 할 수 있을런지….

육신이 너무 지쳐올 때는
나 역시 된 사람이 못됨으로
너무도 쉽게 동물사랑을 외쳐대는 사람들을 향한
또는 행동해보지 않았기에
너무도 가볍게 기타 운운하는
깊이가 없는 마음들을 향한 원망이
가시가 되어 살아나곤 한다.

4일간 구조한 아가들이다.

시장을 제외하고라도 지역정보지 등에는 늘 이러한 아이들이 마리당 2~3만원에 팔겠다며 내놓는다. 엄마 곁을 떠나온 녀석들의 눈망울이 두려움으로 가득하다.

혹한의 엄동설한 이러한 환경에서 집 떠난 주인을 기다리며 울던 아이. 출산을 하였다는데 새끼들은 이웃 공장에서 모두 데려간 뒤였다. 이웃의 허락을 받고 구조해올 수 있었다.

힘들게 한다는 이유로 이렇게 고운 생명들까지도 쉴 새 없이 버려진다. 척추를 다쳐 몸을 못 쓰는 아이, 녹내장으로 실명을 한 아이까지 무수한 아픔을 안고 버려진다. 내가 매 순간마다 불임수술을 행하는 이유다.

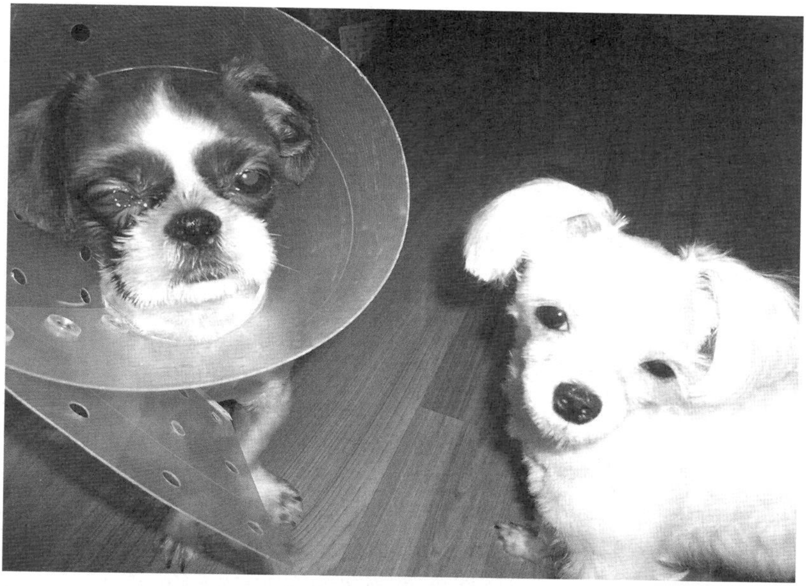

안구염증이 심하여 눈이 불거져 나온 채 이사하며 버려진 아이. 실명할 확률이 높다고 하였지만 2개월간의 꾸준한 치료로 이렇게 회복되고 있다. 이러한 생명을 버리고 간 자. 그의 앞길도 결코 복되지는 않을 것이다.

지인의 제보로 푸대에 담겨져 개소주집으로 팔려나갈 생명들을 구조하였다. 몸이 떨려 정신없이 차를 달리고 오던 중 살아난 것을 아는 것일까 죽은 듯 조용하던 녀석들이 낑낑대며 답답함을 호소한다. 예민해진 녀석들이 거세게 저항하며 난리칠까 두려워 담아진 상태로 병원까지 달려오며 놀라운 가슴은 떨림과 먹먹함으로 견딜 수가 없었다. 시골아이들 다수의 현실이 이러하니 어찌한단 말인가.

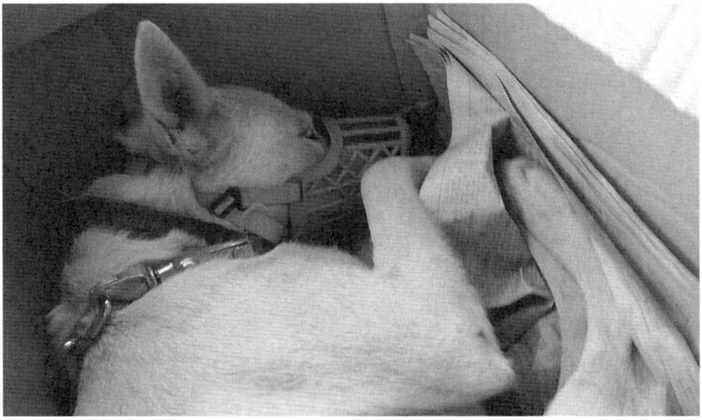

새끼를 가진 채 눈 쌓인 재개발 동네를 쓰레기를 주어먹으며 떠돌던 아이. 2개월 가까이 먹이를 주고 공을 들이다 드디어 다량의 수면제를 탄 먹이로 성공, 구조해올 수 있었다. 출산할 때까지만 돌보아 준다고 한 지인이 정이 들어 계속 키워주고 있고 태어난 다섯 새끼 중 네 녀석은 이웃 분들께 분양이 되었고 가장 몸이 약한 한 녀석은 어미와 함께 지내는 행운을 얻었다. 얼마 전 키우는 분과 힘을 모아 어미에게 불임을 해주었다. 위기의 생명을 구해준 김 중사님 내외분이 고마울 뿐이다.

지역정보지 동물판매란에 올려진 아가들. 새끼들만 판다고 하는 주인을 설득해 어미를 함께 사올 수 있었다. 새끼를 잃게 될까봐 두려움에 떨던 모습은 사라지고 수유하며 평온하게 잠들어 있는 어미의 모습이 측은하고 애잔할 뿐이다.

마을 놀이터에 버려져 수개 월 먹이를 주는 나의 손길마저 피해 도망만 다니던 아이. 더욱이 여아이라 떠돌이 상태에서 새끼를 가지게 될까봐 애를 태운 녀석이다. 장대비가 쏟아지던 날 만신창이가 되어가며 가까스로 구조하였고 중성화 수술 후 회복기가 끝나면 미라 형님께서 보담아 주시기로 하였다. 고생 끝 행복시작이 되는 것이다. 이제야 자신을 돕고자 하는 나의 마음을 알겠다는 듯 순한 눈망울로 나를 바라보며 낯선 상황이 어색하다고 말해주고 있는 듯하다.

엄마 어서 까까 주세요.~~~라고 어리광을 해댄다.

뒷다리가 부러진 채 집 대문 앞에 묶여있었던 아이. 척추염 장애를 가져와 수술 후에도 네 발로 설 수가 없지만 잘 먹고 잘 웃는 재롱 천사이다.

공사 현장 컨테이너 밑에서 태어난 아가들. 소식을 듣고 달려갔을 때 어미는 이미 외국 노동자들 손에 죽임을 당한 뒤였다. 어미의 품을 찾아 낑낑대다가 분유를 먹은 후 서로의 체온을 의지하며 잠든 모습에 심장이 아려온다. 가슴 아픈 생명들은 이렇게 끝없이 생겨나니 어이 할까나?

깨달음을 주는 인연 앞에서

하루하루 살아가면서 겪는 숱한 일들이
내일은 또 언제 어떤 모습들로 어떠한 난감함으로 아이들을 만나게 될까.
그러나 너무도 분명한 것은
매순간 힘들고 아픈 일이지만
금을 주고도 사지 못하는
너무도 소중한
인간의 도덕적 양심에 깨달음을 주는 소중한 인연이라는 것이다.
그 인연 앞에
오늘도 기쁨의 웃음과 슬픔의 눈물을 함께 가슴으로 묻으며
가을이 깊어오는 쓸쓸한 거리를 나선다.
그 시간들 속에
아픔이 너무 커
무너지려 할 때
어딘가에서 이러한 생명들을 위해 지렛대가 되어주는
함께하는 마음들이 있기에 위안이 된다.

깊은 새벽 울리는 문자벨~
"힘내세요. 저희가 있잖아요.~"
어느 무더운 여름날 옥상에 방치된 학대견 제보를

해주었던 체육관 관장의 아내.

고맙고 사랑스럽고 귀여운 문자다.

그래!

곳곳에서 웅크린 채 고통으로 연명하는 생명들로 인하여

온 가슴이 막막할 때

우리 서로에게 위안이 되며

그런 다독임을 주며 살아가자.

우리들이 바라는 것은

풍족한 삶도 아니요

안락한 삶도 아닌

죄 없는 생명들의 고통을 나누고 살아가며

서로 배려하고 이해하며

살아가는 세상을 원하는 것이거늘

가슴이 저미도록 지켜내고 싶고 안아주고 싶은

저 가엾은 생명들은

오늘도 외로움과 배고픔으로 공포만을 가득 채운 채

지쳐 쓰러져 간다.

우리 서로

오늘도 나약한 생명들을 돕지 못함을

미안해 하며 살아가는 그런 사람이 되자.

폭우

오늘의 나의 계획들을 마구 흔들어놓은 비바람
잿빛 구름 속 천둥이 나의 가슴과 하나 되어 운다.
우르르 쾅~~ 우르르르~~ 하늘의 별빛이 부서지는 소리
이것 또한,
우리네 생의 굴레의 한 부분일 게다.
봄이면 어김없이 찾아와 여름을 지키며
호숫가 나무 위에 앉아 늘~~ 먼 곳을 바라보며
기다림에 목이 마른 황새처럼
나 또한 기다림으로 십년을 보내고야 말았다.
나에게는 비상할 수 있는 날개가 없으니
이 아픔을 털어낼 허공조차 허락되지 않는다.
폭우만큼 거칠어진 내 심장의 박동소리
그 속에는 마디마디 가련한 생명들을 향한 근심이 성겨 있고
거울에 비친 나의 은빛 머리카락은
희망의 끈이 있을 거라며 붙들듯이 지나온
지난날의 여정을 다시 기억하게 한다.
지천명(知天命)이 가까워서야 비로소
세상의 음지를 돌아보게 되었고
가슴이 뱉어놓았던 말 못하는 생명들과의 무언(無言)의 약속
그 약속을 이행하기 위해

긴 장마에도

나의 발길은 분주할 뿐이다.

비켜간 운명의 길이기에

어디에도 가 닿을 수 없는 나의 고뇌와 번민

어둠과 어둠 사이에서 더욱 선명해지는 각오를 키운다.

무심한 폭우에 찰과상을 입으며

나의 작은 세월은 이렇게 쉼표 없이 흘러간다.

칠월의 새벽

어느 날
아무런 예고 없이 날아든 쫓기듯 길게 지내온 내 생의 그림자가
후덥지근한 아침공기와 함께 심연(深淵)으로 잦아든다.
귀를 막아도 눈을 감아도
들리고 보이는 근심의 덩어리들.
7월의 새벽
하루의 가장 낮은 시간부터 걸음을 뗄 때마다 아픔으로 묻어든다.
이루기 위해 버텨온 날들은
꿈에 닿지 못한 아쉬움으로 스스로를 옭아맨 채
폭염 속에 육신을 태우기만 할 뿐….
고통 또한 발효되고 숙성되어 걸러내야 하는 곰삭고 말았다.
하루를 접는 나의 새벽 시간
나를 벗해주듯 새들이 날아와 전신주에 앉는다.
새벽의 희미함 속에 비추어지는 전깃줄은
새들의 화음으로 인해 오선지로 태어난다.
아름다운 음악의 선율처럼!
인생은 교향악이라 하였으니
서로 어울러짐 속에 행복한 하모니를 이룰 수 있다고 말하며
연잎 차 한 잔에 귀와 가슴을 열고
마음 한 자락 열어 향기를 내어 보았으면….

내 어깨를 누르는 세상의 무게가,

죄 없이 태어나 고통의 세월을 살아가는 무수한 생명들의 슬픔의 무게가,

방금 날아오른 한 마리 새처럼 가벼웠으면 좋겠다.

나는 교육감이다

아픔과 울분은 이미 이골이 난 세월들…. 그런데 오늘 인간 만능주의 사상이 도를 넘은 교장이라는 자와의 논쟁은 나를 더욱 분노케 한다.

영원함이 없는 세상,

세월을 채워 백발이 성성한 그 자나, 나나, 머지않아 열두 줄 끈에 묶여 흙으로 되돌아갈 육신이거늘 그토록 야박한 양심으로 살아갈 수 있는 그 마음은 어떠한 유전자(遺傳子)를 받은 것일까.

길고양이들 먹이를 주던 중 부딪친 그와의 실랑이는 제법 큰 다툼이 되어 버렸다. 자신은 자신의 상추밭을 헤집는 고양이가 싫어, 고양이들의 울음소리가 듣기 싫어 매년 쥐약을 놓아 죽이는데 왜 먹이를 주어 방해를 하느냐며 처음부터 반토막의 말로 시작된 그의 언행은 잘 갖추어진 중년의 외모가 무색하였다. 그 자의 이해를 구하기 위해 키우던 고양이를 잃어버려서 밥을 주는 것이라고 정중하게 양해를 구하였으나 그의 막말이 수위를 넘는다. 가엾은 길 위의 생명들에게 먹이를 주는 사람을 할 일이 없는 사람, 정신병자 취급하는 것은 어제오늘의 일이 아니니 개의(介意)할 필요는 없을 것이나 독살을 한다는 말을 벼슬처럼 자랑스럽게 해대는 모습이란 참으로 놀라운 서글픔이 아닐 수 없었다.

그도 억지를 쓰니 나 또한 억지를 쓴다. 고양이들도 그들의 언어가 있기에 말을 하는 것이니 고양이 소리가 듣기 싫으면 당신도 입을 닫고 살아야 한다. 고양이 입장에서 본다면 당신의 그 거친 말이 얼마나 듣기 싫겠냐고 내 할 말을 다 한다. 30분이 넘는 논쟁 끝에 자신은 교장으로 정년퇴직한 사람이라고 온몸을 부풀리며 거만하게 말하는 그 자에게 나는 소리치며 말한다. '당신이 교장(校長)이면 나는 교육감(教育監)이다'라고 당신처럼 잘못된 가치관을 가진 자가 교육에 임하였으니 오늘날 폭력이 난무하고 교실에 왕따가 유행하며 생명을 경시하는 인성 파괴가 생겨나는 것이라며 독설을 퍼붓는다. 아무리 사람이 먼저라 하지만 어찌 교육으로 일생을 보내온 인품(人品)이 이러면 되겠는가.

옛시조의 한 구절이 생각난다.

"이고 진 저 늙은이 짐 벗어 나를 주오.
늙기도 서러운데 짐조차 지실까."

이보시오. 교장 아저씨~

그깟 상추. 일 년에 얼마나 드신다고 살겠다고 태어난 생명들의 목숨과 바꾸려 하시오. 머지않은 세월 한 치 앞을 보지 못하고 살아가는 애석한 노인이 되지 마시길 바라오. 인생사 뒤돌아보면 아쉬움 투성이의 삶. 너무 이기심에 얽매이지 말기를 바라오. 인간이다, 동물이다가 아닌 그들도 우주(宇宙)를 함께 나누어 가질 자격을 가지고 태어난 하나의 생명체(生命體)라오. 사냥총을 겨눈 자가 자신의 총에 맞아 목숨을 잃는다오. 그런 것을 보고 업보(業報)라고 하는 것이 아니겠소? 업보를 이고진 채 무거운 걸음으로 저승길을 가지 말기를 바라오.

가까운 이웃에도 교장선생님으로 정년퇴임하신 어르신께서 살고 계신다. 꽃을 얼마나 사랑하시는지 집안이 온통 분재원이다. 그야말로 TV 특종감이다. 이웃의 안위를 늘 염려해주시고 약한 생명은 물론 모든 사물을 사랑하시는 선생님의 인품에 감사하여 나 또한 항상 건강하시기를 바라게 된다. 참으로 대조(對照)되는 삶이 아닌가 싶다.

교육은 한나라의 뿌리이다.

떠도는 생명들을 만나시면 품에 안고 나의 집 대문 벨을 어김없이 눌러주시는 우리 동네 노인회 회장님, 이토록 자애로우신 어른 분들이 계심으로 나의 시간들에 보람을 느낀다.

이 모든 어르신들이 부디 99 & 88하시기를 진심으로 바랄뿐이다.

지독한 몸살

겨울의 문턱에서 철퇴를 맞은 양 나를 강타하고 간 감기 몸살로 인해 생기를 잃어버린 고단한 하루하루가 두려움으로 밀려온다. 몇 해 전만 하여도 감기쯤이야 장난처럼 받아치며 우기고 다녔던 병이었는데 올해의 나는 보름을 까무러치고 또 까무러쳤다. 열이 끓어 올라도 쉴 수 없는 일은 먹이를 챙겨야 하는 일이다. 마치 자물통만 따면 죽음의 문이 열릴 것처럼. 올바른 죽음을 위한 준비가 부족하였음을 슬퍼하며 회한을 키우기도 한 애통한 시간이었다.

5년은 겉늙어버린 듯 검죽은 피부는 반백이 선명하다. 춥다. 유난히도 찌는 듯한 더위에 타는 갈증을 견뎌내느라 메마른 수분이 내 영육을 감싸주던 지방층마저 모두 탈환한 듯 올 겨울은 유난히도 춥다. 내 그릇의 크기를 알지 못한 무모함은 오직 사랑이면 모든 난관을 넘을 수 있을 것이라며 나를 던져버렸고 내가 택한 길이었기에 부동(不動)의 집념(執念)으로 강산(江山)이 바뀌고도 훌쩍 넘어버린 세월을 신명에 바치듯 살아온 것이다.

무거운 정적에 홀로 몸을 맡기며 담대함을 키워나갔고, 보상을 위해 묶어두고 떠난 모진 주인들에 볼모가 되어 빈집을 지키며 굶주리는 생명들을 보다 못하여 월장을 해 먹이를 챙겨주는 무모한 용기를 부려보며 인성(人性)의 메마름, 그 가슴 저미는 죄의식은 어느 순간 나의 몫이 되어버렸다. 인간과 동물이 함께 상생할 수 있는 답을 찾기 위해 시작된 나의 몸부림은 지금도 진행중일 뿐. 거대한 사회는 내가 넘을 수 있는 벽이 되어주질 않는다.

친지와 이웃을 시작으로 옆 동네 건너 마을 또 건너 마을 그렇게 한 마을 한마을에 나의 정성과 바람을 가져다 놓기 위해 나의 발길은 오늘도 황망(慌忙)할 뿐이다. 앓고 있는 동안 받은 연락처로 또 다시 달려간다. 몇 채의 집만 있을 뿐. 사람이 보이지 않는 작은 마을 느슨하게 드러누운 야산이 끝나는 언저리. 누군가의 눈을 피해 숨겨놓은 듯한 아귀지옥의 현장. 흩어져있는 연장들을 보는 순간 나의 육신은 얼음이 되고 만다. 한두 번도 아니니 정신 차리자 그러나 어디서부터 손을 써야할지 아득하다.

숨을 고르기조차 힘들었던 그 순간 행(幸)인지 불행(不幸)인지 옆집에서 보아온 듯한 너무도 평범한 한 남자가 오고 있다. 온몸에 식은땀이 나며 나의 몸은 다시 한 번 얼음처럼 굳어왔다. 그러나 하늘은 언제나 나의 편이 되어주신다. 그 자와의 대화시간은 그리 긴 시간이 필요치 않았다. 철커덕거리는 쇠사슬을 풀어내며 남자는 친절한 어투로 말한다. 서울을 다녀오느라 일주일을 밥을 못주었단다. 그래서 파는 것이란다.

"아주머니 운 좋은 줄 아세요. 얘네들 며칠만 잘 먹이면 금방 살이 오를 것이고 두 배는 더 받을 거예요."

뭐 눈에는 뭐만 보인다더니 그의 눈에는 나 역시 장사꾼으로밖에 보이지 않나 보다. 돈만 보이고 양심은 감추어진 저들의 마음을 어찌한단 말인가. 자신은 한 끼만 굶어도 징징대면서 동물생명은 굶기기를 밥 먹듯 하여도 되는 양심. 여섯 아이를 옮기는 50분의 시간이 수만의 시간처럼 길게 느껴졌다. 굶주림에 지친 탓일까. 입마개를 채워 놓으니 죽은 듯이 조용히 몸부림도 없다.

며칠을 굶었을 테니 무슨 힘이 있으랴.

어쩌면 죽음의 길이라고 여겨 질식(窒息)하고 있는 지도 모르겠다.

때로는 사람보다 사람의 마음을 더 꿰뚫어 보는 생명들이니 살리고자 한 나의 마음을 읽은 것일 수도 있다.

허둥대며 빠져나왔으나 브레이크를 밟고 가는 듯 바퀴도 잘 돌지 않는다. 부처님께서 세상을 사바세계(娑婆世界)라고 하셨다. 그 사바세계를 살아가는 사람들의 유형은 참으로 다양하다. 예로 '세상의 이런 일이'라는 TV프로가 있다. 때로는 이해하기 힘든 상황의 삶들이 허다하다. 그런데 내가 그중의 하나가 되어있다고 나를 이해한다고 말하는 사람들조차 말을 한다. 방송에 제보를 하고 싶다고도 한다. 내가 원하는 세상은 따뜻하고 정직하게 살아가는 평범한 세상일 뿐인데….

추워서 떠는 누군가들에게 담요 한 장 내어주는 정.

배고파 우는 생명들에게 먹이 한 그릇 내어주는 정.

추위에 떠는 생명들에게 비바람을 막아주려 하는 보통의 양심.

인간의 근본을 벗어난 바람도 아니건만, 칼날을 세운 찬바람이 사정없이 몰아치는 오늘도 나는 몽둥이로 사료 한 사발을 대신하고 빗자루를 던짐으로 주인임만을 과시하는 자들을 보았을 뿐이다. 왜? 모든 권한을 사람에게 허락하셔서 이렇게도 만용을 부리게 하시는지 차가운 인심들과 직면하면 할수록 여렸던 내 마음은 금강석(金剛石)처럼 단단해져 온다. 그런데 메마른 세월이 너무 길었을까. 금강석이 되어있는 마음과는 달리 몸은 근기를 잃어가고 있음이 두렵기만 하다. 대체 축생(畜生)의 죄가 얼마나 깊고 크기에 인간을 위한 희생물이 되는 것도 모자라 전 생애를 학대와 멸시 속에서 연명해가야 하는가? 그들을 위한 나의 생애는 그토록 질긴 업보(業報)의 고통 중에 무엇하나를 바꿀 수 있을까? 이렇게 반신반의하는 시간 속에서도 나는 내 소중한 시간을 헛되이 하지 않기 위해 전력을 다해본다. 어찌 사람의 목숨만 소중하다 하겠는가.

희망

겨울은 아직 물러나지 않았는데 삼월의 어귀에는 봄기운이 도는 듯 가슴이 따스해진다. 모처럼 스모그가 사라진 공기의 깨끗함 또한 가을 하늘과도 같다. 그러나 이 자연의 아름다움에 젖는 순간의 기쁨도 잠시, 심장 한가운데서 종기처럼 자라고 있는 아픔. 이 부실한 몸뚱이 하나로 무릎이 시리도록 돌아쳐 다녀도 남루하기 그지없을 뿐인 측은지심(惻隱之心)의 길만 반복될 뿐이다. 어떠한 상황 앞에서도 한 점 흔들림이 없는 고집스러운 이 길, 슬프면 슬픈대로 아프면 아픈대로 그 고통들을 억지로 밀어내지 않고 받아들이며 살아가는 나를 보며 친구는 묻는다.

너무 힘겹지 않냐고? 두렵지 않냐고?

혼자 힘으로 감당되지 않는 순간 도움을 몇 차례 주었던 친구다. 나는 가슴으로 대답한다. 두려워 몸을 도사리기에는 이미 숙명(宿命)이 되었고 나의 도리(道理)가 되어버린 길이라고 우리들로 인해 박해받는 생명들의 캄캄한 길을 나는 자명등(自明燈)이 되어 길을 찾아 주고 싶다고.

그럭저럭 사랑하는 사람들로 인하여 오히려 이 땅의 생명들의 삶은 더욱 병들게 된 것. 아파하는 생명들을 보며 내가 해줄 수 있는 말이 조금만 기다리면 지금보다는 나은 삶이 올 것이야. 다 잘 될 것이니 조금만 버텨주렴 이러한 시간들을 보내며 애써 몸부림쳐온 이 모든 과정에서는 믿음에 금이 가는 상처를 받기도 했지만 2014년 3월의 믿음은 결실이 이루어지기를 바래본다. 좋은 분과의 인연에서는 더 이상 상처를 받지 않으리라는 믿음이 오랜 세월의 고통을 위로받고 있으니 나의 믿음대로 되리라 믿어 의심치 않는다. 이성이 앞서야만 절제가 가능한데 무고한 생명들을 향한 측은지심은 온통 감정만이 앞서왔기에 절제력이 부족한 나의 글, 마음에 담아둔 것들을 한 권의 책을 통해 온전히 담아내고 싶었던 갈망, 그 모든 것이 무고한 생명들을 향한 인간의 수위를 넘어선 폭력을 막아내고픈 욕심이었을 뿐임을 배려받고 싶을 뿐이다.

• 2장 •

시 보호소의 생명들

여기 버림받아 서럽디 서러운 가슴을 움켜지고 좁은 케이지에 갇혀 안락사를 기다리는 생명들이 있습니다. 한때 "사랑한다."라고 말해준 주인님의 목소리를 그리워하고, 사랑받으며 살아온 지난날을 그리워하며, 그렇게 울다 쓸쓸히 서러운 죽음을 맞이하는 너무도 가엾은 생명들이 있습니다.

부디 반려가족들만이라도 불임(중성화수술)에 앞장서 무고한 생명들이 겪는 이 끝없는 고통들을 다소나마 미연에 막아 주시기를 바랍니다.

차라리 하루살이면 좋겠다

2008년 5월. 하루살이이었으면 좋겠다. 차라리. 모든 생명들이 하루살이 삶을 살다 간다면 좋겠습니다.

내 생이 허락하는 순간까지 이 땅에서 고통받는 여린 생명들 내가 숨 쉬고 있는 이 도시만이라도 모두 보듬어 인간의 돌팔매가 없는 곳, 버림의 상처가 없는 곳, 배고픔의 고통이 없는 곳, 너울너울 뛰어놀 수 있는 곳, 작은 생명들이 흘렸을 숱한 눈물과 고통 훌훌 닦아 내리며 기쁨으로 함께 하고 싶다.

오후 6시, 학원 레슨을 끝내고 장대비가 쏟아지는 시간 폭우 속을 달려 시보호소로(자원봉사) 간다. 저마다의 반가운 몸부림에 가까운 인사, 그 절절한 인사를 받아 줄 틈조차 없이 늘어져있는 오물들을 치워야 한다. 케이지에 갇혀 있던 녀석들에게 조금이라도 빨리 자유로운 시간을 주고 싶어서이다.

보호소!

참으로 마음에 쉼표를 주는 단어임이 분명하다. 그러나 그러한 보호소가 아비규환의 수용소임을 그곳에서 보내는 시간 또한 아수라장임을 그 누가 알겠는가.

혹독하도록 참혹한….

한시를 지체함이 큰 죄가 되는 고통으로 일그러진 아이 그런 아이들 조차도 인간이 만들어 놓은 수학 공식처럼 얼키고 설킨 제도 아래서 시간을 채우기 위한 희생양이 되고 있는 곳.

나는 불꽃을 더욱 강하게 피우는 마른 나무가 되어 오늘도 애꿎은 소장에게 거센 항의를 한다. 몸이 게을러 자신의 마음을 행동화 하지 못하는 그 자의 미련함 속에 방치되고 있는 생명들의 고통들을 묵과 할 수가 없기에 내 가슴이 원하는 바를 고집하며 거친 항의를 한다.

꼬리와 엉덩이가 뭉그러져 미동조차 하지 못하는 아이, 하혈을 하듯 피오줌을 누는 아이, 외적인 상처는 없으나 마음의 상처가 너무 깊은 듯 날카롭게 울어대는 세 명의 말티즈 아가들. 누군가가 키우다가 포획틀에 넣어 보내어진 고양이, 한 달쯤 자랐을까, 앙상한 뼈만 남은 새끼고양이, 이 일곱 명의 아이들이 오늘 또 버려져 들어온 생명들이다.

나는 보호소를 알기에 호소한다. 함께 하였던 아이들 어쩔 수 없이 이별을 할 수밖에 없다면 부디! 어느 보호소로든 보내지 말고. 차라리 그 아이가 사랑하며 의지해왔던 주인의 품에서 하느님 나라로 떠날 수 있게 보내달라고. 그것이 최선책일 수밖에 없는 생명들의 비통한 현실을 부디 인정해 달라고.

"차마 어떻게 그리 모진 일을…." 하고 말 하시는 분들, 모질지 못하면 부디 버리지 말라. 당신들이 말하는 그 비정한 일은 사랑하는 엄마의 따스한 가슴을 느끼며 눈감는 것이 아니라 지옥 같은 낯선 곳에서 가족이 그리워, 정든 집이 그리워, 울부짖는 상처와 아픔을 주는 것임을 알아야 한다. 제발 상처받은 아이들의 눈을 바라봐 달라고…. 상처를 견뎌내느라 피똥과 피를 토하는 아이들 설사로 탈수가 와도 이 아이들을 제대로 보살필 수 있는 여건이 되지 않는 곳이 보호소다. 보호의 개념이기보다 처리의 개념이 되어야 하는. 나라 법이 그러하니 보호소는 그런 곳이다.

털 속에 가려진 깊은 상처

진드기가 피를 빨아먹는 고통

이들의 고통의 눈물을 나누어 흘리는 자가 아니면 발견하지 못한다. 제도적 받침의 한계도 한몫을 하니 어찌 이러한 행위들을 각처의 보호소관계자들만의 문제라 탓할 수 있겠는가. 그러하니 반려가족들만이라도 생명의 존귀함에 앞장서 주기를 바라는 것이다. 사람에 의해 생겨나는 이 모순을 나는 묵과할 수 없고 그 아이들의 고통을 지나칠 수 없으니 밤이 온다고, 해가 뜬다고, 그 어떤 시간도 이들을 찾는 내 발길을 막을 수 없으며 이유가 될 수 없는 것이다. 차마 올릴 수 없는 아픔을 견뎌야 하는 혹독한 시간은 그렇게 이어지고 있다.

그토록 사랑이 그리워

그토록 사람이 그리워

시 보호소에 갇힌 생명들은 그렇게 상처로 인하여 고통의 시간들을 보내고 있는 것이다. 너희들의 아픈 가슴, 슬픈 마음의 옹이를 어떻게 보상해줄 수 있을까.

사랑이 그리워 매달리고 또 매달리는 너희들의 몸부림을 뒤로 한 채 뒤돌아 나와야 하는 나의 미안함을. 그 아픔을 조금만 이해하고 읽어주려무나. 너희들을 지옥으로 던져버린 비정한 인간들의 거친 마음들이 있기에 너희들의 순백의 영혼 오늘도 고통의 피로 물들고 나의 절규 또한 빈 하늘을 지나 북풍이 되어 세상으로 던져진다.

주저하지 않는 사랑

겁 없는 사랑으로 오늘도 거침없는 말들을 해보지만 잠시의 눈가림만 있을 뿐 가는 시간들이 눈에 잡히지 않듯이 아무것도 달라진 것이 없다. 둘이서 또는 셋이서 또 여럿이 헤쳐가야 하는 첩첩산중의 길을 혼자 헤쳐가려니 너무도 힘이 드는구나. 보호소에 갇힌 아이들, 낯선 곳이 싫은 아이는 나를 보고 애원하듯 매달려 떨어지지 않으려 한다.

이곳에서 악몽을 꾸었느냐? 다시 오마 달래보지만 아이는 몸을 심하게 떨며 빠르게 다시 매달린다. 사람을 향한 그리움. 아니 주인을 향한 그리움은 사랑받던 지난 시간을 잊지 못해 언제나 작은 마음을 서러움 속에서 태우고 갈증을 느낀 아이, 허겁지겁 물을 들이키는 그 사이로 나는 도망치듯 달려 나온다. 그리고 문 사이로 소리쳐 말해준다.

내일 다시 올게~ 그때 더 많이 놀아줄게~ 맘마들 먹고…. 코~자~ 작은 문 틈새로 보이는 아이의 동공은 망연자실하다. 너무 슬프다. 중성화의 필요성을 역설하는 나에게 누군가가 말을 한다.

"어쩜 그리도 말씀을 감동스럽게 잘 하세요."라고. 말은 심장이고 가슴이다. 오늘 써내려가는 나의 애탄서도 글이 아닌 영혼마저 슬픈 생명들의 고통이요, 비명이요, 눈물인 것이다. 이들이 세상을 향해 던질 수 있는 것은 슬퍼도 두려워도 기뻐도 오직 컹컹~ 그 소리 속에 그들의 희로애락이 담겨져 있음을 사람들이 모르기에 내가 그들을 대신하여 몸짓 말짓으로 그들의 아픔을 토해내고 있을 뿐이다. 그 누구도 모르리라. 가시고기 사랑의 아픈 세월들을….

서글픔

한 곳에서 키워지던 열 명의 아이들이 버림을 받고 내일 시 보호소로 들어온다는 소식을 들었다. 깊은 한숨이 토해진다. 보호소로 달려가 칸칸이 맑은 물과 먹이를 채워 놓으며 엄마의 가슴으로 너희들을 만나지만 진정한 엄마로 살아갈 수 없는 이 무능함에 다시금 아픔이 몰려온다. 이러한 나의 마음을 아는 듯 모르는 듯 답답한 그곳에서 자신들을 하루빨리 구조해 달라며 매달리고 따라다니며 청소를 방해하는 녀석들을 토닥여주며 그 먹먹함에 목이 멘다. 버림받은 생명들의 고통을 본다는 것만으로도 영혼이 휘청대는데 이 여리고 천진한 생명들을 짐짝처럼 던지는 누군가들의 심장은 참으로 놀랍기도 하다.

세상이 그대들을 버리면 어찌하려고….

그래! 지금은 고난이 큰 산이 되어있고, 슬픔이 큰 강이 되어 있지만, 언젠가는 너희들의 슬픔을 자를 수 있는 그 날이 올 것이다. 너희들의 가시밭길, 부드러운 토양의 길이 되도록 가시를 뽑으며 내가 가리라. 내 삶이 끝난 이후, 누군가 나를 대신하여 너희들의 아픈 길에 뛰어든 사람이 두렵다며 도망치지 않고 기꺼이 함께 할 수 있도록 거친 길을 다듬는데 내 남은 인생을 바치련다.

안락사의 눈물

안락사가 될 보호소 아가들. 뒷다리가 탈골이 되어 걸음이 불편한 믹스견 여아, 피부병이 심해 온몸이 다 짓물러 버린 지독한 가려움으로 신음하고 있는 아이, 너무도 두려움이 많아 결코 오지 않을 주인만을 기다리며 식음을 전폐하고 구석에 웅크린 채, 떨기만 하는 너무도 슬픈 눈빛을 가진 아이, 매번 나를 보면 자신을 데려가 달라며 오물을 치우고 있는 나의 등으로 기어 올라와 머리를 휘어 감고 떨어지지를 않는 아이, 길고양이 가족이 늘면서 심신이 다소 지쳐 있었기에 이 아이들을 데려오지 못한 채 마음의 병을 앓다가 그젯밤 네 아이 모두를 안고 와 버렸다. 물론 내가 데려온다 하여도 천운(天運)이 따라주지 않는 한 안락사를 면할 수는 없는 일이다. 허락지 못하는 현실 속에서 주제 넓은 오지랖만 앞선다. 그래서 언제나 마음과 몸이 만신창이가 되고 있는 내 자신에 대해 화도 나고 기막혀도 한다. 그러면서도 몸도 성치 못한 그 작고 여린 생명들이 안락사가 되는 순간까지 감옥과도 같은 곳에서 온통 외로움과 그리움, 아픔을 안은 채 온몸은 습하여 구정물 속의 걸레조각이 된, 모진 삶과의 이별을 하는 것이 너무도 애처롭고 절망스러워 숨이 막힌다. 단 며칠만이라도 깨끗해진 몸이 되어 그토록 받고 싶어 했던 사랑, 자유, 맛있는 음식, 온 가슴으로 쓰다듬고 사랑하며 비정(非情)한 세상을 향한 슬픔을 씻어 내주고 싶었다. 그나마 잘 견뎌주는 아이들은 외면해야 한다는 것 또한 언제나 고통이 곱이 된다.

두 아이 약욕과 떡이 되어 엉킨 두 아이의 덥수룩하게 된 털을 조금씩 정리하여 씻기고 난 시간 새벽 2시 늙은 허리가 끊어질 듯 아프다. 그러나 눈물이 날듯 뭉클한 순간!

목욕하느라 힘들었을 아가들
잠시 어리둥절, 멍….
잠시 후 지나친 영역 표시에
우리 아가들 드디어 텃새가 시작되고
네 녀석들 나름 함께 온 동지애로 뭉쳐 대항(對抗)
그러나
모두들 착한 아가들
손과 발이 아닌 입으로만 싸워대니 깊은 새벽 집이 쩡쩡 울리고
어이구야~
맛난 간식으로 수습
그 후 언제 어색했냐는 듯
뛰고 구르며 즐거움을 만끽하는 모습을 보노라니
안락사의 슬픔을 잠시 잊은 채 웃음이 절로 나온다.

진물이 흐르던 피부
약욕 후 연고로 마사지 하며 몇 차례 발라주니
하루 이틀 사이에 한결 좋아지고
환경과 사랑은 누구에게나 필연적 조건임을 다시 한 번 느껴보기도 하

고.

우리 아가들 모두 이 시간 찜질하며 코~ 자고들 있다.

부디 내일은 이 아이들 모두에게 새롭게 시작되는 행복이 찾아왔으면 좋겠다.

허울 좋은 안락사를 피할 수 있게.

눈물의 안락사를 피할 수 있게.

사랑은 발걸음이 되어 찾아온다

움츠린 한 아기에게 희망의 날개를 달아주고

그 행복감으로 마음의 시름을 잠시 잊고….

그러나,

남아 있는 아이들이 우니 나도 운다.

너희들이 웃으면 언제나

나도 덩달아 웃음 짓는데….

남아 있는 너희들의 슬픔이 나를 한탄케 하는구나.

추위를 견뎌내야 하는

외로움을 견뎌내야 하는

너희들의 아픔이….

어제 늦은 저녁 보호소에서 막 돌아온 시각

울린 전화 벨. 영어 학원을 하시는 멋쟁이 선생님이 준 전화

중3 학생이 부모님 허락으로 아이를 입양하려 한다고.

그 학생은 알지 못하나

선생님을 너무도 잘 알기에

믿어 의심치 않으며

허기져 김칫국에 말아놓은 밥 허겁지겁 먹고 다시금 보호소로 다시 직행

순둥이 말티 녀석 눈맞춰놓고

두 번 보는 날이면 더욱 어린양을 해대는 아이들
집에서 가져간 맛난 사료로 달래놓고….
오늘 미용비는 선생님이 부담해 주었고 (나름의 유기견에 대한 사랑이었음을 감사드림)
나는 이름표를 선물하였다.
새롭게 탄생된 아가의 이름은 호프(hope).
희망하다. 소망하다라는 뜻이
나를 더 감동케 한다.

가엾은 생명들을 향한 사랑은 눈에 보이지 않지만
이렇게 손이 되고 다리가 되어 나에게로 걸어온다.
비글 한 녀석과 알콩달콩 행복을 엮어 가는 선생님.
그 한 녀석만 보호해줌을 늘 나에게 미안해하던 고운 마음을 가진 선생님.
자신의 일처럼 기뻐하며 흥분된 목소리로 전화를 준
그 사랑이 고맙습니다.

그분이 아들처럼 키우는 비글 녀석은 드디어 나의 성화를 받아들여 지난 월요일 불임수술을 하였다. 유기동물들의 아픔을 알길 없는 그분은 4년 전 지인의 권유로 교배를 하려고 하였던 분이었다. 절절한 나의 설득에 발목이 잡혀 마음을 바꾸어준 것이다. 불임은 차마 못할 짓을 하는 것 같다며 마음을 내지 못하던 분이 보호소의 고아들을 마주하면서 포기하지 않는 나의 집요함에 공감을 해준 것이다. 이러한 결실들이 나를 지탱하는 힘이 된다. 부디 동물을 사랑하는 모든 분들이 반려동물 식용금지가 이루어지는 그날까지만이라도 불임에 앞장서 주기를 애원할 뿐이다.

두런두런….

아가들 복이 많다고 해야 하나 품어 와야 할 아이들이 연일 생겨난다. 재래시장을 떠돌던 넝마가 되어있는 시추 여아를 가까스로 구조해 급한 장염 치료를 마친 후 가족이 된 지 한 주가 되었다. 떠돌던 시간이 길었던 탓인지 실내 적응이 너무 힘들어 우왕좌왕하니 보는 마음이 더욱 지친다.

너무 병약하여 보호소 환경에 적응하지 못하는 두 녀석을 데려오기 위해 병원에 데려다 놓은 직후 먼~ 성남 땅에서 나의 품으로까지 오게 된 아직 어린 애기고양이, 여자 양이라는 말에 그 아이의 앞날이 눈앞이 아득하여 어지러운 마음의 갈등을 접고 또 보듬게 되었다. 다행히도 이번 아가는 며칠간 보살펴왔다는 분이 직접 대려다 주었기에 많은 짐을 들었다고 해야 하나….

얌전해 보이지만 책임감 강한 맏딸 같아 보이는 아가씨!

동물을 애틋하게 생각기는 하나 뒷감당이 늘어남이 두려웠나보다. 사람의 마음들을 잣대질하며 결정짓기에는 아이들의 기막힌 앞날이 걱정되니 이렇게 늘~ 아이들을 보듬게 된다. 어찌 되었거나 가엾은 생명을 외면하지 않은 고운 심성을 대견해 하며 한 생명이라도 내가 더 보듬어 줄 수 있는 기회가 주어진 것을 다행이라 여기며 힘든 마음들을 달래본다. 그리고 고마워한다. 또 하나의 생명을 안을 수 있는 기회를 준 그녀에게. 가엾은 생명을 구조하는데 언제나 망설임이 없는 나의 용기에….

요즘 들어 심기가 불편한 남편이 조심스러워 병원으로 데려갈 수밖에 없었고 첫날은 음식을 거부하던 아이가 이제는 찾아간 나에게 아는 체하며 주는 간식을 맛나게도 받아먹는다. 한시름 놓았고 조금은 어린감이 있지만 아이의 건강에 무리가 없다 하여 오늘 원장님과 의논 후 불임수술을 하였다. 아이가 단단하여 회복도 빠를 것 같은 감이 든다. 언제나 아이들 입장에서 진심을 담아 봉사해주시는 우리 전 원장님!

참으로 고맙습니다.~ 꾸벅~

동터오는 아침을 향하여

시 보호소로 들어온 유기된 생명들. 새벽 3시다. 보호소에서 돌아온 지 30분 정도 되었다. 오늘도 경악할 만큼 온몸이 모낭충으로 뒤덮여 눈을 뜨기조차 힘겨워하는 큰 백구 녀석을 보았고 너무도 작고 야위어 타월 만큼이나 가벼운 말티즈, 자기만 사랑해 달라고 청소하는 나에게 사정없이 매달리는 시추 아가, 어디서 엄마를 잃었는지 생후 한 달도 채 되지 않는 발바리 아가 네 녀석, 한편에선 어디서 출산을 하였는지 두 갓난아이에게 젖을 먹이고 있는 너무도 지쳐있는 믹스 어미견, 녹색빛이 도는 너무도 예쁜 눈을 가진 페르시안 회색빛 고양이. 이 아이들이 하루 사이에 보호소로 들어온 유기된 생명들이다. 생각 없이 아이들을 넣어둔 케이지 안은 숨이 막히는 더위에 물 한 모금조차 없을 때가 다반사이고. 언제나처럼 갇혀있던 아이들은 내가 들어서는 순간부터 아우성을 친다.

갑갑하다고.
배고프다고.
사랑이 그립다고
집이 그립다고.
자유롭고 싶다고.

들어서는 순간 모든 아이들에게 자유를 준다. 비록 작은 공간이지만 내가 머무는 3~4시간만이라도 몸을 크게 펼 수 있고 걸음을 걸을 수 있는 그 작은 자유만이라도 안겨주고 싶기에. 마구 매달리는 사이사이로 시원한 물과 사료를 칸칸이 채워놓고 오물을 닦고 치우다보면 어느새 훌쩍 시간은 달음박질쳐 있다. 너무도 아픈 듯 기진해 있는 아이를, 또는 털 결은 고우나 움직임이 없어 혹시나 하여 온몸을 살펴보면 반딧불만한 크기의 진드기들이 아이들의 피를 먹고 있다. 귓속조차도 진드기의 먹이 자리가 되어 있고, 어느새 진드기를 잡고 있는 나의 손과 가슴은 이 아이들을 이렇게 만든 인간을 향한 분노인지 슬픔인지 마구 떨린다. 개미조차도 나로 인해 죽는 것이 싫었던 내가 끔직한 진드기를 모질게 잡는다. 너무도 참담한 것은, 보호소 소장도, 아이들을 길에서 포획하는 담당자 그 누구도 이러한 아이들의 상태를 발견 못한다는 것이며 그 깊은 시간 보호소에는 언제나 나 혼자라는 것이다. 지난주에 입소된 엉킨 잡초 넝쿨보다도, 썩은 짚단의 뭉치보다도 험한 몸이 되어버린 코카 녀석은 아무리 살펴보아도 눈이 보이지 않았다. 대체 눈을 잃었는지 눈을 찾아보려고 털을 헤치는 순간 소스라치며 고통의 비명을 아이는 아파서 나는 놀라워서 함께 지른다.

아! 직감적으로 심상치 않음을 느끼며 떨리는 마음을 다잡으며 조심스레 가위질을 시작하였고 모래주머니, 벌레주머니, 오물주머니 돌처럼 뭉친 굳은 털을 잘라 내다보니 몸의 대부분이 공기가 통하지 않아 짓물러 있는 상태였다. 고름과 오물로 붙어있던 눈을 씻어내고 벌려보니 실명했으리라 짐작되는 두 눈을 동그랗게 뜨고 짓무른 꼬리 끝을 흔들어대니 암흑 속에서 빛을 찾은 듯 환희로운 마음 형용할 길이 없다. 유사한 경험을 해본 분들은 짐작하리라!

짓무른 피부지만 공기가 들어가서일까? 자신의 몸무게보다도 몇 곱이 되는 갑옷 같은 짐을 벗어서일까? 살았다는 듯 겅중 겅중 보호소 내를 가벼운 걸음으로 걸어 다니며 고맙다며 끝없이 짧고 아픈 꼬리를 흔들어 주는 녀석을 보노라니 저리 되도록 얼마나 힘들었을까라는 생각에 목이 멘다. 단미(斷尾)된 꼬리를 보면 한때는 누군가의 사랑을 받았으련만. 아침 6시가 지나서야 가족의 아침밥을 챙기기 위해 보호소를 나섰다. 씨름을 한 가위질 덕에 며칠이 지난 지금 물집이 터진 나의 손가락들이 쓰리다고 난리이다. 마음의 행복을 주는 상처이니 참으라며 손가락을 달래어 본다.

함께 있던 뒷다리가 마비된 까만 털옷을 입은 코카. 그 녀석은 물과 밥조차도 턱 앞으로 가져다주지 않으면 먹지 못한다. 손으로 밥과 물을 먹여 주면 그렇게도 맛있게 먹던 녀석. 자신의 오물 독으로 인하여 마비된 뒷다리 부분의 살들과 엉덩이 살들이 모두 짓물러 있어 보는 가슴이 오그라들던 아이, 짓무른 피부에 붙어있는 오물덩이를 가까스로 떼어내며 나의 육신마저 고통으로 부서질 것 같았던 그 며칠이 흐른 뒤…. 무능한 내가 오늘 맞이한 것은 녀석의 안락사 소식이었다. 능력이 없음이 더욱 한 서러워질 때는 유난히도 더 가슴 아픈 이러한 생명들을 만날 때이다. 혹여 놓고 온 밥이 쏟아져 굶지나 않는지. 갇혀있음이 고통스러워 더욱 아파하는 것은 아닌지. 또 얼마나 위급한 아이들이 오늘은 들어와 방치되고 있는지. 하루도 마음을 놓을 수가 없고 나의 염원이었던 길고양이들의 불임은 아직도 초읽기 단계이니 번민의 나날이 힘겹다. 3개월여의 시간 안에 다섯 아이를 불임하였을 정도이니 장마가 오기 전에 20~30마리라도 구조하여 불임을 하여야 하건만 이 모든 현실이 마음의 짐이 되어 가슴을 누를 뿐이다. 참으로 아이러니 하게도 친숙히 지내는 동물고아원 등의 카페 매니저들조차도 강아지와 길고양이를 생각하는 마음이 너무도 다른 점이 있다는 것에 실망스러움과 안타까움이 인다.

나는 개만 좋아한다.

나는 고양이만 좋아한다.

오늘은 개가 좋았는데 내일은 고양이가 좋다라고 말을 한다.

엄마는 싫고 새끼는 키우고 싶단다.

차라리 젊은 아이들이 하는 말이라면 이해할 수 있으리라.

반려가족이라며, 동물의 고통이 눈물겹다고 말하는 사람들이 이러한 말을 할 때면 심장이 터질 듯 숨이 막혀 온다.

자신의 취향이 담겨져 있는 동물사랑을 어찌 진정한 생명사랑이라 할 수 있겠는가.

사람이 사람을 사랑할 때는 일으켜 세워주고 잡아주는 것이 아니라 스스로 일어나야함을 깨닫게 해주는 것이 옳다.

그러나, 인간에게 길들여진 동물은 인간의 보살핌에서 놓아지는 순간 죽음과도 같은 고통을 면치 못한다.

그러하기에, 말 못하는 생명을 향한 우리들의 사랑에는 유통기한이 있어서는 안될 것이며 생명을 나뉘는 우선순위가 있어서도 안될 것이다.

어제 오후 안겨온 행복한 순간.

이틀 전 보호소 유기견 예쁜 말티즈 남아를 입양해 가신 어느 아빠 분이 그 아이의 외로움을 배려하시며 오늘 예쁜 여아 시추를 또 입양해 가셨다. 너무도 감사하고 행복하여서 모든 볼일 다 접고 그분을 모시고 다니며 미용과 구충제 등 필요한 것을 구입하고, 두 녀석이 행복하게 살아갈 환경이 궁금하여 댁까지 동행하였다. 사람 좋은 아빠 분은 나의 극성에 오히려 고마워하였으니 더 없이 감사했다. 아가들 이름을 행복이와 대복이로 지으셨다며 환하게 짓던 웃음이 지금도 나를 미소 짓게 한다.

대복아 행복아!

상처받아 아팠던 모든 기억들 다 잊고 행복하고 건강하게 사랑 받으며 살아가길 기도 해줄게.~ 일상이 이렇게 흐르는 동안 몸살로 온 입안이 헐었으나 쉴 시간이 주어지질 않는다. 고통 받는 모든 생명들을 구원하려는 일념으로 오세훈 시장 게시판에서 개고기 합법화를 혼신의 노력으로 반대하는 아름다운 임들!

동물들의 삶은 물론 인간의 삶에도 빛과 소금이 되어 주리라!

동물은 영리의 수단일 뿐이라며 몸서리치는 고통을 안겨 죽여 버리는 악덕업자들 불법이라 말하면서도 합리적인 해결책을 찾아내지 않는 정부정책. 부와 권력 손에 쥐어 포만으로 가득 차 있으니 서러운 생명들의 고통과 억울함의 한을 알 길이 없나 보다.

다수의 국민들이 잔인함을 증가시키는 살육의 정치가 이어짐을 원하지 않는데도 말이다. 맑은 물은 가장 높은 곳에 있는 것이니 가진 자와 배운 자의 인격은 보다 못한 사람에게 덕이 되고 본이 되는 삶을 살아야 하는 것이라 여겨지건만 때로는 위선으로 자신을 감싼 비굴한 양심들을 보게 되니 가진 자도 배운 자도 부럽지가 않다. 누구나 햇살 고운 청명한 날만을 희망하지만 태풍도 만나고 우박도 만나는 것을. 부귀영화의 절정에서 교만하지 않아야 고난의 바닥에서 좌절하지 않는 것을, 날씨와 같은 것이 삶이며 우리네 삶은 후손으로 이어진다는 것을 그들은 망각하고 사나 보다.

나는 오늘도 독을 품고 다가가지 않으면 무방부제 유기농처럼 투명한 자연을 닮은 생명들의 심성과 교감하며 자연히 주는 마음을 배우려 노력한다.

세상이 미쳤노라

보호소의 생명들.

낯설음도 배고픔도 넘치는 설움일진데, 오래토록 앓은 기침소리는 숨이 멎을 듯 고통으로 이어진다. 약품들 가득하나 아무도 이 아이들을 위해 주사기를 뽑아드는 자가 없다. 이래도 침묵하여야 한다면 나는 세상이 미쳤노라 소리치고 싶다.

산다는 것이 때로는 취객의 주정 같은 것인가.

한 움큼의 눈물이 독한 술이 된 듯 광란이 시작된다. 죄 없는 소장은 오늘도 나의 쓴 소리를 듣고 말았다.

어떠한 부당한 대우에도 증거를 댈 수 없는 생명들의 숙명이 가엾어 나는 늘 이렇게 쓴 소리를 쏟아낸다. 귀를 울리는 생명들의 울부짖음이 잦아든다. 포만감을 즐기며 몇 녀석은 졸음으로 눈을 끔벅이고 힘겨운 기침소리도 식곤증 앞에 조금씩 잦아드누나.

무책임한 주인에 의해 보호소로 버려지는 생명들은 이렇게 살아간다.

생명을 장난감으로 치부하며 살아가다 불편하면 가차 없이 버리는 애완 가족들, 감당치 못할 새끼들을 번식하여 장난감처럼 돌리고 살아가는 애완 가족들, 이러한 자들로 인하여 누군가의 신고로 이어져 끊임없이 시 보호소로 입소되어 오는 아이들. 보호기간 10일은 나라가 지정한 살아 숨 쉴 수 있는 그 아이들의 생존의 기간이다. 버려진 생명들의 생과 사는 이렇게 제도적 날짜와 소장의 결정에 달려있는 것이다.

눈을 깜박이는 생명들을 차마 어떻게 보내냐며 안락사를 두려워하는 마음 약한 소장에게 고마움을 느끼기도 하지만, 어느 날 고아가 되어 울부짖는 병든 아이들의 눈물을 본다는 것은 그 아이들에게도 나에게도 지옥이다. 백 명 중 한두 아이 입양으로 새 삶을 찾는다. 그 아이들은 영원한 행복이 보장될까? 기쁨과 함께 늘 불안이 다가온다. 동물들의 생존을 결정하는 인간들의 참담한 제도가 가증스러워 안락사에 분노하며 뛰어든 세계, 그러나 나는 얼마 지나지 않아 이 아이들에게 정해져 있는 시간이 있어 다행이다라고 생각할 수밖에 없는 비통한 현실 앞에 무릎을 꿇고 말았다.

입에 걸면 입걸이. 코에 걸면 코걸이.

입법된 동물보호법은 모호하기 그지없고….

오직 돈을 벌기위해 위탁업을 택하는 자들에게는 생명들과 함께 나누는 교감이 없다. 관계도 없다. 이것이 보호소의 현주소다.

반포지효(反哺之孝)의 뜻을 아는가?

부모님의 은혜에 보답하기 위해 자신이 받은 사랑을 그대로 부모님께 돌려주는 까마귀의 효행(孝行)을 표현한 글이다. 이런 맑은 영혼을 가진 생명들을 취미의 도구로 희생시키고 있는 죄를 깨닫지 못한 모습으로 살아가고 있는 우리들이야말로 우주에서 가장 무지한 거대 동물일 뿐이다. 버려져 가엾은 저 생명들을 호명하며 내일 다시 만남을 약속하며 무거운 발길을 돌린다. 다 녹아 사라진 기력을 추스르며 집을 향해 터덕터덕 걸어온다.

또 다른, 나의 사랑을 먹고 살아가는 아이들이 있는 나의 집으로.

동물을 입양할 때에는 그들도 우리들과 같은 마음을 가진 생명임을 깊게 생각하라. 끝까지 책임질 자신이 없다면 어떠한 생명도 키우지 말아야 한다. 어떠한 이유를 들어서도 생명을 버린 자들은 죄인이다.

엄마 잃은 슬픈 눈망울들

하루도 거르지 않고 들어오는 보호소의 슬픈 생명들을 볼 때마다 보호소를 들리셔서 유기동물 두 녀석을 차례로 분양하신 행복이 아버님 이라는 분이 생각이 난다.

불임에 필요성을 공감하시면서도 아이들을 너무 사랑하셔서 아픔을 주게 되는 게 두려워 결정을 못 하시는 분이시다. 너무 단호하셔서 그분의 마음을 어찌하면 변화 시킬 수 있을까 무거운 마음이다. 나 또한 그러한 마음을 가진 적이 있었으니 이해하고도 남지만 해를 거듭할수록 너무도 아픔의 세월들을 살아가는 생명들이 넘쳐 남을 보았기에 나는 반려가족들의 불임 이행을 권장 하지 않을 수가 없다. 내가 반려가족인이 되면서 가장 잘 한 일은 처음 만난 아이부터 불임수술을 하였다는 것이다. 아무리 고민해보아도 나는 태어나는 아이들을 다 행복하게 책임질 자신이 없었다. 아니 이미 태어나 버려지고 학대받으며 살아가는 생명들을 하나라도 더 행복하게 해주어야 한다는 생각을 했다. 곱씹어 생각해보아도 나의 판단이 옳았다.

몇 시간의 아픔과 며칠간의 불편함으로 많은 생명들을 안락사의 위기에서 구해 줄 수가 있고 버림받는 많은 친구들을 막아줄 수 있으니, 생명들의 평생의 삶이 보장되는 길은 이길 뿐이라고 그렇게 말해주며 나는 잠시의 고통 앞에 아이들과 함께 선다.

너무도 작고 귀여운 발바리 남매가 오늘 들어 왔다. 두려움에 조그마한 몸뚱이를 펴지도 못한 채 떨고 있는 두 녀석들 그 슬픈 눈은 엄마를 찾아 달라며 나를 향하여 눈물 짖고 있었다. 눈이 가는 아이가 어찌 이 아이들뿐일까만 채 자라지도 못해 버려질 그 아이들을 태어나게 만든 사람의 마음이 너무도 원망스럽다. 기둥에 묶어놓은 두 줄이 꼬여 때 마침 가지 않았다면 큰 사고가 일어났을 수도 있었으니 목줄이라도 풀어 케이지에 넣어두면 될 일을. 주인이 직접 와서 묶어두고 간 것이라 하니 얼마나 생각 없는 사람인지 답답해온다. 얼마나 고통에 몸부림치며 바둥대었을까…. 곳곳에서 저러한 사람들 손에서 자랄 생명들의 불편한 나날들을 생각하니 한숨이 절로 나오고. 목이 조일 만큼 꼬인 줄을 풀고 케이지에 두 녀석을 함께 넣어 놓으며 불편 하고 힘들었을 테니 어서 냠냠 먹고 자거라.~ 하며 다독이고 왔지만 어미를 찾느라 보채는 울음소리 귀에 쟁쟁 마음이 너무도 아프다.

반려가족 여러분들도 혹 외출 시 아가들을 묶어두어야 할 입장에 놓이시면 줄이 어딘가에 꼬여 아이들이 고통을 받게 될 곳은 없는지를 꼼꼼이 살피시고 생각해 주시기를 바랍니다. 두세 녀석이 줄에 꼬이면 아이들에게 되돌릴 수 없는 고통의 시간과 함께 목숨마저 잃을 수도 있습니다.

반려가족 여러분!

불임은 또 하나의 생명사랑입니다. 장식품이 아닌 생명들을 그 생명들의 내일을 배려하지 않고 오늘의 내 기분에만 치우친다면 이 아이들의 고통의 긴~터널은 계속 증가될 것입니다.

무엇이 생명을 구원하고 사랑하는 마음인지 깊이 생각해주기를 또 다시 바래봅니다. 언제나 그러하듯 우울하고 괴로운 이 저녁. 입양 간 두 녀석들의 불임 여부가 절실히 궁금해져 부랴부랴 행복이 아버님 메일로 나의 마음을 전달해 보았다.(웃음)

어느 고운 사람이 보낸 편지

안녕하세요? 정 선생님.

선생님, 지금 많이 편찮으신가요?

하루하루, 끝없이 학대받는 동물들에 대한 걱정.

지금 기르고 있는 아가들에 대한 걱정, 그 생명들을 어떻게든 보듬으시려는 몸부림으로. 끝없는 고행 아닌 고행의 길로. 얼마나 심신이 지치십니까?

참. 선생님의 이런 모습들을 생각할 때마다 제 자신이 얼마나 작아지고, 부끄러워지는지. 세상은 의식 있는 소수에 의해 변한다고 했습니다. 비록 지금은 암담하고 끝이 보이지 않는 싸움이지만, 정 선생님은 마치 씨를 뿌리는 꽃처럼. 알게 모르게 제2, 제3의 정 선생님을 만들고 있다고 생각합니다. 저도 그렇게 될 거구요. 그러니까, 부디 힘내시고 건강 살피시길 바랍니다.

무엇보다 선생님의 건강과 안위가 우선이라고 생각합니다.

제발. 아프시면 안 됩니다.

존경하는 선생님께

선생님 안녕하시는지요?

저 쥬리아입니다. 건강은 어떠하신지요?

늘~ 안부를 드려야지 하면서도 사는 게 바쁘다 보니 이렇듯 새해가 오기 전 선생님께 새해 인사를 드리고 싶어 지면으로나마 마음을 전합니다. 정말 많은 것을 생각게 한 한 해였습니다. 평소 마음에 두고도 찾아뵙지 못한 것에 너무 송구합니다.

불쌍한 동물들 생명들을 위하여 땀 흘리시며 쌓아 올리신 선생님. 정말 고생 많이 하셨습니다.

새해에는 하시는 일마다 행운이 있으시기를 기원합니다.

늘 부족한 제게 쏟아주신 정성 언제나 큰 힘이 되고 세상을 살아가는 지혜가 되었습니다. 선생님의 변함없이 쏟아주신 정성 항상 가슴에 넘칩니다. 그 정성 조금이나마 보답드리기 위해 또 한 해 열심히 정진하겠습니다. 힘들고 지치셨던 마음 모두 떨쳐 보내시고 새해에는 사랑과 기쁨의 좋은 선물이 선생님께 다가가길 기원드립니다.

새해 복 많이 받으세요.

늘 선생님을 생각하는 쥬리아.

슬픈 만남과 이별

차마 얼른 떠나보내지 못하고 품어안은 너희들과
나는 오늘 짙은 아픔을 질끈 동여매며
서두르듯 이별하였다.
떠나 보내는 마지막 만찬에 나의 짜디짠 눈물이 함께 하였음을
너희들은 몰랐으면 좋겠구나.
언제나
순풍처럼 보드라운 모습으로 너희들은 내게 다가와서
파릇파릇 연두빛처럼 맑은 영혼의 소리로
아팠던 지난날을, 행복했던 지난날을 들려주며
애틋함으로 나의 가슴을 부벼대곤 하였지.
마치 떠나지 못한 영혼의 사랑인듯
지금도 나의 가슴은
알곡을 빼앗긴 짚둥우리가 되어
너희들의 슬픔을 감싸 안고 아파한다.
이곳저곳에 지려놓은 너희들 육신의 내음
시린 마음으로 다시금 내 가슴을 엄동의 혹한으로 떨게 하고
아픔으로 새긴 내 마음의 다짐 다시 한 번
간구한 기도를 올리게 한다.
나는 기필코 이루리라.
너희들의 희망의 세상을….

엄마의 눈물 속에 서둘러 떠나 보냄을 용서하여라.
우리 사는 세상 아름다워 지는 날
나 한줄기 바람되어 너희들 곁에 묻히리라.
아늑한 동산
시원한 느티나무가 있고 앵두꽃이 환한
예쁜 울타리를 치고
그렇게 너희들과 행복해지리라.
슬픈 안락사로 떠나는 생명들은 끝없이 이어지는데
오늘도 생명들은 버려지고
우리들이 사는 이 세상은 유유히 흘러가고 있구나.

그런 저런 이야기

며칠 밤을 애간장을 태우던 엉켜진 나일론 줄에 발이 칭칭 감긴 양이 아가 그제 새벽 드디어 구조하고 조금은 가벼워진 마음으로 늘어지는 몸을 달래주고 있던 중 오래토록 마음의 짐이 되어있던 두 아가를 분양하겠다는 뛸듯이 기쁜 소식이 오고 패키 여아와 말티 믹스 남아 함께 분양되었다.(웃음)

시장에서 가구점을 하시는 부부인데 6년 키우던 너무도 예뻤던 품에 아가를 지난해 하늘로 떠나보내고 그 슬픔이 너무도 커 다시는 그 누구도 키우지 않겠다던 분들이었는데…. 더욱이 혼자 크면 외로워 수명조차 짧아진다는 나의 간곡한 권유를 받아주었으니 이 얼마나 고마운 일인가.

더구나 오며 가며 볼 수 있는 가까운 거리이니 두 배의 기쁨을 얻은 것이다. 붙임성 좋은 녀석들 금세 발라당 발라당 사랑스러운 몸짓에 부부의 얼굴이 금세 웃음꽃이 피어나고.(웃음)

고마움을 커피 한 봉지로 표현하니 기어이 받지 않고 차에다 도로 넣어주는 따뜻함에 마음이 훈훈해진다. 시간 날 때 오면 맛있는 밥을 사드리겠다고도 하니 기분이 좋다. 믿음에 확신이 가는 입양자를 만났을 때의 기쁨은 하늘을 나는 마음이 된다. 다시금 기운이 펄펄 나 아가들 목욕에 청소까지 끝낸 기분 좋은 어제 오후…. 모처럼 기분이 좋아서인지. 불임을 해주어야 할 아가들 문제로 약속하였던 언양 소장님과의 통화시간조차 잊고 말았으니 죄송하기가 그지없고….

오늘 예약된 병원진료를 핑계삼아 서울을 다녀온 뒤 이른 저녁부터 휴식을 취하고 보니 마치 휴가를 얻은 듯 마음의 여유가 생기는듯한 기분. 이것이 나에겐 휴식이었나 하는 생각에 웃음이 절로난다. 참으로 오랜만에 여유로운 마음으로 컴퓨터 앞에 앉아 이곳저곳 마실을 다니며 동물을 사랑하는 절실한 분들의 글에 숙연함으로 고개가 절로 숙여지는 메아리들을 다시금 새겨 보기도 하고 그러나 언제나 그렇듯 어디서부터 마음을 담아야할지 끝없는 구조요청, 끝없는 후원요청 끝없는 아이들의 고통의 소리. 억장이 무너지는 절박함에 가슴은 또다시 긴 한숨이 뿜어져 나온다.

병원 대기실에서 TV를 보던 중 강호동이 한 말.

"비극을 경험하지 않는 자 희극을 표현하지 못한다." 이 말을 들으며 머리에 스치는 생각, 수많은 반려가족들이 아직도 동물들의 참담한 모습을 보지 못하고 있다는 것이다.

바람결이 전해지는 말이 전부라고 생각하고 내 눈 앞에 보이는 것만이 전부라고 생각하니 불임수술의 시급함을, 그 중요성을 인정하지 못하는 것이다.

사설보호소는 물론 시 보호소 등을 내 집처럼 드나들며 무책임한 주인을 만나 동물고아로 전락하며 그 아이들이 어떻게 들어오고 그들이 어떤 모습으로 목숨을 부지하며 어떠한 환경에서 생활하는지를 알았기에 이 아이들을 향한 무책임에 가까운 정책. 이 아이들을 이용하는 앵벌이들의 횡포 등을 아이들의 가슴을 대신하여 세상을 향해 소리쳐주고 싶었고 눈으로 보지 못하니 그 아이들을 동정하는 마음조차도 갖지 못하는 사람들에게, 그 아이들의 괴로움과 울부짖는 소리를 아무런 느낌 없이 바라보고만 있는 사람들에게 말을 못하기에 언제나 갓난아기와도 같은 이 여린 생명들을 우리들이 어떻게 대해야 하는지….

우리들이 어떻게 책임져야 하는지를 조금이라도 더 일깨워 주고 싶어 소리치는 세월동안 나의 가슴은 설 한속 문풍지가 되어 서러움을 토로했다. 그러나 나의 절규는 허공만을 맴돌뿐 겹겹으로 맺힌 아픔을 어디에서도 풀길이 없다. 죄 없는 생명들이 이토록 아파하고 그토록 슬퍼하는 것이 사람에 의해 생겨나고 그 울부짖음을 외면하는 것 또한 사람이니 사람은 이 세상의 생명체 중에 가장 보잘것없는 존재라는 자괴감 그 부끄러움을 벗어날 길이 없다.

자연은 병든 몸과 마음을 맑게 해 주는 위대한 힘이 있고 개미와 거미에게서도 얻을 수 있는 교훈이 있건만 수많은 생명들이 오직 인간을 위한 도구가 되어버린 세상…. 미안한 마음만이라도 가슴에 새기며 우리들 가까이 있는 생명들만이라도 인도적으로 배려하여야 하지 않을까.

유년시절의 길동무가 되어준 바둑이는 식용이라는 굴레에 갇혀 영혼이 찢겨지고 애완동물이라 말하는 수입동물은 장신구가 되었다 버려져 넝마가 된다. 이것이 동물보호법 아래 자행 되고 있는 생명들의 현주소다.

어머니라는 세 글자

떠올리는 생각만으로도 가슴 에이듯 그리움이 몰려드는 위대한 품.

머리에 하얀 서리가 내리워진 날에도 누구에게나 사무쳐 그리워지는 세상에서 가장 따뜻하고 평안한 품속….

동물들 또한 어미의 품속은 세상 그 어떠한 것과도 바꿀 수 없는 최고의 요람이거늘 반려가족조차도 어미 품에서 떼어놓은 동물들의 눈물들을 보지 못하는 사람들이 있음에 어제도 오늘도 또 내일도 나의 발길이 무겁고 마음이 무겁다.

나 자신의 목숨은 백수를 누리기를 바라며 동물들의 목숨은 잡풀을 베듯 베어버리는 이 잔혹한 세상에 반려가족만이라도 제발 번식을 하지 말아주기를 또다시 간곡하게 외쳐본다.

수도 없이 태어나는 생명들. 늘 새끼를 잃어야 하는 어미와 어미 품을 떠나야 하는 아이들의 슬픔을 어이할까. 이렇게 만나는 생명들의 행복을 찾아주기 위해 언제나 나의 발길은 무겁고 분주하다.

동물들의 안타까운 삶을 아파하시는 여러분!

황구야~

황구야~

경악스러운 생명학대가 끝없이 이어지고 있습니다.

분노하고 아파하며 슬픔에 몸과 마음을 떨었던 것은 공통된 우리들의 전율이었을 것입니다. 그러나!

분노하고 아파하기에 앞서 보다 효율적이고 능동적인 방법은 중앙정부에 탄원서를 올리는 일이라고 생각합니다. 진정한 동물사랑은 진정한 용기와 행동이 수반되어야 한다고 생각하기 때문입니다. 말로만 각처의 동물게시판에서 분노를 터뜨려보았자 집안 속사정 집안에서 푸념하는 것과 다를 바가 없습니다. 그리고 머지않아 시간이 지나면 어떠한 폭력사건도 사람들 뇌리 속에서 희미해져갈 것이며 가엾은 생명들의 삶은 언제나 아비규환의 지옥을 면치 못할 것입니다. 정책이 바뀌지 않는 한 동물보호법의 허구성을 바로잡을 수가 없습니다. 그러니 여러분도 쉼 없이 자신들의 의견을 표현하고 주장해 주십시오. 농림부와 국민신문고를 자주 들려주십시오. 그리고 어느 날 길을 가다가 너무도 열악한 환경에서 너무도 슬픈 눈을 한 채 웅크리고 있는 아이들을 보면 외면하지 마시고 도움의 손길을 내어주세요. 학대법을 남용하라는 것이 아니라 법에 위반이 됨을 인정하도록 설득해주고 공감대가 이루어 질 때까지 포기하지 말아야 합니다. 구조할 수 있는 방법은 물론 불임만이라도 해줄 수 있는 방법 등을 찾아 주시기를 바랍니다. 말을 하지 못할지언정, 우리 인간에게 사랑할 수 마음을 가져다준 생명들을 위해서…. 우리가 할 수 있는 모든 길을 다시 한 번 마음모아 모색해보는 마음가짐이 너무도 절실히 필요합니다. 어차피 우리는 편하게 갈수 있는 길을 두고 스스로 힘들고 험한 길을 택하였기에 그들의 고통의 신음소리 일각도 잊지 말아야 하고 기꺼이 가엾은 생명들의 삶의 등대가 될 수 있는 길을 포기하지 않고 찾아내야합니다. 겨울의 헐벗은 나무처럼 추위와 굶주림과 두려움에서 죽을 날만 기다려야 하는 가엾은 동물들에게 우리가 찾아주어야 할 길이 무엇일까요? 너무도 아프고 힘든 길이기에, 인정받지도 못하는 길이기에 우선 자신과의 싸움에서 이겨야 합니다. 그리고 중심을 세우고 길이 보일 때까지 뜻을 모아 함께 가는 것입니다. 컴퓨터에 능하신 분들은 정부를 향해 해야 할 일이 너무도 많습니다. 이토록 아픈 진실을 지속적으로 알리는 것입니다. 도저히 탄원서를 보낼 수 없다면 동물사랑실천협회에서 발행하고 있는 개식용 금지촉구 엽서 등을 구입하셔서 의견을 간단히 기록하여 우체통에 넣기만 하면 됩니다. 두 줄이면 됩니다. 지인들의 도움을 받고 학생들 하교시간 등을 이용하여 도움을 받으면 매우 많은 양의 탄원 엽서를 보낼 수 있습니다. 우리들이 할 수 있는 것은 이처럼 작은 일에 불과합니다. 그 작은 일이 모일 때 변화를 이룰 수 있는 것입니다. 그것이 수많은 생명들을 살릴 수 있는 계기가 된다면 그것보다 더 절실한 사랑은 없지 않겠습니까? 우리들의 따스한 가슴에서 살아가다가 우리들의 따스한 품 그 숨결 느끼며 잠들고 싶어 하는 생명들입니다. 부디 스스로를 기만하는 양심이 아니기를 바랍니다.

초복이라는 두려운 날에

-개식용이 통용되는 한 동물복지는 없다-

오랫동안 구조할 수 있는 기회를 찾을 수 없었던 아이들…. 그러나 결국 하느님은 나의 편이 되어 주셨고 네 곳의 시골동네에서 식용을 하기 위해 키워지던 여섯 아이들을 데려올 수 있었다. 두 아이는 지인의 집 뒤켠을 빌려 임시 거처를 마련해 주었고 네 아이는 병원으로 직행. 그중 몽둥이에 맞아 뒷다리는 절지만 그래도 건강이 가장 좋은 다섯 살 정도의 여아 미용 후 불임 회복 중에 있다. 신호위반을 두 번씩이나 하며 심장을 쓸어내렸던 그날의 상황. 지금도 흥분과 떨림이 남아 있다. 개식용이 통용됨으로 이어지는 생명들의 비극, 그 살 떨리는 현장에서 택배 일을 하는 한 남성과 보험설계를 하는 아우 두 사람의 협조가 이 아이들을 구조해올 수 있는데 많은 역할을 해주었다. 나는 아마 이 아이들을 위한 경주마로 태어 났나 보다. 늘 투사의 정신으로 살아갈 수 있으니…. 삼일 전 빗속에 아가들 먹이를 챙겨주다 어느 주택가 주차금지를 위해 놓아둔 플라스틱 구멍 속에서 울고 있는 아기고양이를 안고 왔다. 이제 막 세상을 향한 생존의 법칙을 깨우치기 위해 발을 내딛는 한 달가량의 아기양이.

병원에서는 별 이상이 없다하니 다행스럽고…. 따뜻한 타올로 몸을 닦아주고 구름솜처럼 편안한 자리를 만들어 주었지만 어미 품만은 어림도 없으리라! 그래도 지친 탓인지 긴 잠을 잘도 잔다. 아이들의 성화가 짓궂어 혼자 케이지에 넣어두니 안쓰러움이 크다.

오늘은

얼마 전 구조하여 병원에 두고 있었던 버려진 아기강아지 다섯 명 중 가장 순하고 체구가 작은 여아이 하나를 데려와 함께 넣어주었더니 잠시 서로를 조금 탐색하느라 킁킁대더니 이내 친해져 서로의 체온에 의지하며 곤하고도 편하게 잘도 잔다. 같은 또래이니 쉬 가까워 진 것일 게다. 두 녀석 모두 갓난 시절에 어미를 잃었으니 서로를 의지함이 더욱더 애잔할 것이다. 강아지와 고양이는 상극이라 말이 무색할 뿐이다.

지금도 우리 아기들, 컴퓨터 자판을 발로 톡톡 치고 낙서 종이들을 입으로 찢어대며 잘도 논다. 책상 위에선 볼펜이 케이 지속에서는 병뚜껑이 기막힌 장난감이 되어주는구나! 여아인데 매우 짓궂어서 방안의 우리 견공아가들의 표적이 되고 있다. 그래도 잘 적응.(웃음)

이렇게 잠시이지만 아가들 재롱에 빠져 웃을 수 있다는 것이 행복이라 생각한다. 먹구름 짙은 하늘은 오늘밤도 그 지긋지긋한 폭우를 예고하고 있다.

육식하는 것보다 더 잔인한 것은 생명을 다루는 방식이다. 가족의 삶에 관심을 가지며, 가족의 죽음에 아파하듯이, 동물들의 사육환경과 잔인한 죽음 앞에 인간적인 양심의 눈을 떠야하지 않을까.

단결만이 희망이다

하나일수밖에 없는 몸뚱이를 질책이나 하듯
천 리 밖을 떠돌아다니는 이 헛헛한 마음 탓으로
일신의 조용한 시간조차 허용치를 못하며 몸부림쳐보아도
야박한 세상은 언제나 지옥을 안겨준다.
장마철도 아닌데
흐려졌다 맑아졌다 하는 믿지 못할 날씨처럼
한편에선 동물학대법 추가법안 개정을 위해 논의한다 하고
한편에선 단 하나의 이유 그 목적을 이루기 위해
염주알처럼 갖가지 이유를 들이대며
또 다른 번식공장 시대를 열겠다고 한다.
산천을 물들이고 있는 원한의 핏빛
굶주림의 고통 속에 죽어가는 그들의 한 맺힌 신음소리
가슴에 화인(火印)이 되어 떠나지 않는 단발마의 비명소리
꿈결조차 아픔으로 이어지는데
이러한 고통을 안겨준 정부는 인도적 법 개정에는 뜻이 없고
살육시대를 권장하듯 번식센터 설립을 논의한다.
동물이 없으면 밥줄이 끊어지고 도태될 자들이 된듯
동색(同色)끼리 만나 논의하고
하늘을 손바닥으로 가리려 하니 어찌해야 하나?
단합하여 한목소리를 내지 못하는 우리들의 실책이 이러한 결과를

초래한 것이다.

각 동물단체마다 가입된 수백 명에서부터 수만 명에 달하는 회원들이 있고 동물들의 고통에 발을 구르며 살아가는 반려가족이 수 없이 많건만 육신을 동여 메고 살아가다 죽어가는 생명들을 강건너 불구경 정도로만 생각하는지 묵언(默言)으로 일관하며 안타깝다는 몇 줄의 글조차 아끼며 살아간다.

혁명을 이루고자 하는 게 아니라 보편적 양심으로 책무를 다 하기 위해 노력하자는 것이다. 끝없는 학대의 근원이 되고 있는 식용금지를 이루어내고자 한다면 한결같은 노력들이 필요하거늘 행동하는 소수들을 바라만 보는 그들의 마음 알 길이 없다.

각처 각곳 공포와 외로움으로 배고픔으로 그리움으로 아픔으로 쓰러져가는 생명들의 모습을 잊지 말자. 이유 모를 학대의 폭력으로 온몸이 바스러진 생명들의 누더기 삶을 잊지 말자. 함께 하는 생명만이 생명이 아닌 것이니 동물고아들의 아픈 삶을 잊지 말자.

창밖으로 흘러내리는 빗소리가 감미로운 음악이 되고 향기로운 커피가 되었던 그런 시간들, 하얀 눈을 보면 동심으로 돌아가는 환희롭던 순간들, 알맞게 내려주시는 단비에 감사해 하던 시간들.

그러나, 세상이 온통 흉기가 되어버린 오늘.

색채도 선율도 잊은 채 살아야하는 우리들의 아픔도 잊지 말자.

세상의 아름다움에 젖어드는 순간마저도

자괴감으로 문을 닫아버릴 수밖에 없는 세월을 살아가고 있는

이 고난의 시간들을 보상받아야 하지 않겠는가.

이 처절한 생명들의 고통 앞에 조건 없는 사랑의 힘을 모아 동물복지 국가를 이루어내고 그들의 고통을 함께 느끼며 살아온 우리들의 상처도 치유하며 살 수 있는 그러한 세상을 기필코 이루어보자.

생명학대 그 고통의 지옥을 증가시키는 그릇된 제도에 촉각을 맞춘 채 스스로가 원하고 있음을 행동으로 옮기며 소리쳐야 할 것이다. 생명들의 고통 앞에 그저 바라보기만하는 분들에게 호소하고 있는 것이다.

누구나 살아가는 동안 '사랑한다'라는 말을 들을 때 참으로 큰 행복을 느낄 것이다. 버림받아 서러운 운명이 되어 벼랑 끝에 서있는 생명들도 한순간의 기억 속에 담겨져 있는 "사랑한다."라고 말해준 그 주인님의 목소리를 가장 절실히 그리워하며 또다시 듣고 싶어할 것이다. 너무도 애타게…! 이들의 아픔을 줄여줄 수 있는 것은 우리들의 진심을 담은 노력뿐이니 가슴으로 생각하여 주기를 바래본다.

하늘에 올리는 기도.
형체가 다르고 언어가 다르다고 해서
핍박받는 동물들에게 등을 돌리지 마시고.
태어난 생명 모두가 저마다의 존재적 가치를 인정받고
살아갈 수 있는 세상을 이루어 주십시오.

SBS 방송사를 향한 고마운 인사

먼저 동물농장 제작진 여러분께 지지와 격려를 보내며 감사의 인사를 올립니다.

인간에게

동물들의 삶을 무참히 파괴하고 지배하는 것이 아닌 보호하고 상생하여야 하는 깨달음을 주는 동물농장,

인류의 근원인 생명평등과 함께 사회적 약자의 구원의 가교가 되어주시는 감동의 프로 SOS.

가난하고 소외된 분들의 희망이 되어주는 박수홍 씨와 함께 하는 아름다운 작전.

사회정의를 위한 최고의 작품들을 연출해주시는 SBS 제작진들이 너무도 감사할 따름입니다.

9월 27일 양심이 죽어버린 비정한 주인을 만난 죄로 곰팡이 난 빵에 의존하며 살아가야 했던 가엾은 생명들, 잔인한 학대로 공포 속에서 죽어가던 너무도 처참한 백구. 위기의 생명들을 구원해주신 제작진과 동물학대방지연합.

10월 4일 방영된 섬마을에 버려진 생명들의 구조를 위해 함께 동참하여 주신 수의사 분들께도 더없는 감사함을 전합니다. 불안한 생명들

의 앞날에 도움이 되고자 어려운 여건 속에서 불임수술을 행하여 주신 점 크나큰 감동이었습니다.

아름답고 멋진 수의사님들께

반려동물 가족들의 사랑을 담아 기립박수를 보내드립니다.

이러한 상호 간의 배려와 보살핌이야말로 인도적 사랑이며 가장 시급하였던 대안책이 아니겠는지요! 그러나 동물보호법 제7조에 위배가 됨에도 불구 사유재산이라는 이유만으로 구조할 수 없었던 식용을 위해 지옥 같은 시간들을 살아가던 산속의 가엾은 아이들을 구조하지 못하였으니 가슴 가득 괴로움에 숨이 막혀옵니다.

인간의 생존을 위한 생업일지라도 정의롭지 못하면 사회악이 되는 것을 전 세계가 동물도 존중해주어야 할 하나의 생명체임을 보다 인식해가며 가축이라 말하는 동물들의 사육 환경 또한 그들의 습성을 고려하여 방목환경으로 삶의 질을 높이며 고통을 최소화하려 하는 운동을 펼치고 있는 추세에 이토록 비인도적인 사육장들이 아직도 활개를 치고 있다는 것은 법을 논하는 자들이 스스로 법을 위반하는 사항인 것입니다. 폐쇄되어야 마땅할 것입니다.

인간만을 위해 만들어진 감옥에 갇혀 그들 본연의 습성과 본질적 삶을 억압당한 채 묶여있거나 갇혀 있기에 재해와 인재 앞에 언제나 속수무책(束手無策)으로 희생되어야 하는 생명들, 그토록 참혹하게 살아가고 있는 생명들의 안전을 보장해 줄 수 있는 길을 동물농장께서 꼭 찾아 주시기를 염원해 봅니다.

또한 풍전등화로 이어질 안타까운 생명들이니 만큼 방송을 통하여 구조되는 동물들만이라도 필히 중성화수술을 실행하여 주셨으면 합니다.

세상 곳곳에는 아름다운 마음으로 나눔을 실천하시는 수의사님들도 계시니 능히 가능할 것입니다. 생명구원에 앞장서주신 모든 분들의 만년이 풍요로운 가을의 들녘처럼 안락으로 이어지시리라 믿어 의심치 않습니다.

SBS 방송사 여러분들께 다시 한 번 감사를 전합니다.

SBS 동물농장 게시판을 지키는 반려가족 분들께

곳곳의 슬픈 생명들을 불임으로 줄여나가야 합니다.

반려동물과 함께 살아가시는 여러분!

부디 동물을 사랑하는 모든 분들이 불임을 실천해 주시기를 애원합니다. 불임은 슬픈 안락사를 막을 수 있습니다. 불임은 천대받는 생명을 줄이므로 유기동물을 줄일 수 있음은 물론 아비규환이 되어 살아가는 동물고아원의 사육수를 줄여나갈 수도 있습니다. 불임은 인간들의 독극물에 희생되는 고통스러운 생명들을 보며 발을 구르게 되는 순간들을 확연히 감소시켜 줄 것이며 동물 가족에게도, 또 우리들에게도 이별의 고통을 주지 않습니다.

반려견 반려묘와 함께 살아가시는 분들.

생명의 탄생은 누구에게나 경이로울 만큼 크나큰 감동을 주며 아름다움을 안겨 줍니다. 그러나 고물거리는 생명이 사랑스럽다고, 또는 분양을 기다리는 친인척들이 줄지어 기다리고 있다고 믿으며 책임질 수 없는 생명 번식을 하시는 것은 그들에게 가혹한 고통의 삶을 연장시켜 주는 또 하나의 원죄가 되는 것입니다.

절실합니다.

내 품 안에 있는 아가들 불임은 필수 이웃과 친지들에게 불임의 필요성을 인지시켜주시고 권장하여 주시기를 간곡히 부탁드립니다.

아무리 사랑해주어도 아무리 그 생명들을 지키기 위해 노력하여도 불임의 중요성을 인식치 못하고 외면하는 한 무고한 생명들의 고통은 줄여줄 수 없습니다. 100명의 아가들로 시작된 보호소가 1~2년이면 4~5백 명의 아이들이 되어 있습니다. 물론 버리고, 맡기고, 또는 구조되어 들어오기 때문이지요. 그러나 번식으로 늘어나는 생명수가 더 많다는 것이 자명한 사실입니다. 동물단체 대표님들께도 감히 한 말씀 올립니다. 어느 단체이든 불임에 우선순위를 두지 않으신다면 진정한 미래의 동물복지에 뜻이 없는 분들이라고 감히 단언합니다. 번식을 방관하며 수를 늘림으로 보호소를 키우는 것은 어리석음이 동반된 자기 과시이며 회원수를 통한 후원금에만 목적이 있노라 생각합니다. 처음 보호소를 설립하실 때 버려진 동물고아들에게 낙원을 만들어주고자 하는 책임과 꿈을 가지고 임하셨을 것입니다. 그러나 기하급수적으로 늘어나는 동물수를 방관하며 지내는 사이 동물지옥과 인간지옥이 되고 만 것입니다.

불임을 인정하지 않으며 안락사는 잔인하다고 비난하고 마치 자신이 고아들의 천사대모가 되는 양 박수받으며 살아오는 동안 죄 없는 동물들만 굶주림과 병마로, 외로움으로 죽어가니 보호소가 아닌 수용소로 전락하는 형태가 되고 마는 것입니다. 이보다 더 우리들 모두가 염려하여야 하는 것은 동물수를 늘린 장본인들이 끝까지 그들과 함께 하지 않는다는 것이며 설혹 마지막 순간까지 생명들의 눈물을 닦아주다 쓰러진다 하여도 누구에게 나 영원한 삶은 없는 것이기에 끝없이 늘어나는 생명들을 끝까지 보살필 수가 없는 것입니다. 그러니 동물단체장님들이 진정으로 동물생명들의 삶을 걱정하신다면 이미 늦었지만 이제부터라도 중성화 수술을 단행해주셔야 할 것입니다.

회원님들께서도 후원을 함으로써 스스로의 책임을 다 하는 것으로 위로 받지 마시고 보다 책임 있는 자세로 미래지향적인 길을 찾아 후원하여 주실 것을 감히 바라는 바입니다. 늘어나는 수를 감당 못하여 늘 먹이가 부족하고 공간이 부족하다 합니다. 가장 절실한 문제이지요. 그러나 저의 생각은 그렇습니다. 보호소라는 환경은 특이하여 쉴 곳이 없거나 견디지 못하여 때론 공간을 탈출한 아이들이라도 먹이가 있으면 돌아오게 되어있습니다. 그리고 보호소 특성상 집을 찾지 못하는 아이들이 발생되는 경우는 거의 없습니다. 그러니 시설보다 중요한 것이 불임이며 그 무엇보다도 우선순위가 되어야 하는 것은 불임입니다.

안락사!

이 세 글자가 주는 의미 또한 세상에서 가장 두려운 고통일 것입니다. 그러함에도 그 고통에서 도망치지 못하고 받아들여야 하는 순간이 있다면 내가 받는 마음의 두려움이나 고통 따위보다 생명들의 절박한 삶이 더욱 아프기 때문에 받아들이는 것일 것입니다. 차마 외면 할 수 없으니 그 참담함을 견뎌내는 것입니다. 그러니 안락사를 행하는 단체라 하여 무조건 비난하지 마시고 진정 사랑하신다면, 진정 안락사를 원치 않으신다면 여러분 모두가 자신이 거두어주시는 생명들에게 불임수술을 하여 바람 앞에 등불이 되는 무수한 동물고아들을 막아주십시오. 반려가족 모두가 불임으로 조화를 맞추어간다면 지금 현재 시행되고 있는 정부의 안락사 제도 또한 분명 막을 수 있을 것입니다. 비록 뉴스보도나 동물농장프로를 통하여 직면하는 생명들이라 할지라도 산비탈 후미진 곳곳에 갇혀 식용견으로 사육되다 주인이라는 자의 방치에 의해 굶어 죽어가는 생명들을 보았을 것입니다. 살아있는 작은 생명들이 음식물 쓰레기통으로 던져지는 참혹한 현실을 보았을 것입니다. 이유 모를 폭력 앞에 육신이 부서져 거리를 헤매다 죽어가는 생명들을 보았을 것입니다. 경영난을 이유삼아 강원랜드의 생명들이 굶주림으로 죽어가는 것을 보았을 것입니다. 살아있는 생명들의 몸에 불을 붙이는 등, 무차별 흉기를 휘두르는 갖가지 인면수심의 학대가 끝없이 자행되고 있습니다. 이 모든 횡포 앞에 무기력하게 희생되는 생명들을 보았을 것입니다. 그러함에도 반려가족들이 흔히들 이런 말을 하지요.

"너무 사랑하고 예뻐서 딱 한번만 출산을 하려 한다."고. 2~3세대 모두와 함께 대가족을 이루고 사시는 분들은 0.1퍼센트에 불과합니다. 지속적인 대물림의 출산이 이어지게 되고 결코 감당할 수 없는 현실과 직면하게 되는 것입니다. 이들의 삶을 어떻게 보장하시렵니까?

다시 한 번 강조하지만 잉태를 하고 출산을 한다는 것은 생명을 가진 모두에게 근원이 되는 기쁨이며 행복입니다. 그러나 말 못하는 생명들의 오늘날의 기막힌 현실을 직면해보시면 왜 제가 이리도 반려가족에게 불임을 호소하는지 능히 이해하실 수 있으실 것입니다. 좀 더 큰 걸음으로 이러한 생명들의 삶을 알기위한 진심의 노력들을 해주시기를 바랍니다. 불임이야 말로 지금 나와 함께하는 반려동물에 대한 책임이며 사랑인 것입니다. 생업을 목적으로 하는 번식센터를 우리들은 막을 수가 없으니 그러한 곳에서 태어나는 생명만으로도 이미 포화 상태이기에 생명들의 수난시대가 온 것이며 끝없이 지속될 것입니다. 동물을 사랑하여 동물단체를 지지하고 계시는 모든 분들의 희망은 오직 하나일 것입니다.

굶주림과 학대 속에 방치 된 채 살아가는 고통 받는 생명들이 없기를….

또한, 잔인한 도살로 이어지는 반려동물식용이 금지되기를….

우리들 소수가 아무리 발버둥 쳐보아도 동물들의 지옥을 막아줄 수 없기에 이렇게만이라도 그들의 고통을 절감시킬 수 있는 길, 우리들의 양심에 부끄러움을 줄이는 행동으로 함께 나아가자는 것입니다.

불임만이 이미 태어난 생명들이 조금이나마 삶을 보장받고 살아갈 수 있도록 길을 열어주는 것이며 동물복지의 지름길이 되는 것입니다. 동물을 사랑하고 생명의 존엄성을 지켜주고자 노력하는 한 사람으로서 간곡히 당부말씀 올리는 것이니 호의적으로 이해해 주시고 각처의 대표님들께서는 회원님들께 중성화수술을 적극 권장해 주시기를 바랍니다.

각 동물단체 회원님들께서는 매월 적절한 아이들 수를 정하여 지속적으로 불임계를 모집하셨으면 합니다. 각 처에서 한 달에 10명만 하여도 1년이면 120명의 아이들을 할 수 있습니다. 10곳이면 1,200명의 아이들을 하게 됩니다. 오랜 세월 혼자서도 지속적으로 해왔고 하고 있는 일이기에 충분히 가능한 일이라는 것을 말씀드리는 것입니다. 많이 움직여야 하고 뛰어야 하기에 육체적 노동은 앉아서 후원하는 것에 비할 바가 안 됩니다. 그렇지만 오늘도 우리들의 손길이 닿지 못하는 곳곳의 음지에서 고통을 받으며 살아가고 있는 생명들을 다시 한

번 깊은 가슴으로 돌아보며 가장 절실한 사랑에 앞장서 주시기를 바랍니다.

저희들이 갈망하는 길은 참으로 깊은 고난의 길이 될 것입니다. 그러나 열광하는 삶보다 한결같은 삶이 원하는 결과를 가져온다고 하니 한 마음으로 나아가면 달성이 가능하다고 생각합니다. 이 순간에도 무고한 생명들이 생사의 갈림길에서 살고 싶어 몸부림치고 있을 것입니다.

척박한 환경 속에서 고생하시는 동물단체 대표님들과 반려가족 분들께 감사함을 전하며 이 글을 바칩니다.

가슴앓이

계절은 4월을 향해 가고 있건만 아직도 차가운 공기는 살 속을 파고 든다. 되풀이되는 아이들과의 만남 속에서 정신없이 돌아치며 이렇게 슬픔 속에 행복을 맛보는 나날을 반복하며 살아간다.

구조한 아래 사진속의 어미와 새끼들, 불안함이 사라진 듯 우주의 평온함을 가득 담은 모습으로 새끼를 품에 안고 한없는 모정을 쏟아내는 어미를 보노라니 새끼와 함께하는 저 소중한 행복을 어찌하면 제대로 지켜줄 수 있을까라는 생각들로 가슴이 아려온다.

누군가에게는 불편한 생애가 되는 이들의 15년의 생애 누군가에게는 그 수명의 짧음을 애석케 하는 안타까움이 되기도 한다.

구조 후, 수유를 하고 편안한 상태에 있는 어미와 새끼들. 이 아이들을 구조해야 했던 이유. 여섯 번의 출산을 하였지만 온전한 어미로 살 수 없었던 그 아픔을 더 이상 주고 싶지 않았던 것이다.

누가 이 생명들을 이토록 버려두었나?

살아온 삶 그 하루 하루를, 나를 어지럽게 했고 나를 아프게 했던 너희들을 보며, 그렇게 살아온 그 어느 하루도 잊을 수가 없듯이 지울 수도 없구나. 너희들의 고통은 내 가슴에 화인이 되어 있고 죽음을 드나드는 그 고통의 거친 숨결들이 내 귓전을 떠나지 않으니 너희들을 이렇게 방치한 자들이 용서가 되지 않기에 나는 오늘도 너희들에게 달려가는 발걸음 걸음에 그들을 향한 원망을 쏟아내본다.

이 아이들을 바라보는 우리들 그 누군가가 혹여라도 아이들이 당하는 공포와 고통을 보면서 너무 아파서, 너무 슬퍼서, 이 고통의 굴레를 벗어나려 한다면, 지나온 고통의 날조차도 잊으려 한다면, 나는 이렇게 말하리라.

우리들에게 그 고통의 세월이 얼마나 소중한 날이었는지 얼마나 값진 세월이었는지를 다시 한 번 뒤 돌아보며 느껴보라고.

결코 쉽지 않은 길을 나만이라도 해야 하는 마음으로 걸어왔지만 우리는 마음을 비울 수 있는 또 하나의 그릇을 선물 받았으며 줄 수 있는 사랑만으로도 행복할 수 있는 마음을 더욱 소중하게 생각하는 감사함을 배웠으니 한결같음으로 살아가자고.

뒤돌아보라.
세상 그 누가
이보다 더 절실히 우리들의 도움의 손길을

기다린단 말인가.

해진 피부를 파고드는 목줄을
떨리는 손으로 풀어내며 캄캄한 하늘을 향해 울부짖는
고통의 절규를 느껴보라!

이들 앞에서
우리가 인간의 잣대를 버리지 못한 채
시시비비를 논한다는 것
이 처참한 고통 앞에서
우리는 무엇을 논하며 무엇을 얻고자 하는 것인가?

단 한 번만이라도 진심을 담고 이들의 눈물을 보았다면
우리들의 이기심을 부끄럽게 생각해야 할 것이다.

이들을 보지 못하였다면
우리는 아직도
무심의 세계를 가고 있음을 반성하여야 할 것이다.

여리고 약했던 나에게 끝없이 투쟁하고
독설할 수 있는 용기와 힘을 준 너희들이기에
나는 어제도 오늘도 또 내일도

아프고 아파야 하지만
그래도 나는 행복하다.

너희들의 외로움
녹여줄 수 있으니
너희들의 굶주린 배
포만감으로 잠들 수 있게 하노니

내 지나간 혹한의 추위 같은 잔인한 세월들이
또 내일의 잔인한 시간들이
난 두렵지 않다.

아픔을 호소하는 너희들에게 희망을 이야기해 주고
고통 속에 절규하는 너희들에게 희망을 이야기해 주어야 하기에….
나에겐
단 하나, 오직 사랑이 있을 뿐이다.

유기동물의 모습
우리들의 무심함 속에서
견뎌보기에는 너무도 아픔이 크고 배가 고프기에
오늘도 누군가의 구원의 손길을 기다리며
고통과 눈물 속에서

서럽고도 애달픈 꿈길을 간다.

반려가족 모든 분들께 호소합니다.

불임은
죄 없는 생명들의 고통을 줄여줄 수 있는
또 다른 사랑임에 믿음을 가져주십시오.

우리들 가까이 또는 멀리
고통 속에 울부짖는 생명들이 있음을
이 아이들의 고통을 만천하에 알려주시기를 바랍니다.

다음의 사진들은 구조할 당시의 아이들 모습들입니다.

누가 이 생명들을 이토록 버려두었는가

한 때는 사랑받았을 아이, 90%의 시력을 잃은 상태로 버려져 유기견 보호소로 입소된 아이, 사람아! 사람아! 이 아이의 통곡하는 마음을 아는가?

이 해진 피부 속에 붙어 피를 빨아먹는 진드기가 40여 마리에 달했던 아이, 구조 당시 삶의 의욕마저 이미 상실한 듯 먹이조차 거부하였다. 무관심이 만든 고통이다.

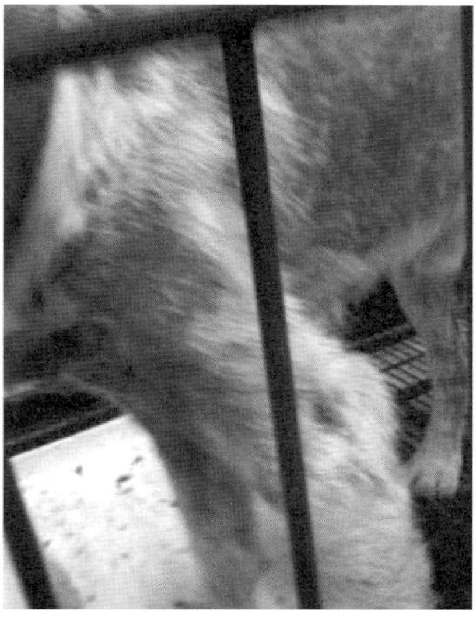

꽉 조여 놓은 목줄에 목에 피고름이 생기고 온몸은 피부병으로 덮여 있다. 못 먹어 일어서기조차 힘들었던 아이. 이렇게 방치되어 키워지며 살아가는 생명들이 많다는 것이 숨이 막힌다.

• 3장 •

제도에 맞서서

우리 모두는 생명을 대상으로 행한 과오들을 속죄하는 계기를 가져야 한다. 자신의 목숨은 천수(天壽) 누리기를 바라며 동물들의 목숨은 잡풀을 베어버리듯 하는 야만적 행위 세계적 시대의 흐름에 위배되며 자라나는 세대들의 정서를 배신하는 부끄러운 행위이다. 인간이 그토록 살고 싶어 몸부림치듯 동물 또한 그들의 터전에서 살기 위한 몸부림을 치고 있기에 우리들은 모든 동물들을 보호하지 못함에 미안함을 느끼며 인간과 가장 가까이 교감하며 살아가는 반려동물만이라도 식용을 금지함으로 양심이 살아있는 사회를 구현하여야 한다.

"나는 너희를 구제할 마음은 있으나 힘이 없고,
나라는 너희를 구제할 힘은 있으나 마음이 없구나."

대통령님께 올리는 편지

국태민안(國泰民安).

안거낙업(安居樂業).

희망의 복주머니와 함께 시작되었던 경축의 날을 다시금 축하드립니다.

다사다난한 국정으로 하루도 마음 편하실 날이 없으신 듯하여 보는 마음이 힘든 순간도 있습니다. 특히 국가안보의 위기와 직면하며 대통령님도 국민도 유난히 어려운 시간을 보내고 있는 듯합니다. 그러나 지혜롭고 강직(剛直)하신 인품으로 국난을 잘 수습하실 것이라는 확신을 가집니다. 국난의 위기를 잘 이겨내시어 원칙과 정도를 걷는 사람이 성공하는 시대, 도덕성이 회복되는 시대를 이루어 오래토록 원해오셨던 국민행복시대, 희망을 배우며 이루어가는 시대를 꼭 열어주시기를 충심으로 바랍니다.

누구보다도 나라와 국민을 사랑하신 아버님과 어머님의 충혼의 숨결이 대통령님께서 뜻을 열어 가시는데 큰 힘이 되어 주실 것이라 여겨집니다. 40년이라는 세월이 흘렀으나 당신께서 좋아하신 목련의 향기처럼 그윽한 그리움으로 남아계신 어머님의 모습은 대한민국 여성의 크나큰 자랑이자 전 국민의 본과 힘이 되고 있다고 생각합니다. 두 분을 향한 그리움과 함께 애석함으로 이어지는 만감의 교차를 말로 다 할 수가 없겠으나 나라사랑을 향한 두 분의 업적을 국민의 한 사람으로 어찌 잊을 수가 있겠습니까. 두 분을 다시 뵈온듯 감회가 깊었노라 말씀드리고 싶습니다. 힘겨우신 세월 곧게 이겨내 주시고 국민과 하나 되는 뜻을 이루셨으니 감사할 따름입니다.

대통령님의 정치철학은 누구보다도 곧고 강인하실 것이라 생각됩니다. 부디 사상누각(砂上樓閣)으로 치닫는 정치를 종식시켜 주시고 힘 있는 나라를 이루어 주시기를 바랍니다. 대통령께서 가시는 길을 응원하며 부득이 제가 올리고자 하는 사견을 전해 올리겠습니다. 대통령님 한 분의 의지로 세상을 바꿀 수는 없지만 모든 권한의 중심에 계신 분이시니 저의 애탄서에 깊은 관심을 가져주시어 만인에게 평등한 법이 이루어지도록 도움을 주시기를 바랍니다. 10년을 훌쩍 넘어선 저의 애탄서는 언제나 허공을 향한 넋두리가 되었기에 이제 저의 가슴은 공복의 삶을 살아가는 듯 심한 허기만이 남아 있을 뿐입니다.

대통령님!

모든 생명체는 서로에게 영향을 주고 받으며 공동체의 본질을 이루고 살아가는 것일 것입니다. 그러하기에 법 앞에 모든 생명이 평등해지는 세상을 만들어가야 한다고 생각합니다. 세상은 사람만을 위해 존재하는 것이 아니며 나만의 것이 아니니까요. 이러한 글을 올리는 저 자신도 때론 어쩌다 여기까지 왔을까라는 회한의 아픔이 있습니다. 지극히 평범한 삶속에서 약자를 향한 연민을 가지게 되었고 어느 순간 그 연민이 동물로 태어난 죄로 억겁의 고통을 벗어나지 못하고 살아가는 생명들에게 정지되고 말았습니다. 도저히 상상할 수 없을 정도의 아픔과 외로움을 가지면서요. 대통령님께서 바라시는 국민행복시대의 중심에는 반려가족들의 고통의 눈물이 있습니다. 산업화의 물결과 함께 형성된 반려가족 문화는 이제 단순한 한 가정의 생활을 뛰어넘어 인간과 동물의 진정한 소통을 위한 노력을 제도적으로 탈바꿈을 하여야 할 시대를 만들고 말았습니다.

오감을 가진 생명을 무생물처럼 치부하는 사육환경은 물론, 반려동물식용 문제와 유기동물 문제, 인면수심으로 치닫는 동물폭력 문제, 반려가족 생활권 문제 등은 이제 우리 사회와 국가가 눈감아서는 안될 절실한 문제라는 것을 인지해 주시기 바랍니다. 이미 굳어진 습관에 뒤엉켜 있는 일들이라 하며 방관하고 체념하기에는 백년지계(百年之計)에 결코 본이 되는 일이 아닌 듯 하오니 시급한 국정현안에 함께 포함하시어 이러한 모순점들을 순차적으로 해결해 주시기를 간절히 원합니다.

한 가정을 바로세우고 자녀의 교육을 바로잡는데는 어머니의 역할과 교육이 가장 큰 비중을 차지합니다. 이제 모든 국민의 행복과 고충을 함께 하실 한나라의 지도자가 되셨으니 언제나 순위 저편 너머로 뒤쳐져 있어 아비규환이 되어버린 음지의 삶들을 돌아봐 주시고 열두폭의 사랑으로 함께 아울러 주시기를 간구한 마음으로 희망해 보면서 오랜 세월 가시고기처럼 아픈 사랑을 담아내며 올렸든 저의 애탄서를 올리니 한갓 동물을 향한 청원이라 하여 외면치 마시고 한 여인이 왜 이토록 가시밭길을 벗어나지 못하고 긴 시간들을 아파하며 살아가게 되었는지를 헤아려주시고 나날이 상처받고 살아가는 이천 만 반려가족들의 마음들을 배려하시어 공중누각(空中樓閣)이 되고 있는 허구적

동물복지법을 세부적으로 검토하셔서 생명을 향한 진정한 복지법이 실현될 수 있도록 바로 세워 주시기를 간곡하게 바랍니다.

복지란 보다 나은 삶을 살아가기 위한 것이기에 잔인한 죽음 앞에서만 허용되는 동물복지법은 인간의 본질적 양심을 속이는 행위이며 유명무실인 것입니다. 바로는 보이지 않으나 국가 백년지계를 돌아볼 때 동물복지와 사람의 복지가 함께 이루어져야만 비로소 건강한 나라가 될 것입니다. 맑은 마음에서 건강한 육체가 얻어지는 것이 아니겠는지요.

대통령님!

한 생명의 탄생은 경이롭고 비록 인간의 몸을 받지 못했다 하더라도 그 삶은 존중되어야 한다고 생각합니다. 사랑스럽게 태어났으나 쓰레기로 전락하여 인터넷과 지역정보지를 통하여 생명이 거래되고 상자에 담겨 쓰레기장에 버려지는 안타까운 현실이 증가되고 있습니다. 내가 고통을 받고 싶지 않기에 남에게도 고통을 주어서는 안 되는 것이며 내가 원하는 삶을 남도 누릴 수 있도록 배려하는 삶을 살아가야만이 참으로 아름다운 사회, 각자의 책임감으로 올곧은 건설을 이루는 것이라고 여겨집니다.

걸레처럼 구겨진 채 아우성치며 무생물과 같은 짐짝이 되어 개시장으로 끌려가는 생명들을 보신 적이 있으신지요? 오래토록 내려온 보신문화의 관행이라며 묵과하시기에는 오감을 가진 생명들이 겪는 고통이 너무 참혹하며 죽음 또한 너무나도 비통한 방법으로 이루어지고 있습니다. 감각이 살아있는 생명들의 고통을 볼모삼아 이를 취하고 즐기는 소싸움 투견 닭싸움 등도 대통령님의 정부에서 근절되기를 간절히 소망해봅니다.

대통령님!

역사 앞에 본이 되는 성군(聖君)의 길을 가신 분들은 먼저 약자의 억울함과 아픔을 헤아리고 보듬어주셨습니다. 대통령님의 정치 가치관도 다를 바 없다라는 생각이 저의 사견입니다. 사람은 물론, 동물이라 하여도 이토록 모진 고통 앞에 놓여진 생명들이라면 배려와 보살핌에서 제외되어서는 안될 것입니다.

천륜(天倫)을 저버리고 폭력이 난무하며 효(孝)와 인의(仁義)가 사라지는 세상은 만연한 생명경시 풍토가 한 몫을 하고 있는 것이라고 생각합니다. 자고나면 일어나는 놀라운 동물학대야말로 인간을 향한 폭력으로 이어지는 계기가 되는 것입니다.

이제는 사람과 가장 가까이 교감하며 사람에 의해 길들여져 살아가는 반려동물을 향한 폭력만이라도 사라지는 세상을 이루어 자라나는 세대들이 맑은 정서와 함께 미래를 꿈꾸며 아름답게 성장하여 충효(忠孝)와 배려심을 근원(根源)으로 삼으며 살아갈 수 있는 세상이 되었으면 합니다.

모든 축생이 먹거리가 되는 세상에 개만을 소중한 생명이라 주장하는 것이 아닙니다. 인간정서와 가장 가까이 교감하며 살아가는 동물만이라도 참혹한 삶과 죽음에서 구원하여 우리들 주변에서 다분하게 일어나고 있는 수위를 벗어난 생명학대를 막아주고픈 마음이 간절하기 때문이며 그로 인하여 가축으로 살아가는 모든 동물들의 환경 또한 인도적으로 개선해 나아가야 한다고 생각하기 때문입니다. 반려가족 세대가 천 만을 지나 이천 만 세대로 이어지고 있음에도 죄 없는 생명들을 향해 내려치는 채찍과 도끼의 만행은 사라지질 않고 있으니 동물을 하나의 가족으로 받아들이며 살아가는 저와 같은 사람들의 마음은 자나 깨나 비통함을 금할 길이 없습니다. 열 손가락 중 아프지 않은 손가락은 없으며 반려동물과 함께 하는 사람들에게는 모든 개와 고양이들이 아픈 손가락입니다. 또한 인간을 위해 희생만 강요당하는 모든 동물과 가축이 심장 한 켠에 박혀있는 아픈 가시입니다. 실험동물은 물론 가축이라 말하는 생명들에게, 또한 야생동물들에게, 한없는 희생을 강요하며 살아온 우리들이니 이제라도 동물을 향한 고마움과 연민을 가지어 그 모든 동물을 향한 마음들이 인도적으로 변화될 수 있도록 통찰하여 주십시오. 생명의 존엄함 앞에 모두가 아름답고 숭고한 마음이 되는 세상이 될 것입니다.

동물이 돈이 된다는 사고를 벗어나지 못하여 깊은 계곡, 농촌 곳곳에서 동물들을 사육하는 일을 업으로 삼는 분들이 증가되고 있습니다. 살아있는 동안만이라도 제대로 보호받아야 하는 생명들이 동물주의 상황과 마음에 따라 굶어 죽는 일이 다반사로 이어지고 있습니다. 사람에게나 동물에게나 배고픔을 견뎌야 한다는 것은 가장 혹독한 고통이 될 것입니다. 살아 숨 쉬는 생명들이 겪는 아픔을 한번만이라도 깊은 가슴으로 느껴주시기 바랍니다.

인간만을 위해 만들어진 감옥에 갇혀 그들 본연의 습성과 본질적 삶을 억압당한 채 묶여있거나 갇혀 있기에 재해와 인재 앞에 언제나 속수무책(束手無策)으로 희생되어야 하며 사람이 주지 않으면 한 모금의 물조차도 스스로 구할 수 없는 참으로 가엾은 생명들입니다. 경제가 어렵다고 정부를 책망하면서 도심의 쓰레기장은 낭비되는 자원이 썩어가고 있으며 음식물 쓰레기 또한 도심의 흉기가 되어 쌓여가고 있습니다. 그러한데도 인간에게 도움을 주는 죄 없는 생명들은 우리들 주변에서 굶주림 속에 죽어가고 있으며 가업을 이끌어준 가축들은 분명 과학적 방법이 있음에도 불구하고 배려받지 못한 채 산채로 쓰레기처럼 매몰되는 비참한 결과만을 가져오니 사람됨의 양심이 부끄럽기 한량이 없습니다. 정부나 개인의 예산 부족이기보다 양심의 문제라고 여겨집니다. 인간에게 선택되어 살아간 생명들의 마지막 순간이 그토록 참혹해서는 안될 것입니다. 배가 고파보지 않은 사람은 배고픈 자의 서러움과 고통을 모르듯 고통 속에 죽어가는 생명들을 친견치 않으셨으므로 그들의 고통이 얼마만큼 참혹하다는 것을 짐작치 못하실 것이나 관심을 조금만 가져보시면 능히 제가 올리는 말씀이 가슴에 와 닿으실 것이라 사료됩니다.

제가 살고 있는 곳은 아주 작은 도시입니다. 그러함에도 하루에 여러 명의 유기동물들이 위탁보호소에 입소됩니다. 물론 저와 같은 마음을 가진 개인들이 구조하는 아이들을 제외한 수입니다. 그들의 몰골은 차마 인간의 감정으로는 볼 수가 없을 만큼 참담하답니다. 식용견이 되기 전 도망쳐 살아남은 생명들의 모습은 망연자실할 뿐이고요. 산채로 불속에 던져져 온몸에 화상을 입어 짓무른 피부가 썩어 들어

가고, 누군가의 흉기에 턱과 귀, 꼬리 등이 잘려 살아있다는 것이 더욱 고통스러운 생명들이 포획되며 구조 되고 있습니다. 온갖 학대와 멸시 속에서도 살아보겠다고 버둥거리는 생명들. 털 속에 가려진 몸은 상처투성이로 구더기의 서식처가 되어 있는 생명들도 있습니다. 이 아이들도 한때는 주인의 사랑을 받기도 하였을 것입니다. 그러나 버려진 오늘날은 주인의 사랑을 기억하기에 더욱 아프고 서러운 생명이 되어버린 것입니다.

생명을 관리하는 허술하고 무책임한 정책이 사람들의 마음 또한 무책임과 이기심을 가중시켜 반려가족이라는 자들조차 책임지지 못할 생명들을 마구 번식하여 생명을 무생물처럼 함부로 거래하며 거리로 버려지거나 심지어는 살아있는 생명들을 음식물 쓰레기통에 버리는 있어서는 안될 일들이 생겨나니 무고한 생명들의 고통에 찬 모습이 눈물겹고 가슴 답답하여 양심에 통증을 감당할 수가 없습니다.

왜? 죄 없는 생명들이 사람들로 인하여 이리도 모진 고통을 받아야 하는지요.

왜? 동물들의 아픔은 언제나 묻혀져야만 하는지요.

이제는 '인간과 가장 가까이 교감하며 살아가는 개와 고양이까지 먹지 않아도 우리들이 살아가는 데는 불편함이 없다'라고 생각합니다. 또한 개와 고양이는 인간에게 보신이 결코 될 수 없습니다. 갖은 더러운 음식 쓰레기를 주워 먹으며, 맑은 물조차도 제공받지 못한 채 부패된 잔반을 먹으며 좁고 불결하기 그지없는 환경 속에서 극도의 스트레스를 받고 지내는 그들이 어찌 인간의 보양식이 되겠습니까?

개 시장 등에서 살고 싶어 아우성치는 그 처절한 눈망울과 두려움에 떨고 있는 비통한 몰골들을 차마 볼 수가 없어 재래시장 길을 갈 수가 없습니다. 각처의 시 위탁보호소 또한 단 한 번만이라도 방문하여 주십시오. 그렇게 해주신다면 대통령님의 마음에도 이 모든 일들이 인간으로써 행할 일이 아님을 인정하시게 될 것입니다. 생명을 향한 마음의 생각 또한 크나큰 변화가 일어나 혜안의 답을 얻으실 것입니다.

우리들의 친구였던 토종견은 식용이 되고 수입견들은 애완견이 되는 모순점을 납득할 수도 없습니다. 잘 알고 계시겠지만 대한민국보다 빈곤하고 후진국인 나라에서도 반려동물문화를 존중하여 개식용 금지를 법제화 하고 있습니다.

축산업으로 성공하는 시대는 한미 FTA협정으로 이미 끝이 났다라고 여겨집니다. 반려동물 식용업으로 생업을 영유해 나가시는 분들의 고충도 점차 늘어나고 있다고 생각됩니다. 어린이와 젊은 세대들은 반려동물식용에 심한 거부감을 가지고 있습니다. 앞으로도 반려가족문화는 점차 늘어날 것이니 사회적 정서를 계기 삼아 상생의 기틀을 이루어 주실 때라고 여겨집니다. 대통령님께서는 분명 복장을 달리하며 백성들의 삶을 돌아보신 성군의 길을 가실 수 있는 분이라고 생각됩니다. 비록 동물이라 할지라도 생명들을 고통에서 구원해 주시는 것, 이상의 선정(善政)은 없으실 것입니다.

생명을 무참히 도살하는 직업을 가업으로 이어가는 것을 즐겨 하시는 분들은 안 계실 것입니다. 보다 바람직한 직업 전환의 계기를 만들어 주시는 것도 성군이 하실 수 있는 덕망이라고 판단됩니다. 생업을 위해 부득이 동물을 사육할 수밖에 없는 사업장은 규정을 강화하여 활동성 강한 생명들의 습성을 배려한 환경이 이루어지도록 진심을 담은 환경개선에 따른 세심한 지도 감독이 필요합니다.

동물이 좋은 환경에서 쾌적하게 살아갈 때 비로소 인간의 삶도 건강해지는 것이니까요. 또한 이제는 투우, 투견 등 생명의 고통을 보고 즐기는 놀이도 금지되어야 할 것입니다. 오락거리가 없었던 옛 시골마을의 작은 놀이에서 끝내야 할 일들이 어찌 문명이 발달된 오늘날까지 이어져야 하는지요. 강력하게 법을 세우지 않음으로 불법이 판을 치어 모든 산짐승들은 물론 천연보호동물조차도 올무와 총부리에 극심한 고통을 받으며 죽어갑니다. 산천이 꽁꽁 얼어붙는 추위 속에 올무에 걸린 생명들이 겪을 고통들이 어찌할지 부디 헤아려주십시오. 곳곳 다처에 생명들의 죽음의 수로(水路)가 되고 있는 도심을 이어가는 농수로의 피난출구 시설정비가 시급합니다. 이토록 타 생명에 대한 배려가 곳곳에서 이행되지 않는 마음으로 어찌 내 부모님과 자녀들의 안위를 바랄 수 있겠는지요. 이러한 부실과 불법들이 난무하지 않도록 강력하게 법을 집행해주십시오. 동물을 사랑하는 사람들은 자연을 사랑하며 이웃을 사랑할 줄 아는 성실하고 정직한 사람들이 많습니다. 이천 만 가족들이 행복한 마음으로 살아갈 수 있도록 저희들의 소원을 부디 외면하지 말아주십시오. 마구잡이로 들여온 수입동물 정책으로 인하여 유기동물 수요를 감당치 못하여 정부가 대안책으로 내놓은 각 시 위탁 유기견 보호소의 실상 또한 세심한 관심을 기울이셔서 관련자들의 사명감 없는 태도, 직무유기 등이 생겨나지 않도록 지도해 주시기를 바랍니다.

시 위탁 보호소란 최소한 개 농장보다 나은 환경의 수용 시설을 갖추어 거리에서 위험과 굶주림에 노출되어있는 버려진, 또는 길을 잃은 유기동물들의 제2의 쉼터가 되기 위해 존재되어야 합니다. 또한 안락사가 될 수밖에 없는 생명이라 할지라도 살아있는 동안 보호하는데 소홀함이 없어야 합니다. 운영자의 인성에 따라 생명을 돈줄로만 생각하고 그들의 입장을 배려함에는 관심이 없는 곳이 다수이니 기필코 검토해 주시기를 바랍니다. 시 보호소 유기동물들의 모습은 병색이 짙으며 움직임조차 힘겨워 먹이마저 입 가까이 가져다주어야 겨우 몇 알 먹을 수 있는 안타까운 생명들이 다수입니다.

전염병이 도는 아이와 격리조차 되지 않는, 너무도 주먹구구식의 관리 체제를 분명 바로잡아 주셔야 합니다. 숨이 끊어질듯 아픈 아이가 있어도 치료에는 관심조차 없으며 안락사 될 날짜가 되지 않았다는 이유로, 초를 다투어 고통을 덜어주어야 할 생명들조차도 모호한 제도 앞에 타산에 저울질 당하고 있습니다. 유기동물들에게 꼭 실행되어야 하는 불임수술조차도 회복기간 내의 보호마저 무책임하고 소홀하여 부작용으로 더욱 고통스러워지는 생명들 또한 허다합니다. 심지어 길고양이들은 형식적 수술로 회복기간을 지키지 않으며 본래의 서식지를 벗어나 아무 곳에나 던져놓으니 신체적 고통은 물론 영역마저 잃은 채 더욱 고통을 안고 죽어가는 경우가 다반사입니다. 생명을 대하는 사명감이 없는 곳은 생명들을 위한 보호소가 아닌 처리소일 뿐입니다.

이것은 보호소의 탓이기보다는 동물들을 향한 법과 제도가 너무도 허구적이기에 이러한 결과가 생겨난 것이라는 것을 통찰하시고 개선해 주시기를 간곡히 청원드립니다.

아울러 진정한 보호소의 목적이 아닌 생명 처리소가 되고만 지금의 안락사 제도는 마땅히 폐지되어야 합니다. 무고한 생명들을 포획하여 안락사로 처리하기보다는 반려가족 등록제와 불임(중성화 수술)을 함께 시행하여 수를 조절하여줌으로 이미 태어난 생명들의 삶이 보장되도록 바람직한 제도를 다시 세워주십시오. 이는 국민 혈세가 바르게 쓰여 지는 길이며 생명의 존엄성을 실현해나가는 필수적 제도가 될 것입니다.

인간이라 하여 생명을 합법적으로 죽일 권한을 가져서는 안 되며 있어서는 안될 일입니다. 항해를 하는 배가 넘치는 무게를 감당하지 못하면 수면 아래로 가라앉고 맙니다. 마치 우리나라의 지도자들의 행태가 바로 이와 같이 무모해 보입니다. 국가발전에 기여하려했던 초심을 잃고 마치 양심이 구멍이 난 듯 개인적 탐욕이 새어 들어 정의와 충의를 잃어가고 있습니다. 성실한 국민들의 세금이 잘못된 정책들로 인하여 쓰레기를 키워나가는 역할에 쓰여 지고 국가를 버리는 행위이며 자녀들에게 반역을 보여주는 행위에 해당하는 고위관료들의 탈세는 끝이 없습니다. 어른들의 삶을 보며 인격이 형성되는 10대의 어린이들이 무엇을 보고 배워야할지 참으로 당혹스럽습니다. 교과서보다 더 중요한 배움이 사회의 정서인 만큼 새롭게 정비하여야 할 일들이 너무도 많은 것 같습니다. 가진 못된 음식들이 자라나는 소중한 어린이들의 급식에 사용되고 약한 친구를 괴롭히는 학생을 진심을 담아 선도하지도 않으며 자율복장으로부터 시작된 민망할 만큼 짧아진 교복의 길이는 철없는 청소년들을 한걸음 더 가까이 탈선의 길로 나아가게 하고 학교 앞 문구점 뽑기장 내에는 살아있는 생명이 무생물인 장난감이 되어 생명의 가치를 훼손시키고 있습니다. 시장 곳곳에 살아있는 온갖 생명들이 좁은 우리에 갇혀 죽음을 기다리는 생명들을 보고 두 눈이 휘둥그레진 아이들은 비명을 지르며 도망치듯 뛰어 갑니다. 그리고 말합니다. "아 너무 불상해요. 왜 개를 먹어요?" "왜 고양이를 먹고 토끼를 먹어요?"라고 눈물을 글썽이며 말합니다. 어른들의 잘못된 판단에 의하여 바로 자신들의 자녀들 동심이 희생되고 있는 것입니다.

더러운 악취가 코를 찌르는 뒷켠에 갇혀있는 우리들의 누렁이. 주변에 버려진 썩은 음식 찌꺼기와 피로 범벅이 된 폐수. 그 속에 죽은 파리들을 주워 먹으려 안간힘을 쓰고 있습니다. 너무도 배가 고픈 나머지….

눈물겹도록 살려주고 싶지만 곳곳에 갇혀있는 수많은 생명들을 살려줄 수 있는 방법이 저희들에게는 없습니다. 하나님과 부처님께서도 "고통 받는 모든 생명들을 가엾게 여기어 보호해주려 힘쓰면 후손이 복을 받을 수 있는 씨앗이 된다."라고 하셨습니다. 절제되지 못한 저의 글로 인하여 심사가 불편해 지셨을까 걱정이 되지만 어떠한 것도 바람 없이 오롯이 인간이 가진 모성의 측은지심으로 중년의 삶을 바쳐 살아온 10여 년의 피눈물을 대신한 것이오니 다망하시겠지만 나누어 읽어주시고 부디 동물들의 황무지의 삶에 단비를 내려주시기를 바랍니다.

경애하는 대통령님!

희망이와 새롬이를 지극히 귀여워하신다고 짐작하고 있습니다. 그 아이들이, 또는 그 아이들의 자손들이 비운의 생명들이 되기를 결코 바라시지 않으실 것입니다. 또한 고통 받고 살아가는 모든 생명들이 희망이와 새롬이처럼 사랑받고 보호받으며 살기를 원하고 있습니다. 지금의 동물보호법으로는 애꿎은 동물들을 향한 끔찍한 동물학대를 막을 수가 없다는 것을 다시 한 번 거듭 말씀드리며 국민정서와 국민건강을 위해서라도 꼭 검토해 주시기를 바랍니다.

부디 강건한 몸 보존하시고 태평성대를 이룩하셔서 역사에 빛으로 남으시는 국민의 어머니가 되어주시기를 기원하면서 저의 두서없는 글을 마치겠습니다.

감사합니다.

[추신]

'한 쌍의 개로 시작된 그의 자손은 5년간 55,200여 마리의 강아지를 낳으며, 한 쌍의 고양이와 그 자손은 개의 다섯 배에 달하는 수를 낳는다'는 보도자료가 있습니다. 이들 생애에 관심을 가진 사람들이라면, 이 보도자료가 막연한 것이 아님을 알 수 있습니다. 반려동물 보호를 위함은 물론, 비효율적으로 발생되는 정부차원의 사회적 비용을 절감하기 위해서라도 반려동물 입양 절차에 따른 책임을 강화해야 하며, 중성화를 법률적으로 확립하여야 할 것입니다.

개인의 자율권을 침해한다는 반대의견이 있을 수 있겠으나, 물건이 아닌 살아있는 생명을 보호하기 위한 것이니, 국민적 공감대를 이루어 내셔야 할 것입니다. 그 무엇도 생명을 뛰어넘을 수 있는 가치는 없는 것이니까요.

국회의원님들께 바라는 동물 가족들의 바람

존경하는 국회의원님들께.

나라를 위하여 심혈을 기울이는 의원님들께 존경과 경의를 표합니다. 저 역시 나라를 사랑하는 한 사람으로서 의원님들께 알리고자 하는 바 있어 이렇게 편지를 보냅니다. 오랫동안 생명을 향한 잔인한 한국의 동물보호실태에 비통함을 느끼며 하루빨리 진정한 동물복지가 이루어지기를 바래왔습니다. 하지만 그간 개정되어온 동물복지법의 허구성에 상심이 큰 바 또다시 호소문을 올리게 되었습니다. 2013년 새롭게 법사위을 통과하여 개정된 법 또한 생매장살처분금지법을 제외하고는 미미하기 그지없을 뿐입니다. 지난 2011년에 이미 개정된 1년 이하의 징역형과 벌과금 1000만 원 이하로 다소 상향되었다고는 하지만 이상의 기준이 모호하여 학대자들이 크게 의식하지도 경각심을 갖지도 않았습니다. 이러한 법으로는 수많은 생명들이 학대의 사각지대를 결코 벗어날 수가 없으니 학대의 범위에 따라 최하 100만 원으로 개정해 주시기 바랍니다.

또한, 피난권이 부여되지 않는 있으나마나 한 법을 얕보는 학대자들에게서 고통에 처한 생명들을 구조하기기가 너무도 어려운 현실입니다. 굶주림은 물론, 굶주림의 방치 속에 죽어가는 생명들조차도 돈을 주고 사지 않으면 생명을 구할 수 없는 현실입니다. 법에다 신고하고 호소하여도 사유재산임을 앞세우며 "자신이 키우던 개를 먹는 나라에서 내 개를 내가 때리고 방치하는 것이 무슨 학대가 되느냐"며 오히려

반문을 하는 예가 허다합니다. 이렇듯 유명무실한 법을 어찌 입법기관을 거친 살아있는 법이라 말할 수 있겠는지요. 자신들의 모든 의지들을 모두 억압당한 채 극심한 불편함조차도 표현할 수 없는 가장 연약한 생명들임을 가엽게 생각하셔서 보다 엄중한 법으로 피난권을 확립하여 무고한 생명들이 무차별 희생에서 벗어날 수 있도록 의원님들께서 진정성 있는 의지로 개정을 서둘러 주시기 바랍니다.

존경하는 의원님들!

우리들의 삶 속에는 하고 싶은 일과 해야 할 일이 나뉘어져 있다고 생각합니다.

지금 우리나라는 국민정서와 세계적인 흐름에 위배되는 생명경시 풍조가 만연하고 있기에 동물복지로 나아가는 일은 이 시대에 꼭 해야 할 일 중 하나일 것입니다. 분명 우월한 법이 되어 실종되어 가는 윤리와 도덕을 되살릴 것이며 올바른 사회질서를 확립되는데 큰 기여를 하게 될 것입니다. 또 하나, 태어난 생명들도 돌보지 못하면서 곳곳의 생태체험관에서는 무리하게 번식을 시도하고 태어난 생명들은 돌봄 체제가 미흡하여 다시 죽어가는 예가 많은 것으로 알고 있습니다. 그러함으로 어설픈 이유를 든 번식보다는 이미 존재하고 있는 생명들을 위한 처우개선에 힘을 쏟아야 할 것이며 합리적인 환경조성이 이루어지지 않는다면 무책임한 번식은 중단되어야 할 것입니다. 동물원과 같이 제한된 공간에 감금되어 본능을 억압당한 채 신체적 정신적 고통에 시달리는 전시동물들의 처우 개선 역시 시급하다고 판단됩니다. 보여주는 것만큼 확실한 교육은 없으니 불합리한 제도를 개선해 나가는 것이야말로 어른다움을 행하는 일이 될 것이며 젊은 세대들의 시선을 맞추어나가는 길이 될 것입니다. 후세에 남겨줄 것은 재산이 아닌 올바른 사고력이며 인간애일 것이니까요. 자연에서 살아가는 초목들조차도 사람의 손길을 필요로 하는 순간들이 있거늘 하물며 감각을 가진 생명을 대하는 인간의 자세가 오늘날과 같아서는 안될 것입니다.

시대가 변화여 국내는 물론 세계적으로 반려가족 문화가 점차 확산되어감으로 나와 함께 하는 동물은 물론이며, 타 동물들의 고통 또한 자신의 고통처럼 생각하며 살아가는 국민이 다수를 이루고 있습니다. 또한 먹이라고만 생각해온 염소나 돼지 등의 동물에게까지 불임수술을 하여 가족의 일원으로 함께 하고 계시는 분들도 계십니다. 동물을 대하는 국민감성이, 상대를 나의 필요에 의해 재단하지 않고 그의 입장을 배려하는 성숙한 시민문화가 형성되고 있다는 것입니다. 세계적으로는 개를 식용하는 것을 혐오하는 운동이 확산되며 국가적 수치로 규정하여 법으로 금지한 나라가 다수임을 아실 것이라 봅니다.

인간과 가장 가까이 동화되어 살아가는 동물들만이라도 생명의 가치를 인정해주어 모든 동물생명들의 권익을 위한 복지정책이 구현되기를 바라는 지극히 인도적인 마음이기 때문입니다. 이 중심에 의원님들의 자비가 함께 하신다면 대한민국은 참으로 강건한 나라가 될 것입니다. 수많은 동물생명들의 고통은 바로 인간의 고통이 되고 있으며 자라나는 꿈나무들의 인성을 파괴한다는 것을 인지하여 주시고 청소년들의 성장교육에 이바지 해주시기를 다시 한 번 부탁드립니다.

국민의 눈으로 판단한 결과. 정책의 과오로 허실되는 국고가 너무도 많습니다. 그러함에도 불구하고 동물들의 복지를 위한 정책은 늘~ 예산부족을 내세웁니다. 의원님들의 실수로 줄줄이 쓰레기가 되고 마는 세금 손실만 바로 잡아도 억울한 생명들의 개죽음은 막을 수 있을 것이며 바람직한 동물복지 국가를 능히 이룰 수 있을 것입니다. 부디 후손들의 미래를 위해 심사숙고 하셔서 사상누각(砂上樓閣)으로 치닫는 정책을 바로 세워주시어 국가와 국민에게 존경받는 의원님들이 되시기를 다시 한 번 바랍니다.

대한민국 국민임이 슬프기만 하였던 무고한 생명들의 살처분 매장. 이에 금지 법안을 발의해주신 김영록 의원님께 깊은 마음으로 고개 숙여 감사를 드리며 말로만이 아닌 기필코 실현되는 법이 되기를 바랍니다. 위기에 처한 생명들의 피난권을 함께 발의해 주신 한명숙, 심상정, 진선미, 문정림 의원님들과 동물복지를 위해 애써주신 기타 의원님들께도 심심한 감사를 드리며 의원님들 모두 행운이 함께 하시기를 바랍니다.

생명을 소중히 여기는 많은 분들의 간절한 바람을 아래에 올리오니 참고하시고 순차적으로 실현해 주시기를 간절히 바랍니다.

동물복지 필수 제안서

1) 시 위탁보호소 시설기준 수립

지친 생명들이 일정한 기간만이라도 편히 쉴 수 있는 쾌적한 장소제공, 대형동물과 소형동물을 분리 보호할 수 있는 장소 확보, 당일 입소된 동물들만의 공간이 별도로 제공되어 전염병 검사 실시 기생충 약 등 동물의 상태에 따른 치료 실시 후, 다른 동물과 합류되어야 함. 일반 자원봉사자들이 관심을 가지고 참여할 수 있도록 유도하여 유기동물들의 불안감을 감소시켜줌은 물론 새로운 보호자를 만날 수 있는 길을 확대하여야 하며 동물을 짐짝처럼 던져 놓은 채 방치됨으로 발생되는 동물들의 비참한 사고를 방지하여야 함. 모범적으로 운영되는 보호소를 선정 포상하여야 함.

2) 재개발, 경제 여건 등으로 증가 일로에 처한 철거촌의 유기동물 문제에 대하여 시급한 대안책 필요

보상을 받기위한 희생물이 되어 감금되다시피 한 동물들은 물론 목줄을 한 채 버려두고 와 몸이 자라면서 목이 썩어들어 가는 경우는 물론 동네를 떠돌다 굶주림으로 죽어가는 동물들이 많으니 담당기관은 철거촌 등을 필히 방문하여 고아가된 생명을 구조를 할 수 있는 대안 책을 세워야 함.

3) 저소득층의 반려동물을 대상으로 불임수술 무료 지원책을 마련 유기동물을 줄이기 운동

연 2회, 상·하반기 반려동물 불임수술 강조기간을 지정하여 해당기간에 불임수술을 하는 사람들에게 수술비를 경감해줌.

4) 길고양이 TNR 시행 후, 회복 기간 (여아:7일~10일 / 남아:5일~7일) (계절별로 날씨별로 차이 있음) 보호기간을 강화하여 회복이 안된 상태에서 방사되어 수술한 부분이 터져 고통사로 이어지고 있는 부작용들을 방지하여야 함.

5) 수의사에 대한 사회 공헌 유도

열악한 사설보호소를 위한 수의사 봉사단 결성, 정기적으로 1~2조로 나누어 동물 치료와 불임수술을 할 수 있는 제도적 장치마련 시급.

6) 동물보호 명예감시관

시 보호소 운영자와 시 보호소 위탁관리자는 반드시 동물보호 명예감시관 교육을 이수해야 함. 동물에 대한 사랑이나 이해도 없이 동물의 생명을 관리한다는 것은 동물학대를 조장하는 나쁜 결과를 초래함. 파출소, 지구대 등 동물보호법의 이해도가 부족한 상태이니 경찰청 및 산하 지방 경찰청 이하 하부 조직까지 동물보호법을 숙지시켜 학대동물들의 피해를 미연에 방지토록 해야 함. 특별시·광역시·도·시·군 단위의 동물 업무 담당 공무원에 대해서도 반드시 명예감시관 교육을 이수토록 해야 함.

7) 반려동물 판매업소(애견센터), 번식센터, 애견센터의 시설기준 수립

동물병원, 애견센터의 위생 상태 점검 생명을 다루는 환경기준이 적법한지 점검하여야 함.

현재의 경우 번식센터는 허름한 뒷켠 창고에 동물들을 방치하고 비닐하우스 속에서 좁은 철장에 갇혀 교배 번식하는 곳이 많음으로 계절을 견디기 힘든 추위와 무더위의 고통까지 극도에 달하여 생존의 위협을 안고 살아감으로 합리적 시설기준을 강화한다. 번식장소의 환경 자유로운 움직임이 보장된 장소와 햇볕과 신선한 공기를 접할 수 있는 장소를 제공하여 함은 물론 공간별 사육 숫자, 기본 면적, 위생 사항에 대한 적절할 법적 시설기준이 법적 제도 아래 수립되어야 함. 3개월 이내에는 분양하는 것을 제한해야 함. 너무 어린동물들을 분양하여 조기에 폐사하는 경우가 많고 질병으로 사망하는 예가 많음.

8) 학대동물 피난권

지방 도심지 외곽에 위치한 무책임한 번식업자들의 횡포와 무차별학대 가정의 동물들에게 피난권을 부여하여 합법적으로 생명을 구조할 수 있도록 하여야 함. 자신들의 오물을 뒤집어 쓴 채 숨 막히는 환경 속에서, 오직 이를 위해 번식되는 생명들이 보호되어야 함. 주인의 손에 의해 끌려가 개소주, 개고기 집으로 넘겨지는 비참함을 막을 수 있도록 위의 사항들을 위반하는 경우 동물보호법으로 과중한 벌금을 고지하여 동물복지를 위해 바르게 쓰여야 함.

9) 공동주택 분양 시 10%~20%를 반려동물과 함께하는 사람들에게 합법적으로 분양을 하여 반려가족들이 부당한 고통을 겪는 사례를 막아주어야 함. 반려동물 세대는 추가 환경 부담금을 관리소 측에 이

의 없이 지불하여 사람과 동물이 함께 쾌적하게 살아갈 수 있는 길을 스스로들 만들어 가는데 이의 없이 협조하여야 함. 미국과 일본에서 오래전에 실시되었던 반려동물 공원 조성을 도입. 반려동물가족에게 자유를 보장하여야 함.

10) 정부의 동물보호 홍보 및 계도

동물보호법 홍보를 위한 지자체 교육실시. 공동주택 동대표, 부녀회장 등 이장과 통·반장을 위주로 하여 홍보책자 등을 각호에 배부하여 공동체 삶의 조화를 이루어 가야 함. 정부에서 실시하는 공익광고 등에 유기동물 줄이기, 불임수술의 중요성 강조, 동물보호법을 위반하면 받는 처벌 내용 공지, 동물학대 근절에 앞장서야 함.

- 위의 사항은 인간과 동물이 조화를 이루며 살아가는데 가장 필요한 핵심이 됨으로 지속적으로 준수하여야 할 부분들이라고 생각됩니다. 부탁드립니다. -

살기 위해 동족이 죽을 때까지 싸워야 하는 투견의 운명, 고민과 성찰 없는 인간의 탐욕이 만든 최악의 유희거리이다.

살기 위한 욕구와 주린 배를 채우기 위함에는 그 처절함과 절실함 또한 인간이나 동물이나 다르지 않다. 죄 없이 두려움 속에 죽어간 동물들의 피눈물과 한(恨)을 이제는 거두어주고 용서를 빌어야 한다.

존경하는 전국의 목사님들께 이 글을 바칩니다

모든 종교의 근원은 사랑과 자비로 평화로운 사회를 이루어가는 것이라 여겨지기에 감히 무례를 무릎 쓰고 호소문을 올려봅니다.

모든 배움과 깨달음은 자신의 의지에 달린 것이겠지만 본인이 의지하는 그 누군가의 가르침은 자신의 모든 행위를 이루어가는 과정에 크나큰 비중을 차지한다고 생각합니다. 그러하기에 교육과 종교는 한 시대를 살아가는 모든 사람들에게 가장 소중하고 큰 영향을 미치고 있는 큰 힘을 가지고 있다라고 생각합니다. 또한 종교는 정책과 교육을 뛰어넘는 능력을 가졌다고 생각합니다. 언제부터인가 물질만능주의로 치닫는 사회가 되어 살아가는 방향이 너무도 혼탁해지고 있으니 이제는 종교가 기꺼이 그 사명을 행하실 때라고 여겨집니다.

충만한 사랑과 자비로 황폐한 곳을 적극 돌아보시고 그 나눔의 사랑이 배가 되어 세상의 어두움과 슬픔들이 거두어지도록 더욱 더 단단한 가르침을 주셨으면 합니다. 물론 스스로가 주변의 빛이 되어 따뜻함을 나누어 가져야만 할 것이나 세상은 혼자서만, 또는 몇몇 사람이 나선다고 실체가 달라질 수 없는 너무도 거대한 집단이기에 저는 그 희망을 교육과 성스러운 종교의식에서 열어가야 할 것이라고 생각합니다. 이것이 진정한 하나님의 사랑이며 부처님의 자비사상일 것이라고 생각합니다.

1년 사시사철 먹을 것이 귀했던 시절 겨울이 오면 먹이를 채우려던 곳간은 텅 비어 있었지만 그래도 불을 지펴 "소죽을 끓여 줍지? 어서 따뜻하게 먹어라.” 하시며 소의 시린 등을 토닥여주신 우리들의 부모님이 계셨습니다. 이웃집 홀로된 노인의 방에 군불을 때주시며 손을 넣어 아랫목의 훈기를 확인해주시는 나보다 약한 그 누군가에게 한 점의 정을 베풀며 살아오신 부모님이 계셨습니다. 삶의 진정한 행복과 여유는 내가 얼마나 많은 것을 소유하였는지가 아니라 작게 가진 것이나마 더 부족한 곳을 위해 나누워 가질 수 있는 데에 있다고 생각됩니다. 이러한 미풍양속을 뒤로하고 나눔보다는 내가 더 많은 것을 독식하기 위해 약자 위에 군림하는 것이 성공이라 생각하는 세태가 증가되는 듯하여 이 땅의 자녀들의 미래가 우려스럽습니다.

윗물이 맑아야 아랫물이 맑은 법. 윗물이 혼탁하여 폐수를 이루니 맑고 건강하여야 할 젊은 세대들 또한 모든 일들에 순리가 뒤집혀 정의나 소신 따위도 무뎌질 뿐, 인간에게 보약이 되는 나눔과 배려, 겸손의 미덕과 양보를 모르는 세상이 되고 있으니 두렵습니다.

나라의 법을 만드는 국회는 온통 너 잘났네. 나 잘났네로 남탓과 욕설이 난무하고(고성방가 폭행죄 성립되어야 함) 부강한 미래를 위함이라며 추진하는 개발 등은 부실공사를 이루어 국고를 탕진하고 어려운 서민들을 더욱 수렁으로 내몰며 살기위해 저항하는 약자들은 죄인이 되고 있습니다. 서민들이 생계를 위해 천막을 치면 불법건축물이라 철거가 되고 벌금을 물려 어려운 생계에 막대한 고통을 주며 권력자들의 권위로 행해지는 불법행위들은 모두가 눈감아 주는 부정한 세상. 이런 것들을 바로잡아나가야 하는 곳이 교육재단이요 종교재단이라 믿어집니다.

분단의 비극을 안고도 풀뿌리의 정신으로 지켜낸 소중한 나라입니다. 이 가난한 나라가 여기까지의 설움과 굴욕 속에 의지를 불태워 오신 조상님들의 희생, 그 숭고하신 정신이 살아 숨 쉬어야 하건만 지금 우리 사회는 선조님들의 정신을 욕되게 하고 있습니다. 이토록 많은 우(愚)를 범하고 살아간다면 지구상의 어느 나라도 하느님의 노여우심을 피해갈 수 없을 거라고 생각합니다.

조상님 산소에 성묘를 다녀오면서 정성껏 준비해 가지고 간 음식을 넉넉히 두고 오는 따뜻한 마음(들짐승들 먹이라 하시며). 겨울을 재촉하는 가을, 감나무의 감을 따며 언제나 많은 감을 남겨두는 따뜻한 마음(까치밥이라 말씀하시며). 추수를 하고 난 뒤의 이삭은 새들의 먹이가 되었고 김장밭에 남겨진 배추와 무는 야생동물들의 먹이가 되었던 시절. 우리는 뒤를 배려하는 우리 부모님들의 아름다운 삶의 방식을 정말 뒤돌아보아야 하며 그 가르침에 교육과 종교가 중심이 되어주시기를 바랍니다.

존경하는 목사님들!

지금 우리 사회는 너무도 짙은 생명경시 사상이 자리 잡고 있습니다. 이것은 동물을 향한 수위를 넘어선 인간의 폭력을 근절치 못하는 사회적 흐름이 한 몫을 하는 것이라 여겨집니다. 축생으로 태어난 것이 죄가 되어 지금 이 순간도 칼바람 속에서 추위와 굶주림으로, 사람을 향한 두려움으로 갈퀴를 세운 채 먹이를 구하느라 세상 구석구석을 헤매고 다니는 우리들 주변의 가련한 생명들을 위해 그들에게 인간은 두려운 대상이 아니라 보호해주는 대상이 되는 세상이 오도록 사랑을 담아 따뜻한 기도를 함께 하여 주시기 부탁드립니다. 불가(佛家)에서는 이미 살생을 금지하는 계율이 있으나 기독교인들 중에서는 동물들은 영혼이 없으며 사람의 양식으로 하나님께서 주신 것이라고 말씀하시는 분들이 있기에 목사님들의 크나크신 사랑에 의지하며 말씀을 드리는 것입니다. 영혼이 있고 없음이 무엇이 그리 중요하겠습니까. 그들도 마음이 있고 감각을 가진 생명인 것이 중요한 것이 아니겠는지요. 일용할 양식은 동물이 아닌 자연의 음식이 아닐까 생각해봅니다. 목사님들께서 동물생명들의 생존의 환경에 관심을 가져주시고 그들을 향해 진심어린 기도를 해주신다면 수위를 넘어선 폭력을 막아주시는 절실한 계기가 될 것입니다. 절실히 필요합니다. 또한 저의 간절한 이 기도가 많은 종교계 어른들께 닿아 복음의 메아리와 함께 하게 되기를 간절히 바라며 두서없고 무례한 저의 글을 마칩니다.

감사합니다.

처참한 동물학대와 비인간적 개도살 행위는 지극히 인간 우월주의의 비굴한 시고이며, 함께 살아가는 생명을 식용하는 것은 문명이 발달된 현 시대에 통용될 수 없는 야만행위에 불과합니다. 기독교의 박애정신이 박해받는 생명들에게도 희망이 되기를 기도하고 또 기도합니다. 한순간만이라도 절벽에 서 있는 생명들의 입장이 되어 본다면 낮은 자의 소리가 명확히 들릴 것입니다.

조류독감을 해결하는 정부 방침에 분노를 느끼며

해마다 일어나는 자연재해로 심신의 고초가 크실 공직자 여러분들께 위로를 보냅니다. 그러나 정녕 예방책은 없는 것인지. 반려동물을 비롯하여 모든 생명을 처리하고 다루는 과정이 너무도 잔인하여 국민의 한 사람으로 하늘의 두려움을 느끼고 있습니다.

결코 피할 수 없는 문제라면 생명을 다루는 일만이라도 인도적인 차원으로 이루어지는 방법을 택하여 주시기를 바라는 간절함, 어찌 이글을 올리는 한 사람만의 바람이겠습니까?

무더기 생매장이라니. 놀라움에 진저리가 쳐집니다. 행정의 결과는 어떠한 재해가 일어나던 늘 같은 맥락의 무지함뿐이니 배운 학문과 과학의 힘을 바로 쓰지 못하는 이 나라를 어찌 하면 좋단 말입니까? 헛되이 쓰이는 국민의 혈세를 헤아릴 길이 없으나, 동물이기에 예산 부족, 인력 부족이라는 변명 한마디로 참담토록 잔인한 행위를 합리화시키고만 있으니 당국의 행정능력이 참으로 개탄스럽습니다. 정녕, 정도가 있을진대, 그 길을 왜 찾아가지 못하는지?

수많은 생명들을 생매장한 후 생겨나는 모든 부작용의 과정들은 전국민이 함께 겪어내야 하는 재앙이 되고 보다 큰 피해로 이어질 것이건만 해결책의 길은 멀리하고 말 못하는 생명들이라 하여 손쉬운 매몰행위만을 취하시니 그 가슴 아픔에 미래가 두렵습니다.

가업을 이어나간 나의 동물들을 안락사조차 시키지 않은 채 생매장을 하시는 동물주들께서도 다시는 이러한 가슴 아픈 한을 남기지 않으셨으면 합니다. 살아나가실 앞날이 캄캄하시고 경황이 없는 마음들이 너무도 아프시겠지만 죄 없는 생명들의 마지막을 따뜻하게 보내주셨으면 합니다. 그래야 남아있는 마음도 편하실 수가 있으실 것입니다.

국가와 동물주 분들이 조금만 더 마음을 비우시면 결코 불가능한 일이 아니니까요. 그들의 마지막 순간이 그리도 아프게 죽어가지 않도록 배려하는 것만이 그들을 향한 우리 인간들의 마지막 도리가 될 것입니다. 입만 열면 사랑과 자비를 설하시는 종교계 지도자들은 무엇을 하고 계시는지. 회의가 느껴집니다. 동물주 분들의 아픈 마음을 위로하며 고통 속에서 희생된 동물들의 원혼에 명복을 빕니다.

부디 그 몸 벗고 해탈하여 만승의 자리로 다시 돌아오길 바랍니다.

생명경시 풍조를 애도하며

누군가를 위하여 켜 주었던 한 개의 등이 무명의 강을 건널 때 다리가 되고, 세상을 평화로 이끌어주는 사랑과 자비의 씨앗이 되며, 참회의 등불이 된다고 하였습니다.

부디 우리나라 대통령께서 사랑으로 사회의 등불이 되시어 역사에 남는 의로운 지도자의 길을 걸으셔서 국민들의 무한한 존경을 받으시고 대대손손 자녀들의 존경을 받으신다면 좋겠습니다.

인간의 평등함을 위해 노비문서를 폐지하신 정조.
노예를 해방시키신 링컨 대통령.

"우리는 동물의 고기를 먹을 때 그 동물이 고통을 겪으며 절규 속에 품어내는 한과 화까지도 먹음으로 육식가들의 세상과 이별하는 마지막 순간이 유독 험하고 괴롭다"라고 말씀하신 법정 스님. 삶의 등불이 되신 선현들의 교훈이 계심으로 우리들은 새기며 살아가야 할 것입니다.

그런데 왜? 최소한의 삶 속에서도 아무런 불평 없이 꼬리로 주인을 반기며, 오랜 세월 우리들에게 한없는 정으로 자신의 의무를 다해 준 우리들의 누렁이가 먹거리가 되어야 하는지 가슴 아픈 일입니다.

동물가족들의 절실한 바람을 담아 올립니다. 이들에게 구원의 정책을 열어 주십시오.

조류독감, 또다시 찾아온 재앙

심한 두통과 울렁증을 동반하며 떠오르는 붉은 피의 현장 인간 저승사자가 되고만 백의를 입은 자들의 가슴 또한 무덤이 되었으리라. 괴성을 지르는 포클레인의 톱날에 의해 구덩이로 쏟아 던져지는 저 가엾은 생명들의 공포의 몸부림과 고통의 비명. 어찌 세 치 혀가 표현할 수 있으며 잊을 수 있으리 번득이는 삶을 향한 본능 두려움과 억울함으로 호소하는 생명들의 커다란 눈망울들.

주인을 위해 헌신한 너희들에게 3천 원의 백신을 투자해 주지 못하고 그토록 아프게 보냈으니 가슴을 떠나지 못하는 악몽. 자업자득, 자승자박의 결과를 가져오고 말았구나. 자신들의 의식주를 송두리째 의지해왔던 생명들을 위해 해줄 수 있는 마지막 도리 안락사로 그들을 보내줄 수는 없었을까? 삶의 희망이 땅에 묻히는 것을 애통해 하기 앞서 비통한 생명들의 영혼 앞에 도리를 다함을 그분들도 바랐으련만. 그 어느 곳 하나 안타깝지 않은 곳이 없다. 과학의 힘만이라도 빌려 목숨줄이라도 끊은 뒤 묻어주었다면 남은 자의 꿈길이 편안할 테고 꿈길이 편안하면 수렁에 빠진 삶을 빠르게 회복시킬 수도 있을 터인데. 지옥과 극락도 이승에 있다더니 천근 만근의 괴로움을 안고 살아갈 날들이 타인의 가슴까지 멍울지게 한다.

오늘날, 인간과 동물이 서로의 증오심을 부채질 하는 것은 오직 자신들의 이윤의 대상으로만 생명을 생각하는 비정한 양심때문이 아닐까라는 생각이 엄습한다. 대안에 게으른 정책의 허술함이기도 할테고.

아니 어쩌면 이것은 인간과 동물의 생의 승부를 저울질하려 하시는 하늘의 뜻인 줄도 모르겠다.

목숨을 유린당하는 생명들의 그 길고도 처절한 울음소리 돼지들의 마지막 울음소리가 환청이 되어 그나마 선잠조차 화가 되어 도망친다.

하나님을 숭배하고 산다는. 하나님의 사랑을 베풀겠다며 기도하는 인간들이 우글거리는 세상.

부처님의 자비사상 살생금지도 저 생명들의 고통을 막아 줄 수가 없고 그 고통과 싸우려하지 않는 이기적인 세상.

종교는 무엇을 설하고 무엇을 찬양하는가?

가엾은 영혼들아.

너희들은 심성이 고왔으니 천국으로 갔을 것이다.

썩은 물과 썩은 공기 원한의 피눈물로 뒤엉킨 토양에서 살아가는 우리들에게 희망이 있는가? 후손에게 썩은 지구를 물려주고 있는 우리들에게 희망이 있는가? 지구의 숨통을 끊어놓을 듯한 인재지변으로 태양은 두꺼운 검은 먹구름에 덮여 인간에게 검은옷을 입히고 있다. 세상이 암흑천지이건만 나이 50세가 넘어 생의 쓴맛을 알 나이에도 70세가 넘어 상대방의 아픔을 내 아픔처럼 껴안아 줄 수 있는 나이에도 그들의 입으로 흘러나오는 말들은 자신의 이기심을 채우기 위한 본받을 바 없는 오욕의 언행들이 난무할 뿐이다….

언행에 위엄이 있고 자애로움이 흐르는 품위롭게 세월을 더해가는 어른다운 어른들의 모습이 그립고 절실하다. 이 땅에 태어난 것이 죄가 되어 인간을 위해 혹독한 삶을 살다 인간의 손에 의해 처절하게 죽어간 수많은 영혼들아! 우리들의 죄가 크구나. 아픔도 고단함도 배고픔도 없는 곳에서 편안히 쉬어라….

사람에게는 동물을 다스릴 권한이 있는 것이 아니라 모든 생명체를 지킬 의무가 있는 것이다. 고로 청와대와 정부는 부끄럽고 치욕스러운 대안책에 깊이 반성하며 인도적인 해법을 찾아야 할 것이다.

경애하는 박원순 시장님께 올립니다

시장님!

너무 늦은 감이 있지만 지난 10월 26일로 돌아가, 충정어린 마음으로 축하인사를 올립니다.

세상을 겸손하신 미덕으로 아름답게 살아오신 결과물이라 생각되옵니다. 부디 올바른 국가관과 지략을 가진 충정어린 마음들이 시장님을 힘차게 응원하여 혼란과 혼탁함으로 길을 잃어버린 이 세상이 정화되고 정돈되어지기를 충심으로 바랍니다. 감히 정치를 논할 수 없는 시골아낙에 불과하지만 올곧으신 시장님의 인품이시라면 분명 도덕성에 성실하며 노력하는 국민이 인정받으며 희망을 열어갈 수 있는 세상을 이루어 주실 것 같습니다. 3개월 남짓 시장님의 정치 행보에도 마음으로나마 아낌없는 박수를 보냅니다.

지도자라 함은, 정치인이라 함은, 직위가 없음을 걱정하기에 앞서 직위를 감당할 수 있는 능력을 갖추어야 함을 걱정하여야 하건만 입으로만 국가와 국민을 위할 뿐 사리사욕으로 초심을 잃은 자들의 비굴한 몸부림에 국가는 늘 소 잃고 외양간을 고치는 정책으로 많은 손실을 가져오고 있습니다. 충심으로 기원하며 바랍니다. 부디 시장님께서 가진 권한을 최대 활용하시어 견고한 외양간을 세운 후 소를 데려올 수 있는, 순위가 어긋나지 않아 스스로 강건해지는 국가를 이루어 주시기를 …. 약자에게 야박한 정책과 이기적인 국민성을 회복시키기 위하여 기울이시는 시장님의 따뜻한 복지정책이 혹여라도 국가를 향하여 불만만을 표출하며 정부 혜택에만 의존하려 하는 게으른 자들의 휴식공간과 먹이사슬이 되지 않도록 그리하며 성실한 국민들의 혈세가 그릇되게 손실되지 않도록 각별히 살펴주시기를 바랍니다.

결국 입당을 하셨습니다. 저의 개인적 욕심으로는 당적을 떠나 인의(仁義)를 두루 갖춘 몇몇 분들만의 덕목으로 국가가 바로 설 수 있다면 더없이 좋겠습니다. 그러나 불가능하기에 대의(大義)를 위해 입당을 하셨다면 남탓만을 일삼으며 자신의 옹호하려는 졸부들의 정책을 뿌리 뽑으시고 충의와 상식이 살아나는 정당으로 거듭나기를 바랄뿐입니다. 아울러 취임 직후 동물복지를 위하여 전 오세훈 시장님께 올린 저의 애탄서에 답변을 보내 주신 점, 늦었지만 심심한 감사의 인사를 올립니다. 그러나 언제나 기계화된 답변을 접하게 되니 저의 가슴은 망망대해에서 풍랑을 만나 좌초되듯 절망과 아픔을 느낍니다.

동물과 사람이 서로의 삶을 위해 이 지구를 나누어 살아가며, 때론 인간과 교감하며 살아가기를 원하는 생명들이 무수하건만 왜? 그들의 삶의 터전은 늘 인간에게 착취당하며 목숨조차 너무도 잔인하게 유린당해야만 하는 것인지. 삶을 송두리째 난도질당하는 그들로 인해 아내로서 엄마로서 느끼며 살아가는 소소한 일상의 행복조차도 죄가 되는 듯 마음의 즐거움을 감히 느낄 수가 없습니다. 너무나 아픕니다.

시장님의 대의를 향한 길에 충심으로 파이팅을 외치며 이제는 목적한 바에 의한 저의 애탄서를 올리겠습니다. 국정으로 다망하신 시장님의 시간에 많은 누가 되실 만큼 장문의 글이 될 것입니다. 그러나 하루하루 지쳐가는 심신을 다잡으며 긴 밤을 새우고 또 세우며 올리는 한 여인의 10년이 넘은 세월의 피눈물을 담은 글이오니 부디 시간을 나누시어서라도 읽어주시기를 간곡히 부탁드립니다. 자연의 구성원이 되어야하는 인간이건만, 자연을 비롯해 모든 생명들의 정복자가 되려하는 인간의 이기심은 이미 윤리와 도덕을 상실하고 말았습니다.

시장님께서는 지난 2007년 5월 경기도 이천에서 일어난 아기돼지의 살처분 현장을 혹여 보셨는지요? 특전사 이전 반대시위를 하는 자들로 인해 살처분을 당한 무고한 한 생명의 고통에 찬 비명소리를 들으셨는지요? 차마 지면으로 다 열거 할 수없는 제가 보고 들어온, 인간이 알 수 없는 방공호 같은 음지에서 겪는 수많은 생명들의 고통 중에서 위의 사건을 올리는 이유는 미미하게나마 이 사건은 언론을 통하여 알려졌다는 것입니다. 자신들의 불이익에 대항하는 분노를 표현하기 위해 무고한 한 생명을 뜨거운 양철통에 사지를 묶어 가두었다 꺼내어 고통의 숨을 몰아쉬는 생명의 사지를 줄다리기로 칭칭 포박하여 잡아당기며 고통으로 비명을 지르는 아기돼지의 온몸을 난도질하여 끔찍한 죽음으로 가게 한 천인공노할 사건이었습니다. 백주 대낮에 시민이 보는 국방부 앞에서 말입니다.

역사를 되돌아볼 때, 역적 죄인에게나 가하는 그 혹독한 형벌을 왜 아무런 상관도 없는 무고한 아기돼지가 희생물이 되어야 하는지. 생명의 기본권조차 묵살한 그 자들의 만행으로 많은 국민이 상처를 받았으나 그들에게 난도질당한 생명이 동물이라는 이유로 마땅한 처벌도 없이 잊혀져간 것입니다. 다시 생각하는 것만으로도 피가 거꾸로 솟는 아픔과 울분을 참아내기 힘이 듭니다. 내가 당하는 불이익은 참아내지 못하며 상대가 당하는 불이익에는 감정이 없는 그러한 자들이 세상을 향하여 던진 생명경시 풍조야말로 사회를 더욱 악으로 치닫게 하는 원흉이 아니겠는지요! 인간이 그토록 살고 싶어 몸부림치듯 동물 또한 그들의 터전에서 살기 위한 몸부림을 치고 있습니다. 인간보다 더 여린 감성과 감각을 지닌 생명들을…. 눈빛 한번 마주침으로, 등 한번 토닥여줌으로 족함을 아는 그 생명들을 우리 인간들은 피를 봄으로 희열을 느끼고 있습니다. 살기 위한 그들의 공격은 포악하다 말하며 인간은 그들에게 죽음의 수렁만을 허락하고 있습니다. 자연이 허락한 깊은 산의 열매조차도 그들에게 허락하지 못하는 인간들의 욕심은 그야말로 도적떼의 마음이 아니고 무엇이겠는지요.

인간의 사치와 안락함을 위하여 죽음의 순간까지 끔찍한 고통 속에서 살아가는 실험동물들. 우량가죽과 모피를 얻기 위해 산채로 가죽을 벗기는 인간의 잔인함. 그런 인간들의 먹이가 되기 위해 처절한 고통과 함께 죽임을 당하는 생명들. 그토록 많은 생명들이 인간의 이익만을 위해 희생되고 있건만 그들의 고통은 왜 외면당하고 있는 것인지. 저의 상식으로서는 천만번을 생각해 보아도 납득이 가질 않습니다. 인간들의 이익만을 위해 그들의 권리는 무시되고 이윤에 눈이 먼 양심은 생매장만을 고집하며 먹이가 넘쳐 다이어트를 외치고 있는데, 인간의 의식주를 위해 평생 희생되었던 동물들은 굶어 죽어가고 있습니다. 먹어도 추운 이 혹독한 추위 속에 가치가 떨어졌다는 이유로 어린 송아지들을 굶어 죽게하는 가하면 사설 동물 고아원은 버려지는 아이들로, 쉼 없이 번식되는 생명들로 먹이가 모자라 썩은 짚단처럼 쓰러져 죽어가고 있습니다. 더러운 환경으로 영양실조로 온몸이 피부병으로 괴사되어도 진물이 흐르는 갈퀴 같이 야윈 몸을 피가 흥건토록 긁어대며 신음하지만 치료 한 번 받아보지도 못한 채 그렇게 서럽게 죽어갑니다.

자연과 더불어 살아가야하는 야생동물들 또한 인간이 쳐놓은 올무에 걸려 인간이 휘두르는 총구에 의해 모진 고통으로 죽어가고 위대한 자연과 생명들의 안전성을 고려하지 않는 무지한 정책으로 이 땅의 많은 생태계들은 고통사로 죽어가고 있습니다. 왜 이들의 고통은 고통이 아니라 생각하며 정부가 방관으로 일관하시는지 도저히 납득이 되질 않습니다. 약자를 지배하려는 마음들로 가득한 사회는 분명코 아이들의 동심에 멍에가 될 것이며 동물지옥 또한 머지않아 인간지옥으로 이어질 것입니다.

한순간만이라도 동물의 입장에서 진심으로 그들의 아픔을 그 불편함을 나 자신이 또는 내 가족이 겪는 아픔이라 생각해보신다면 상생(相生)의 답을 쉽게 찾으실 수 있을 것입니다.

"도축장의 벽이 유리라면 인간은 모두 채식주의자가 될 것이라는….

외국의 어느 가수가 부른 노래 가사가 있습니다. 생명들이 겪는 고통이 얼마나 잔인하면 노래로 세상에 알리려 했을까요? 사람에 의해 자신들의 능력과 의지를 박탈당한 채 지옥불의 굴레를 벗어나지 못하여 신음하는 그들의 고통을 세상에 소리쳐 알리고 싶은 저로서는 이 한 소절의 가사가 영혼의 노래가 되었습니다.

이들을 지켜줄 수 없는 것이 우리 모두가 가진 한계라면 사람이 가진 능력을 최선으로 발휘하여 그들의 습성과 감정을 인정하고 이해하며 공존해 나갈 수 있는 길을 열어야 하며 살아있는 동안만이라도 그들의 안전을 위해 노력을 기울여 주어야 함이 마땅합니다. 동물에게도 인간이 지켜야 할 덕목과 예의는 있는 것이니까요.

하늘이 버린 땅이라 말하는 '남수단'과 같은 곳에도 한 분의 사랑으로 시작이 되어 기적과도 같은 아름다운 희망을 안겨주었습니다. 보다 많은 분들의 마음을 사랑의 활화산으로 이끌어내신 이태석 신부님 이십니다. 가시고기 사랑이 되어버린 신부님의 사랑을 정치인들이 흉내만이라도 내면서 살아간다면 저희 대한민국도 축복의 땅이 될 것입니다.

시장님!

살아 숨 쉬는 그 어떠한 생명체도 윤회의 굴레를 벗어날 수 없을 것입니다. 오늘날 그들이 겪는 고통들이 나의 전생(前生)이요 후생(後生)이 될 수 있음을 온 국민이 깨달을 수 있도록 전도사가 되시고 포교사가 되시어 생명을 향한 윤리도덕을 바르게 세워주시는 서울시가 되어주십시오. 사랑과 자비의 정치를 펼쳐 주십시오.

국가 간의 이익에 의해 부모를 떠나…. 형제를 떠나….

무차별 수입되어온 무수한 생명들의 슬픔을 마주해보셨는지 여쭙고 싶습니다. 먼 길을 갇히고, 묶여져 와야 하는 고통으로 땅을 밟기도 전, 죽음을 맞는 생명들….

생명을 인형화시키는 대책 없이 증폭된 반려가족 문화는 헤아릴 수 없는 많은 생명들을 거리로 내몰았으며 거리로 내몰린 동물고아들이 도심의 흉기가 되었다며 선택된 -시위탁유기견보호소- 그러나 그곳은 보호소가 아닌 수용소이자 생명처리소였을 뿐입니다. 증가되는 수요를 감당치 못하여 30일의 보호기간마저 10일로 단축된 지 어언 5년이 다 가옵니다.

짧은 줄에 묶여 늘 자유가 그리웠고 배가 고팠지만, 내리는 눈과 비를 맞으며 추위에 떨어야 했습니다. 어느 날 어미 품에서 떼어져 어미의 젖이 그리워 서럽고도 두려운 세월들을 살아가야 하는, 그래도 때로는 자신들의 이름을 불러주던 주인의 목소리가 있었기에 골목을 뛰어놀며 친구들과 뛰어놀았던 추억으로 행복했던 시간들, 그 기억들이 남아 있기에 버려진 상처가 더욱 서러운 생명들입니다.

그 가엾은 생명들의 피눈물을 인간의 양심으로 더 이상 지켜볼 수 없었기에 신문고를 울리는 심정으로 10년 세월 애탄서를 올리고 또 올려보아도 아무런 것도 달라짐이 없고 억울한 생명들의 고통의 눈물은 삭일 수 없는 울분이 되어 오랜 기간 저의 건강마저 해치는 독이 되고 말았습니다. 왜? 지극히 평범한 주부인 제가 이토록 정부를 향하여 세상을 향하여 절규하고 있는지 한번만이라도 진심을 담아 헤아려 주셨으면 합니다. 모진 죽음 앞에서만 학대라 규정지은 동물복지법은 존재의 가치를 잃어 증거를 댈 수 없는 생명들이 당하는 학대의 수위는 가히 상상의 범위를 초월하고 있습니다.

살아있는 강아지와 고양이 또는 토끼와 고슴도치 등 키우다 귀찮다는 이유로 음식물 쓰레기통에 버리기도 좁은 상자 등에 담아 버리는 예가 허다합니다. 함께 기거하는 동물의 발톱을 펜치로 뽑는가 하면 라이터로 화상을 입히고 무거운 벽돌과 함께 어린 애기고양이를 묶어 한강에 익사를 시키며 집지킴이로 키우던 생명을 나무에 매달아 몽둥이를 휘둘러 목숨을 빼앗고 포대에 담아 삽으로 내리쳐 목숨을 빼앗으며 보신을 한다며 먹어댑니다. 올올이 맺힌 그들의 서러운 한과 독을 함께 먹을 진 데 어찌 그것을 보신이라 생각하는지 망연자실할 뿐입니다.

어린이에게 생명경시의 표본이 되는 동물 뽑기가 학교 앞 문구점에서 성행하는 곳도 있었습니다. 이러한 예가 어찌 동심에게 이로운 일이 되겠는지요.

존경하는 시장님!

진정성을 담은 동물보호복지법이 너무도 시급하고 절실합니다. 고통사 앞에서 인정되는 법이 무슨 복지란 말씀입니까. 살아 숨 쉬는 동안의 삶과 생명을 보장받아야 하는 것이 보호이며 복지인 것입니다. 넘쳐나는 동물지옥 시대를 만든 정책이 공동주택의 반려가족 입주권조차도 해결해주지 아니함으로 반려가족들은 도심의 죄인처럼 살아가고 있습니다. 자신을 희생시키며 생명들을 거두어 주는 자들이 왜 죄인이 되어야 하는 것인지요. 공장이 되어 찍어대듯 생산하는 개 농장들의 동물들만으로도 산천곳곳 포화상태이건만 그토록 애원하는 반려가족 불임제도를 외면한 채 모호한 기준으로 애완견 식육견을 논하며 어린 시절 우리들의 친구였던 백구와 황구, 우리들의 토종견을 식육견이라 이름 지으며 생명을 죽음으로 문제를 해결하려고만 합니다.

지역정보지 등에는 팔기 위해 올려진 또는 버려지는 기타 동물들로 가득합니다. 어미 품을 잃고 좁은 상자에 담겨와 두려움으로 떨고 있는 생명들을 보는 순간 저의 마음은 또 지옥이 됩니다. 정보지의 판매만이라도 금지시켜 주십사 하고 지자체 담당기관에 오랜 세월 건의도 해보았습니다. 또한 말 못하는 생명을 대하는 수의사 분들 인성과 기량의 향상을 위하여 모범 동물병원을 선정하여야한다는 제안도 수없이 해보았습니다. 그러나 중앙정부의 지시가 있어야만 된다는 답변만 돌아올 뿐입니다.

국가나 사회에도 해가 될 리 없는 건전한 제도이니 시장님께서 선별적으로 하나하나 해결해 주시기를 엎드려 청원드립니다. 걸레처럼 구겨져 좁은 통에 담겨 팔려나오는 어린 강아지와 고양이들이 너무도 많습니다. 부디 동물의 목숨을 희생시켜 발전한 과학의 힘을 동물들의 질적인 삶을 위해 쓸 수 있도록 길을 열어주십시오. 수가 넘쳐나 너무나도 쉽게 죽임을 당하는 동물들의 수를 의술의 힘을 빌려 조절해주는 일에 정부가 조금만 도움을 준다면 반드시 지금의 안락사 제도보다 바르고 유익한 제도가 될 것입니다.

시장님! 악법과 악습은 사라져야 합니다. 진정한 동물복지국가를 이루어주신다면 저희 이천 만 반려가족은 모두 시장님의 수호신이 되어드릴 것입니다.

식민지의 설움을 부모님께 들으며 자랐습니다. 일제에 항거하시다 모진 고문을 당하신 아버님의 무용담을 들으며 자랐습니다. 부모님은 언제나 국가가 강건하여야 국민의 행복이 보장된다고 말씀하셨기에 저 또한 저의 개인의 물자보다 공공시설의 물자를 더욱 절약하며 이웃이 잘 살아야 내가 행복한 것이라는 생각으로 살아가고 있습니다. 자녀에게도 충효 선행이 바탕이 되어 살아가야 한다고 늘 강조하며 살아가고 있습니다. 동물들의 참상을 알지 못하던 시절, 장애인 분들께 도움이 되는 삶을 살아갈 것이라고 결심하며 살았습니다.

십수 년 전. 우연히 길을 잃고 떨고 있는 강아지를 안아오면서 그 아이가 키우던 주인에게 버려진 생명이란 것을 알게 된 순간부터 그 아이의 상처받은 마음과 눈물을 보게 되었습니다. 두 번째 만난 아이는 썩어 들어가는 눈으로 피고름을 흘리며 동네를 떠돌던 유기견이었습니다. 세 번째 만난아이는 동네 노인 분들이 그물을 이용하여 잡고 있는 현장에서 막걸리 값을 드리고 데려온 너무도 가엾은 아이였습니다. 인간을 믿지 못해 두 달이 지나서야 등을 허락한 아이였습니다. 이러한 아이들을 하나 둘 만나며 인간이 동물의 삶을 얼마나 파괴하고 아프게 하는지를 알게 되었고 그로 인하여 어느 순간 가엾은 생명들로 인하여 저의 모든 삶을 지배를 받게 되었습니다. 번식을 하여 판매하는 사람도 아니요, 동물로 인하여 후원금을 받고 살아가는 사람도 아닙니다. 그저 동물을 대하는 사람들의 마음이 온유해지기를 바라며 동물과 사람이 공생할 수 있는 길을 찾아야겠기에 개인으로서 할 수 있는 그 모든 일에 전력을 바치고 살아가고 있을 뿐입니다.

70세의 노인이 태어나지도 않은 손자들을 위해 과실나무를 심으셨듯이 저 또한 능력이 없음이 한스러우나 무고한 생명들의 백년지계, 만년지계를 바라보며 최선 또 최선을 다할 것입니다. 남편과 벗들이 말합니다. 한강에 돌 던지는 격이요. 계란으로 바위를 치는 일이라고요. 허나 저는 그렇게 생각하지 않습니다. 개미가 탑을 쌓아올리듯 돌도 던지다 보면 차오르는 순간이 있을 것이며 계란에 맞은 바위의 모습도 너무 흉물스러워지면 누군가가 그 바위를 다듬으려 하지 않겠는지요.

아파도 아프다 말 못하고 배가 고파도 고프다 말 못하며 어떠한 학대에도 증거를 댈 수 없음으로 기막힌 세월을 살아가는 생명들을 이대로 두고는 차마 눈을 감을 수조차 없을 것 같습니다. 전국 각처에 수용의 한계에 부딪혀 동물지옥, 사람지옥이 되어있는 사설보호소가 너무도 많습니다. 또한 동물고아들을 돌보시는 분들의 대다수가 이미 고령이 되신 분들이기에 수많은 생명들의 목숨이 풍전등화가 되어 있습니다.

충남 아산시 둔포면 석곡리 아산천사원을 비롯 경기도 포천에는 수천 명의 동물들이 살아가는 동물고아원이 있습니다. 포천 신북면 갈월리 224번지 애신동산과 이동면 노곡리 애린원입니다. 한 번만 방문해 주시기를 간곡히 부탁드립니다. 한 번의 방문만으로도 제가 왜 이토록 동물 불임의 필요성을 강조하고 있는지…. 동물고아들과 함께 살아가시는 그분들의 삶이 얼마나 열악하고 힘겨우신지 가히 짐작하실 것입니다. 그분들의 가치 기준이 옳았든, 옳지 않았든, 가엾은 생명들을 위하여 자신의 안일한 삶을 희생해 오신 기나긴 세월에 고개가 숙여질 뿐입니다.

시장님께서 서울시의 독거노인을 위하신 정책. 특히 유난히 강추위로 힘들었던 겨울, 노숙자 분들을 위한 시장님의 정책이 참으로 감사하였습니다. 애린원이나 애신원을 이끌어 가시는 분들도 이러한 정책적인 도움이 필요하신 분들이며 그곳의 동물고아들도 시장님의 도움이 절실히 필요합니다. 수의사 봉사단체를 하명(下命)하셔서 수요가 더 늘어나지 않도록 단계적으로 불임수술을 해주어야 하며 아픈 아이들은 치료를 해주고, 살아있는 것이 더 힘든 병이 깊은 아이들은 마지막 가는 길이나마 고통을 덜도록 안락사만이라도 해주어야 합니다.

전국적으로 얼마나 많은 동물 고아들이 아비규환의 환경 속에서 살아가고 있는지 부디 한 곳만이라도 방문하시어 사태의 심각성을 직면하신다면 혜안의 답이 분명 찾아지실 것입니다. 무수한 동물고아원 중 제가 위의 세 곳을 말씀드리는 이유는 제가 아는 바로 가장 많은 생명들이 살아가고 있기 때문이며 원장님들의 연세가 이미 고령임으로 도움이 더욱 절실한 곳이라는 판단 때문입니다. 또한 세상이 버린 동물고아들에게 헌신하며 살아오신 그 노고가 헛되지 않아야 한다고 판단되기 때문입니다. 무한정으로 수를 늘린 것만을 제외한다면 가히 존경받아 마땅한 분들이라 여겨집니다. 이 분들의 노후의 삶만이라도 안락해 지실 수 있는 길은 동물고아들의 번식을 막아주는 것이며 바람직한 동물정책이 이루어져 그 분들의 마음을 편안하게 해 드리는 것이라고 생각합니다. 민생의 곤곤한 삶을 살피신 목민관이 되시어 주시기를 간곡히 두 손 모아 간청올립니다.

시장님!

살면서 가장 행복할 때는 누군가가 또는 지친 생명들이 저의 작은 사랑으로 행복해 하는 모습을 볼 때입니다. 살아가며 가장 슬픈 때는 말 못하는 생명이라는 이유로 그들을 향해 채찍을 휘두르는 사람들을 만났을 때입니다. 살아가며 가장 고마울 때는 약자의 서러움과 고단한 삶을 이해하고 공유해주는 누군가를 만났을 때입니다. 세상에서 가장 믿고 싶은 것은 의로운 마음과 그것을 행하는 마음입니다. 세상에서 가장 바라고 싶은 것은 인간과 동물들이 강자들의 배려 속에서 평온함을 얻으며 사랑으로 함께 살아가는 것입니다.

이태석 신부님의 사랑을 닮고 아프리카 난민촌의 아이들을 '꽃으로도 때리지 말라' 하신 탤런트 김혜자님과 차인표 신애라 부부, 션 부부와도 같은 분들의 선행을 닮고 행하는 그런 아름다움으로 가득 찬 세상이 되어야 한다고 생각합니다.

시장님!

뼈는 묻어도 이름은 묻지 못한다고 합니다. 시장님의 존함이 국민 모두에게 희망으로 남아 길이 길이 보존되기를 진심으로 기원합니다. 목적한 바를 이루기 위해서는 뜨거운 열정보다 한결같음이 더 필요하다 하였습니다. 정치도 같은 맥락일 것이오니 반려가족들의 염원 또한 시장님께서 한결같은 마음으로 한 단계 한 단계 이루어 주시기를 간절한 마음으로 부탁올립니다. 시장님의 힘찬 걸음을 응원하면서 건강하시길 기원하겠습니다.

동물의 눈물을 닦아주며 흔하게 듣는 말이 있습니다. 동물한테 미친 사람은 사람한텐 정을 줄줄 모른다고요. 사람과도 나누고 살지 못하는 자신들의 메마른 인정을 보여주는 단면이라고 생각합니다. 동물복지를 목적하는 저의 희망 속에는 수단과 같이 오염된 물을 먹고 사는 나라에 한 개의 우물이라도 파주어야 한다는 사명감 또한 같은 목적이 되어 있습니다.

동물들 양식을 사 나르기도 너무 힘들지만, 같은 동족인 사람이 동물의 삶과도 같이 산다는 것이 너무도 마음이 아프기 때문입니다. 혹여 시장님 또한 저에게 편견의식을 가지실까 우려되어 몇 해 전 인연을 맺은 (에티오피아에서 굶주림으로 고통 받고 있는) 소년에게 보낸 첫 번째 편지를 함께 올려봅니다.

○○야!

너를 만나게 되어 반갑구나. 사진 속의 너의 모습이 참으로 맑고 귀엽구나. 이 귀여운 모습이 늠름한 모습으로 장성할 때까지 너와 나의 인연이 이어지기를 바란다. 한국의 아줌마가 부르기에는 너의 이름이 너무 길어서 한국식의 좋은 이름을 지어 보았다 영웅이라고 부르련다.

영웅이란 자신의 자리에서 성실하고 정직한 삶으로 타의 훌륭한 모범이 되어 세상에 좋은 뜻을 남기신 인물을 뜻하는 말이지 우리 영웅이도 여건이 조금 부족하여 힘이 들겠지만 멋진 희망을 품고 잘 극복하며 배움을 향해 열심히 노력하여라.

그래서 10년 후, 20년 후, 너의 조국 에티오피아에 도움이 되는 또한 너의 주변 어려운 이웃과 벗에게 도움을 줄 수 있는 에티오피아의 멋진 영웅이 되길 진심으로 바란다.

또한, 동물을 사랑하는 사람이 되어라. 겉모습만 사람과 다를 뿐 사람이 가지고 있는 감정과 감각을 지닌 생명들이며 어떠한 동물이든, 비록 맹수라할지라도 사람의 지배를 받는 생명들은 한없이 약해짐으로 언제나 사람의 보살핌이 필요한 생명이란다.

너의 장래 희망이 의사인 것만으로도 너는 이미 남을 돕고자 하는 따뜻한 마음을 가진 것이니 절반은 영웅이 된 것이다. 너의 꿈이 꼭 실현되기를 바라며 너를 위해 너의 가족들의 행복을 위해 늘 기도할게.

- 너에게 박수를 보내는 한국의 아줌마가 -

시장님과의 주말 만남에 감사드립니다

존경하는 시장님!

비록 짧은 시간이지만 민생을 챙기시기에도 힘겨우신 시간에 저와의 만남을 주선해 주신 점에 대하여 심심한 마음으로 고개 숙여 감사를 올립니다. 귀하고 소중한 자리 혼자 느끼기엔 너무도 감격스러워 평소 일심처럼 마음을 나누던 각별하신 두 분과 함께 동행하게 되었습니다. 배운 것은 없지만 언제나 가진 자의 의무는 나눔이며 배운 자의 의무는 배려인 것이라고 또한 정치의 덕목은 약자를 보호함으로부터 평화와 공존을 이루어가야 한다고 염원하며 세상이 그렇게 되기를 간절히 기도 하며 살아왔습니다.

그러한 저의 기도가 하늘에 다다랐는지 평소 가슴으로 존경해오던 시장님을 친견하게 되니 그 감사함 은혜롭기가 한량이 없습니다. 어찌하다보니 동물들의 아픔이 저의 아픔의 세월이 되었기에 그들의 음지의 삶에 돌파구를 찾기 위해 몸부림치다보니 오늘날과 같이 시장님의 다망하신 시간에 누를 끼치게 되었습니다.

동물들의 애달픈 삶과 직면하며 언제나 저의 마음은 유민탄(流民歎)의 아픔이 되어 이들을 구제할 마음은 있으나 힘이 없음을 애석해 하며 힘을 가진 나라는 마음이 없음을 비통해 하며 살았습니다. 동물도 사람과 마찬가지로 배고픔과 목마름, 아픔이나 고통을 느끼건만 세상에 태어난 것이 죄가 되어 고통부터 직면하며 살아가는 것이 삶의 전부가 되어버린 가엾은 생명들에게 우리는 사람이기에, 가슴이 따뜻한 사람들이기에 우리보다 약하고 힘없는 동물들에게 동정심을 가지고 관대해야 한다고 생각합니다. 우주는 모든 생명에게 공평한 공간일 뿐 사람만의 공간이 아니니까요. 결코 시장님 혼자만의 의지로 2천만 명 반려세대의 고통과 염원을 해결하실 수는 없으실 것이나 바로 세우지 못한 관계로 혼란과 혼돈을 가져와 더욱 아수라장이 되어가고 있는 생명들의 삶에 큰 희망이 되어 주실 것이라는 간구한 믿음을 간직하고 싶습니다.

동물들의 아픔을 안 이후로 때론 저 역시 참으로 불행한 삶이라는 생각을 하게 되는 순간도 있었지만 그래도 저는 사람으로 태어난 것에 늘~ 감사하고 산답니다. 또한 배고픈 생명들을 돌아볼 수 있는 마음과 이나마 여건이라도 허락되어 살아감을 늘~ 감사하며 산답니다. 결코 짧다고 생각할 수 없는 10여 년의 세월을 동물들과 함께 하는 사람들이 느끼는 희비의 감정들을 경험하지도 않고 그들 위에 군림하려 하는 편견에 가리워진 가슴들을 향하여 호소해 왔습니다. 태어난 모든 생명은 자신의 삶을 영위할 권리가 있다는 것을…. 우리에겐 동물들의 삶을 짓밟을 어떠한 권리도 없다는 것을…. 우리에겐 동물들을 미워해야 할 마음조차 가져서도 안될 만큼 그들은 우리들을 위해 희생양이 되고 있다는 것을…. 모든 사람들이 저마다 가슴에 느낌표 하나씩 새기며 따뜻하고 예쁜 마음으로 행동하며 행복하기를 바라는 마음입니다. 저도 젊은 시절에는 동물에 대해 무지하였기에 가슴으로 와 닿는 가엾음을 깊게 갚지 못하였음으로 연민은 있으되 무엇을 어떻게 도와야 하는지를 모른 채 살아 왔었습니다. 십수 년 전 심한 병이 들어 버려진 강아지 한 녀석을 보듬어 긴 세월을 동고동락하며 사는 동안 자신만의 영화만을 생각하며 살아온 세월이 얼마나 미안함이 많았던 세월들이었는지를 알게 되었습니다.

그 후 거리를 떠도는 가엾은 생명들을 하나 둘 보듬어 오게 되었고 눈빗 속에서 배가 고파 쓰레기 봉투를 뜯고 있는 고양이들을 보면서 얼마나 배고프고 목이 마를까 하는 가엾은 생각에 가슴이 저며왔습니다. 가족들의 밥을 챙기듯 긴 세월 밥을 주게 되었으며 빈번히 새끼를 가짐으로 독극물을 살포 하는 사람들의 공격에 대상이 되는 것을 막아주고 싶어 어렵게 구조하여 중성화수술을 하던 중 길고양이의 뱃속에 검은 비닐과 은박지가 가득함을 보고야 말았습니다. 음식물이 묻은 것을 떼어내지 못하고 먹은 것일 겁니다. 굶주림이 허덕이는 살아있는 생명들의 몸부림입니다. 스스로의 배부름이 더욱 고통으로 다가오는 순간이었습니다. 먹이를 찾아 헤매다 쥐덫과 끈끈이에 붙어 죽어가고 있던 어린생명들을 부둥켜안고 굳게 닫힌 동물병원의 문을 두드리며 사람들의 비정함에 피눈물을 흘린 날들의 아픔을 잊을 수가 없습니다.

10년에 가까운 세월이 흘렀으나 지금도 저의 품에서 가녀린 호흡을 하며 고통스럽게 죽어가던 아기양이들의 모습과 숨결소리가 너무도 생생히 저의 고통 속에 담겨져 있습니다. 개정된 TNR(중성화)정책에 희망을 걸어보았으나 그 또한 전국적으로 길 생명들을 향한 폭력에 가까웠습니다. 불임 후 여아는 최소 7일 남아 5일은 쾌적하고 안전한 곳에서 부족하지 않는 먹이를 제공받으며 회복의 시간을 가져야 합니다. 예산

부족이라 핑계되며 하루 이틀에 거쳐 마구잡이로 던져놓아 이중고 삼중고의 고통 속에 죽어가는 무수한 생명들이 늘어나고 있습니다. 무슨 죄를 지었다고 이리도 고통을 당하며 죽어야 한단 말인지요. 작은 피해조차도 용인하지 못하고 관대하지 못한 사람들의 마음이 야속할 뿐입니다. 사람은 집이 있어야 살고 짐승은 숲이 있어야 살아갈 수 있는 것이거늘 지금 우리들은 동물들의 터전을 빼앗기만 할뿐 배려하지 않습니다. 무늬만 있는 동물보호법 이 존재하는 한 동물들에게도 2천만 반려가족들에게도 수난의 세월은 지속될 것입니다. 반려가족들도 이 땅의 국민임을 인지해 주시기를 바랍니다.

정치를 말할 자격이 없는 시골의 여인이지만 시장님께서 나라의 백년지계를 내다보시며 진심을 담고 행하시는 어질고 현명하신 정책들을 접하면서 이제라도 덕목을 지니신 분이 도래하셨음을 기쁘게 생각하고 있습니다. 무력이 아닌 가슴으로 시장님의 깊은 뜻이 승리 하실 수 있기를 축원할 것입니다. 외람되고 송구스러운 말씀이오나 지금껏 보아온 정치는 건물로 비유해 올리자면 사상누각(砂上樓閣)을 방불케 하는 일들이 다반사였습니다. 기초 지반보다 외곽 모형만을 중요시해온 실리가 없는 정책으로 외교는 물론 국내정책 또한 밑 빠진 독에 물을 채우는 듯 부실을 메우느라 급급하여 부강함을 이루지 못하였다고 생각합니다. 부디 시장님께서보다 큰 뜻을 품으시고 그 뜻을 꼭 이루셔서 우리나라를 강건하게 지켜내시는데 큰 기여를 하시기 바랍니다.

시장님!

그릇된 법을 개정하는데는 다수와 소수의 문제보다는 의지의 문제라고 여겨집니다. 그러하오니 의인(義人)의 중심부가 되시어 의연함으로 역사에 길이 빛날 성현이 되어주시기 바랍니다. 미력하나마 열과 성을 다하여 응원하겠습니다. 또한 오늘의 자리가 축생의 업보로 태어난 비운의 생명들에게, 또는 이천 만 반려가족들에게, 풍랑에 좌초된 작은 배가 힘차게 돛을 올리는 계기가 될 수 있도록 자고 깨면 일어나는 차마 볼 수 없는, 들을 수 없는 끔찍한 동물학대가 종식되어지도록 진심을 담아 노력해 주시기를 고개 조아려 부탁올립니다.

비록 그들의 고통이 저희들의 고통이 아니라 할지라도 양심을 가진 사람으로서, 자녀를 낳아 기르는 부모로서, 자신들을 방어할 아무런 힘조차 없는 그들이 겪는 고통을 방관만 한다면 어찌 따뜻한 가슴을 가진 인간이라 하겠습니까. 한번쯤은 나의 고통처럼 내 가족의 고통처럼 느껴보아야 할 것입니다. 동물보호법상에 규정되어있는 법조차도 제대로 정착되지 못하는 것 또한 핵심을 비껴간 정책 때문인 것입니다. 가책 없이 행해지는 집지킴이들을 향한 경악스러운 폭력과 불결한 먹이사슬에 갇힌 동물들이 잔인하게 도살되고 있는 현실에 성장기의 어린이들이 고통스러워하고 있습니다.

어른들의 행동을 답습하며 자라나는 우리 사랑스러운 자녀들이 잔인함보다 배려와 사랑을 배우며 따뜻한 품성으로 성장할 수 있도록 선진국들의 선례를 방패삼아 만대에 이를 생명구원의 업적을 이루어 주시기를 다시 한 번 간곡히 부탁드립니다.

알게 모르게 수많은 동물들에게 행한 우리들의 업보를 사람과 가장 동화되어 살아가는 개와 고양이, 어린 날의 친구이자 때론 생명의 은

인이 되어주기도 하는 생명들만이라도 구원하여 살아있는 모든 생명들의 가치를 실현하는 사회를 이루어 주십시오.

"적선지가(積善之家)에 필유여경(必有餘慶)이요 불선지가(不善之家) 필유여앙(必有餘殃)이니라."라는 말씀을 잘 아실 것입니다. 선행을 쌓은 집안은 반드시 뒤에 경사가 있고 악을 쌓은 집안은 반드시 뒤에 재앙이 있다. 이 말씀은 인류(人類)가 기억하며 살아야 할 진리(眞理)라 여겨집니다. 시장님께서 베풀어주신 오늘의 은덕 항상 기억하며 시장님의 건승을 위해 언제나 기도하겠습니다. 아울러 서울시의 동물복지정책이 원활하게 정착되어지길 간절히 염원하며 저의 애소의 글을 마칩니다.

한국동물복지 필수 제안서

1. 현행동물보호법은 죽음 앞에서 학대로 인정됨으로 생명권을 무참히 짓밟아 학대를 조장하며 반려가족들을 우롱하고 있습니다. 생명들의 삶의 질을 향상하고 보장되어지는 법안을 촉구합니다. 아름다운 동행이라는 주제로 생명의 존엄성, 동물에 대한 보호의식과 책임의식을 주제로 한 교육을 지속적으로 실시해 나가야 할 것입니다.

2. 그와 동시에, '생명존중의식'이 전국적으로 반영되어야 함으로 서울시가 동물복지과가 주관하여, 동물학대 방지와 학대처벌이 명확히 명시되어있는 동물복지책자를 각 지자체에 지속적으로 배부하여 주시길 바랍니다.

위의 두 가지는 한국동물보호에 있어 가장 '기본적'이고도 '필수'적인 문제입니다. 서울시 동물복지과에서는 전단지 작업은 물론 배포담당자를 임명하여 각 시·군·구와 지자체가 모두 협력하여 위의 공문을 각 동 이장·통장·반장 등을 통해 주민들에게 전달되어야 하며 아파트 등 공동주택일 경우 부녀회나 동대표, 통장님들을 통해 배부합니다. 위의 사항들이 명확히 이행되도록 상시 검토와 함께 감사하여야 함. 주민의식 향상을 위한 설문지를 년 2회 작성하여 주민의식을 전달받도록 함. (교육은 지자체가 교육장을 제공하여 독립되게 교육을 하도록 함. 인원조달은 통·반장, 동 대표, 부녀회 등의 협조를 의뢰하며 시민봉사자를 동물단체를 통하여 모집하는 것도 좋음.)

3. 지속되는 산업화 바람은 수입동물들을 증폭시킴으로 유기동물이 날로 증가되고 있습니다. 무고한 생명들을 포획하여 안락사로 처리하는 현행법 폐지를 촉구합니다.
반려가족 등록제와 불임(중성화 수술)을 함께 시행. 그 수를 조절하여 생명을 처리 하는 데에 끝이는 안락사 제도를 불임수술 제도 전환. 국민 혈세를 보람되게 사용하여 생명의 존엄함을 실천하는 바람직한 제도로 정착하여 주세요.

4. 분양 시
반려가족 입주권을 규모와 비례하여 10% 내지는 20%를 법으로 규정함으로 죄인처럼 살아가야 하는 반려가족들에게 공정하고 당당한 삶을 보장해 주어야 함. 또한 반려가족만의 놀이터를 함께 제공하여 반려동물들에게 뛰어놀 수 있는 기쁨을 허락하여야 하며 반려세대는 반려동물과 함께 함으로 발생되는 문제들을 해소하기 위해 관리비 추가부담을 인정하고 이행하여야 함.

5. 굶주림, 질병, 속에 방치된 동물, 구타 등에 노출된 학대동물들에게 피난권을 허용하여야 함. 사유재산이란 논리에 앞서 생명의 고통을 먼저 인정하는 법안이 이루어져야 함.

이 외에 개정되고 시행되어야 할 부분들을 잘 참고하셔서 서울시의 지도감독 아래 반려가족 모두가 만세를 부르는 동물복지 국가가 이루어 주시기를 발원해 봅니다. 다시 한 번 오늘의 자리에 한량없는 마음으로 감사드립니다. 아래는 동물정책과 관계가 없는 일이오나 나라를 아끼는 국민의 한 사람으로서 또한 주부로서 평소 생각해온 소견을 두 가지 올리오니 우매한 생각이나마 정책을 펴나가시는데 참고하실 수 있는 사항이신지 살펴주셨으면 합니다.

1. 공동주택 (A) 시공 시 건의사항입니다.
분양 (A)의 경우
실내 인테리어 완료 50%
빈 공간 50%로 시공하여 입주자에게 선택의 기회를 준다면 분양 후 개인의 취향으로 구조 변경을 함으로 수조 원에 달하는 자원 손실을 막을 수 있을 것이며 쓰레기 대란 또한 막을 수 있을 것 같습니다.

2. 각 곳에 자리하고 있는 농수로 시공 시 비상계단을 일정거리 (노약자나 어린이 또는 어린야생동물들의 이동 거리 참고)에 설치하여 억울하게 고통사하는 생명들이 생겨나지 않도록 하여야 하며 도로의 맨홀 공사 시 열려있는 뚜껑으로 사람들과 동물들의 목숨을 위협받으니 각별한 지도 감독하시기 바랍니다.

• 4장 •

생명의 기쁨을 나눈 귀한 인연들

만물의 영장이라 하면서 자연이 허락한 깊은 산속의 열매조차도 몸에 이로운 것이라 탐하며 동물들에게 내어주지 못하는 탐욕의 세상에서 그 욕심내려 놓은 채 주어진 작은 것들에 족함을 알며 생명사랑을 실천하는 우리들의 마음이 곧 천국입니다. 그 아름다운 마음으로 사랑으로 가득한 세상을 함께 만들어 가기를 기원합니다.

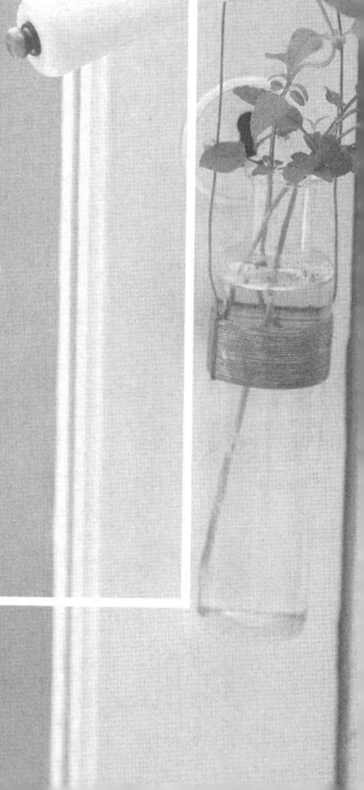

단결을 향한 희망

생사의 위기에 놓여 휘청거리는 가엾은 생명들의 삶, 그 고통과 함께 하는 나의 모든 시간은 언제나 텅 빈 공복의 시간이다. 그들을 위한 안식처가 되기 위한 처절한 나의 몸부림을 하늘은 아직도 돌아봐주지 않으시니 길고 긴 터널로 이어진 이 길, 혼자서는 결코 뜻을 이룰 수 없는 길이기에 나는 오늘도 동병상련의 아픔을 함께 하는 분들을 향하여 단결하여 세상을 변화시키자고 애소의 글을 올려본다.

동물복지를 갈망하며 세워진 동물단체.

황무지를 개간하며 살아가는 그 분들의 각고의 노력에도 불구하고 난중지난(難中之難)의 세월을 벗어날 수가 없고, 이 산하는 동물들의 피눈물로 붉게 물들어가고 있으니 얼마나 많은 가슴들이 지옥 속을 헤메일까!

동물가족 여러분!

아픈 상처로 누더기가 되는 이 길을 우리들이 가고 있는 이유는 바로 위와 같이 동물복지를 향한 길이 아득하기 때문입니다. 그러하니 비록 작은 힘이나마 혼연일체(渾然一體)가 되어 동물들의 내일의 삶에 분명 구심점을 찾아야 하지 않겠는지요. 이 간절함은 정녕 저 혼자만의 마음일까요?

법은 약자들에게 멀어져 있고 말 못하는 생명들을 이용하려하는 앵벌이들은 더욱더 증가되고 있으니 결코 소수의 노력으로는 이 가엾은 생명들을 저 불구덩이의 삶에서 구해줄 수가 없습니다.

비록 몇 년의 세월이 흘렀지만 저는 월드펫 사건과, 보상을 위한 볼모가 되어 고통 속에 살아가던 인천 장수동 생명들의 사건 등을 잊을 수가 없습니다. 동물천국이라 알려진 월드펫은 차마 인간의 세치 혀로 그 참혹한 실태를 전달할 수 없을 만큼 처참하였습니다. 아이들의 몸이 썩고 두 눈이 썩어 스스로 죽어가는 지옥. 동물들의 권익을 바라는 분들이라면 결코 기억에서 지워서도 잊어서도 안될 일이라고 생각합니다.

비록 지난 일이지만 고양시, 김해시, 대전시, 기타 우리가 알지 못하는 위탁보호소에서 일어난 생명학대 또한 잊어서는 안 됩니다. 단축된 보호기간 마저도 그 감정과 감각을 배려 받지 못한 채 보호소에서 조차 굶어 죽어야 했던 생명들. 치료가 필요한 생명들이 방치되어 고통 속에 몸부림치다 생을 마감해야 했던 생명들. 가엾다는 한 마디의 언어로는 도저히 그들의 아픔을 표현할 길이 없는 처절함. 또한 이러한 끔찍한 학대들이 도심곳곳에서 더욱 잔인한 방법으로 일어나고 있는 현실. 결코 우리들은 이러한 아픔에서 고개를 돌리거나 마음이 멀어져서는 안될 것입니다.

국가적 교류만을 앞세워 마치 물건처럼 수입된 애완동물들, 준비되지 못한 반려가족문화는 결국 오늘날과 같은 슬픈 부작용들을 초래하고 말았으니 우리 모두가 말로만 이러한 생명들이 가엾다, 눈물겹다 하지 말고 위의 문제에 책임의식을 가지고 동물복지 정책이 제대로 수립되도록 중앙정부에 바람직한 제안을 지속적으로 올리며 함께 길을 만들어 가야 할 일인 것입니다.

정책으로부터 소외당하고 있는 동물단체들의 요구와 우리들 바람의 결과 또한 반려가족들의 개개인의 노력 여하에 달려있는 것입니다.

동물보호법 규정에,

도박을 위해 동물에게 상해를 입히는 행위는 처벌행위가 됨에도 불구하고 청도군의 소싸움은 도박판이 되어있고, 투견장의 볼모로 살아가는 생명들의 고통은 가히 말로 표현하기가 두렵습니다.

동물복지가 바로 서지 못하는 이 시대에 동물들의 권익을 위한 첫 걸음은 상대들의 약점을 들추어 비난하거나 화살을 꽂는 일이 아닌 서로의 고충들을 격려해주며 올바른 정책이 이루어지도록 한 목소리를 내는 것이며 회원님들은 물론 반려가족의 지대한 관심과 함께 불임문화가 정착되어야 하는 것입니다.

수요를 감당치 못하여 무수한 생명들을 죽음으로 몰아내는 정부의 안락사 제도를 전환시키기 위해서라도 동물단체는 물론 반려가족의 불임문화는 기필코 우선순위가 되어야 한다고 생각합니다. 각처 보호소 아이들을 위해 후원자가 되어주시며 봉사를 하고 계신 회원님들 또한 보호소의 암행어사가 되어주시기 바랍니다. 단점을 향한 비난은 금물. 시정을 요구하며 함께 보완 해나가도록 협력해나가는 진정한 동지들이 되어주시라는 것입니다.

각처 보호소 소장님들께서도 미래를 보는 안목과 도량으로 그릇됨을 지적해주는 오늘의 감시자들이 말 못하는 생명들의 내일의 삶은 물론, 소장님들의 내일의 삶과 권익을 보장해주는 동지들이 되리라는 것을 인정하며 협력해 나가야 합니다.

가파른 길을 오르내리며 크고 작게 인륜을 저버린 일들이 바로 우리 인간들의 양심에서 비롯되어짐이 너무도 기막히고 두려워 그들의 마음을 대변해주며 고통 속에 살아왔습니다. 목숨을 협박당해가며 그릇된 보호소 소장들과 치열한 싸움을 하며 살아온 날도 있었습니다. 소장으로서의 직무를 소홀히 한 자를 탄핵한 것이지 인간으로서 그 자를 미워하고 탄핵할 어떠한 이유도 없었습니다. 저로 인해 보호소 소장의 자리를 포기할 수밖에 없었던 그가 이를 갈듯 저를 증오할 줄 알았는데 몇 년의 세월이 흐른 후 "존경합니다."라는 문자와 함께 지금은 가엾은 생명들을 돕고 사는데 큰 힘이 되어주고 있습니다. 아픈 아이들 치료에 도움이 되라고 좋은 약들을 보내주시기도 하고 때로는 간식의 도움도 주시기도 하니 얼마나 감사한 일인지요. 진정성을 담은 그의 말에 울컥하기도 하였으며 나의 삶이 헛되지 않았음을 스스로에게 고마워한 순간이기도 하였습니다. 진정한 반려인들로 행복한 삶을 살아가기를 바라며 수도 없이 외쳐온 반려인들의 불임문화 부탁을 떠나 애원이었습니다.

누구를 위한 애원입니까?

나를 위한 애원이었을까요?

허공도 메아리가 있건만,

반려인들의 메아리는 무관심이라 말하고 있는 듯합니다.

번식이 얼마나 수많은 생명들을 비참하게 만드는지 비명에 가게 하는지 지금도 깨닫지 못하는 반려인들. 반려인들의 번식은 이 아이들에게 무수한 죄를 짓는 결과가 되어버렸습니다.

곳곳의 보호소는 물론 각처의 동물게시판에는 위기의 동물들을 살려 달라, 도와 달라, 애원하는 글들로 가득합니다. 불임을 도와주겠다고 하면 답이 없습니다. 그 마음들은 무엇일까요? 아이들의 불행을 알고도 번거로운 길보다는 쉬운 길만을 택하고자 하는 마음들이기 때문입니다. 미래를 우려하지 않는 반려가족들의 철없는 생각들이 이들의 삶을 더욱 막막하게 하는 것입니다.

저의 이러한 말에 거부감을 가지시는 분들이 많으실 것입니다. 저 역시 말 못하는 생명들을 향한 반려가족이라 말하는 사람들의 방향성, 그 한계에 한없는 아픔과 실망을 느낄 뿐입니다. 이 모든 통절함을 삭이며 살아야 하는 시간들이 너무 힘에 겨워 이제는 누군가에게 이러한 호소를 한다는 것도 지쳐가고 있습니다.

아이들을 위해 해주어야 할 일들이 너무도 많은데 사람들로 인하여 더욱이 반려가족들로 인하여 아파지는 마음, 그로 인해 소모되는 에너지를 감당하기에는 저 또한 한계가 있으니까요. 생명을 향한 그들의 게으름과 잘못된 방법이 늘 답답하여 머리가 아프고 괴로우니까요.

말 못하는 생명들을 보호해주는 진정한 길이 무엇인지 다시 한 번 깊은 가슴으로 느껴주시기 바랍니다. 그리고 불임의 전도사가 되어달라며 호소해온 저의 말을 오래토록 기억해 주시기 바랍니다.

타인에게 불임을 권유한다는 것, 불임을 강하게 거부하거나 경제력이 없어 하지 못하는 경우의 아이들을 데려와 불임을 해줄 경우, 만에 하나 생길지 모르는 수술 중의 불상사에 대해서도 자유롭지 못하기에 마음조차 편할 날이 없습니다. 시급히 불임을 해주어야 할 소규모 보호소들이 있음으로 마음은 절박함을 벗어나지 못하고 있습니다. 열악한 보호소일수록 언제나 불임이 순위 저 뒤편으로 밀려 있기에 일이 년이 지나면 또 하나의 대거 동물지옥이 될 것이니 그 지옥의 상황을 막아주고 싶으나 잘되면 내탓 못되면 남탓을 하는 마음들에 많이 지쳐있습니다. 충분한 경험으로 이미 말로 다할 수 없는 고통을 겪어왔고 늘 가가호호를 방문하며 겪는 마음의 고통이지만 동물과 함께 하는 분들이 생명들의 불안전한 미래를 보다 직시하는 마음들이 되어 현명한 판단을 해주시기를 바랄 뿐입니다.

동물단체 회원님들이 불임수술에 앞장설 때 바야흐로 보호소의 동물고아는 물론 모든 동물들의 삶이 조금이나마 안락해질 것이며 번식장 곳곳에서 태어나는 동물들의 가치를 높여주는 계기가 될 것입니다. 시 위탁 보호소 또한 안락사를 금기하는 진정한 보호소로 거듭날 수 있을 것입니다. "자신만을 위하였는지 이웃, 어려운 누군가를 위하며 살아왔는지 지난 시간을 돌아보라, 나를 위한 기도는 기도가 아니며 나를 위한 노력은 노력이 아니다." 교황님의 말씀이 다시금 저를 채찍합니다. 단결만이 희망입니다.

학대자를 응징하다

고통 속에 신음하는 아이들이 있었으나 모호한 동물보호법은 개인이 가진 능력의 한계를 비웃듯이 법적으로 완승할 수가 없었다. 그 악마와도 같은 자를 처벌할 수 있다라고 생각한 많은 근거조차도 애매함으로만 일관되고….

해를 거듭하며 고심하고 싸웠던 일을 시청 담당자님과 함께 한걸음에 힘입어 드디어 그 자의 각서를 받아냈다. 내가 죽지 않는 한 그 자의 생애에 더 이상 동물은 사육할 수 없다. 3년간 그 자의 손에 죽어가는 아이들을 구조하기 위해 얼마나 많은 모험과 위험을 감수했던가. 겨울이면 잔반이 얼어 배고픔으로 울부짖었던 아이들 여름이면 쉬어터진 잔반 속에 구더기가 슬어 배고픔으로 울부짖었던 아이들. 복날이 다가오면 어느 순간 어김없이 식용견이 되어 죽어간 아이들 그 아이들을 구조하기 위해 애간장을 녹인 세월….

그러나 언제나 다시 채워진 생명들. 노인이라는 이유로 그 마을에서 나고 자라 백발이 된 세월을 산 유지라는 이유로 그 누구도 협조해 주지 않았던 그 울분의 세월. 아직도 버리지 못하는 우리 사회의 병폐적 사고가 아니겠는가. 공직자의 걸음으로 그 자는 손을 든다.

얼마간의 시간이 흐른 후 다시 찾은 그 곳, 남루하던 아이들의 집은 사라지고 밭이 되어 있다. 나의 마음과 함께 하는 동지가 그 자 옆에 감시자가 되어 살아가니 난 그 자의 모든 행보를 알 수 있는 것이다.

학대받는 아이들, 유기된 아이들, 언제나 발 빠르게 SOS쳐주며 이제는 불임의 전도사가 되어주기도 하는 고마운 돌순이 엄마! 곳곳에서 나를 응원하는, 아니 아이들을 사랑하는 사람들이 있으니 얼마나 다행인가.

무더위가 기승을 부리던 날 땀으로 온몸을 적시며 기꺼이 함께 동행하여 쾌거를 올려주신 담당자님께 감사드린다. 지자체 유기견 보호소가 생겨나며 시작된 담당자님과의 인연, 어언 10년의 세월로 이어지고 있다. 붕괴된 건물 유리 잔해로 폐허가 된 재개발 아파트 그곳이 삶의 터전이었던 길고양이들의 붕괴된 삶. 버려진 유기견들의 애환, 그들의 안전한 구조를 요구하며 때로는 지자체가 감당하기에는 역부족인 보호소생명들의 권익을 요구하며 오랜 시간 가시 같은 존재가 되었던 나, 그러나 공무원으로서의 직분에 충실하신 마음 따뜻한 분이었음으로 가엾은 생명들의 삶의 질을 위해 서로의 의견 또한 아낌없이 나누기도 하며 그렇게 10년의 시간이 지났다.

편안함을 주는 모습처럼 늘 변함없는 긍정적인 자세로 민원의 해결을 위해 열심히 노력해주시는 의지와 한결같은 겸손한 미덕은 평택시청의 모범 공무원임에 틀림 없다. 감사드릴 뿐이다. 구양회 주사님! 고맙고 언제나 파이팅입니다.~

전태현 원장님(경기도 평택시 비전동 코리아 동물병원)

코리아 전 원장님께 감사의 인사를 올리기 전, 그간 신세를 진 여러 원장님들이 계심에도 이 분께 은혜를 입고 살아감에 각별한 감사함을 표하지 않을 수가 없어 간략하게나마 담아두려 한다. 병원 또한 사업이며 생업을 위한 수단이기에 이윤을 초월한 채 누군가를 또는 생명들에게 도움을 준다는 것은 누구나가 쉽게 할 수 있는 일이 아니며 또한 남남이 만나 서로의 진심을 공감하고 이해해 주는 것도 결코 쉬운 일이 아니라는 것을 알기 때문이다. 긴 세월 많은 일화를 겪으며 때론 스스로도 당혹감을 감당할 수 없을 만큼의 위급한 생명과 몰골이 험한 아이들을 만날 때가 있다. 그런 경우 대다수의 센터에서 미용 거부를 당하는 예가 종종 있다. 충분한 안면이 있음에도 불구하고….

보호를 받고 살아가는 아이들과 비유될 수 없을 만큼 많은 노력이 소모되기도 하며 그들의 말대로 기계 날이 망가지기도 한다하니 그런 그네들의 입장을 이해는 한다. 하지만 이러한 생명들로 인하여 이윤을 추구하고 살아가는 사람들의 마음이 어찌 그토록 야박한가 하는 서운함을 가지지 않을 수 없는 것도 사실이다. 그러한 몰골로 숨을 쉬며 살아왔을 그 아이들의 입장이 얼마나 눈물겨운가! 그러한 아이들에게 그 작은 도움이나마 줄 수 있는 자신의 입장을 고마워하며 살아가는 마음들이 되어준다며 얼마나 축복된 삶이 되겠는가! 사람끼리의 관계도 나보다 어려운 누군가를 만나면 돕고 싶은 것이 인지상정일 것인데 하물며 말 못하는 동물 고아들이 얼마나 가엾은 생명들인가 말이다.

그러나 그것은 나의 생각일뿐, 다수의 인심이 이러하니 전 원장님을 향한 각별한 마음을 갖지 않을 수가 없는 것이다.

하나하나를 짚어 그 많은 사연을 담을 수 없으니 7년의 세월을 묵묵히 대가 없이 봉사해주신 전 원장님께 지면을 통하여 감사의 인사를 올리는 것으로 나의 마음을 대신하고자 한다.

원장님~~

말 못하는 생명들의 아픈 삶을 알게 된 후 무엇과도 비유될 수없는 책임이 동반되어야 함을 알았습니다. 세상 편견의 벽속에 갇혀진 생명들을 책임 있는 사랑으로 지켜 내기란 늘 가파른 절벽을 오르고 내려야하는 숨가쁨의 연속이었으므로 감당하기 버거운 인내가 필요한 나날이었습니다. 많은 것을 포기하며 살아야하는 용기도 필요했지요. 아픔조차 습관이 된 듯 굳은살이 되어가는 깊은 번민 속에서 초라한 모습으로 변해가는 스스로의 모습에 자괴감에 빠지기도 하며 지켜야 할 자존심조차도 버려야했던 세월들이 매우 힘들었습니다. 그러나 나의 삶이 불편하고 힘겹다고 하여 도움의 손길이 절실히 필요한 이 생명들을 외면할 수가 없었답니다.

이들을 향한 세상의 인심들이 너무도 차가웠기에, 인간이 조금만 더 선한 마음으로 이들을 대한다면 이 가엾은 생명들의 허허로운 가슴을 채워주기 위해 이토록 몸부림은 치지 않았을 것입니다. 한 자락의 바람에도 소스라쳐 가슴 시려하는 버려진 생명들의 마음을 보았기에 작은 여력이지만 나의 온기를 나누어주어 인간으로 인해 쓰나미를 맞으

며 살아가는 가엾은 생명들에게 나에게 주어진 행복들을 나누어 주며 그들에게 진정한 복지 세상을 조금이나마 이루어주고 싶었지요. 우리가 행복하고 싶듯이 이 아이들도 행복한 삶을 원할 테니까요.

인간의 욕구를 위한, 목적을 위한 대상이 되어 사람에 의해 철저히 지배당하여 자신들의 삶을 선택할 어떠한 권리도 허락되지 못한 이들의 모진 삶에 경악하며 결국 오늘의 모습이 되고 말았습니다.

견뎌내기에는 힘든 시간 속에서 원장님을 만나 어언 7년이라는 세월이 훌쩍 지나고 있습니다. 때론 분별력을 잃은 듯한 사람의 모습으로 원장님께 황당함을 안겨드렸던 크고 작은 사연. 그 시간 속에서 묵묵히 저에게, 또는 가엾은 생명들에게 큰 품을 내어주셨기에 조금도 주저함이 없이 벼랑 끝에 서 있는 참으로 많은 생명들을 보듬어 올 수 있었습니다. '언제부터인가 가족과의 대화 속에 원장님을 만나지 못했다면 우린 아마도 지금쯤 월세 집을 살고 있을 거야'라고 농담 같은 진담을 나누며 파안대소를 나누기도 한답니다.

애견센터에서조차 거부하는 넝쿨처럼 엉키고 험한 아이들. 절대 절명의 순간 앞에 고통을 호소하는 아이들. 불임이 필요한 숫한 아이들을 단 한 번도 내침 없이 봉사를 해주셨으니 아무나 행하기 어려운 묵언의 사랑 감사를 드리지 않을 수 없는 것입니다.

이토록 큰 혜택 속에 살아갈 수 있는 사람이 정희남이 왜? 누가 또 있을까, 생각을 해보면 저야말로 무한 복을 받은 사람이 아닌가 싶습니다. 정말 전생이 있다면 아마도 전생에 제가 크게 복된 일을 하였거나 아니면 원장님께서 저에게 큰 빚을 지으신 게 아닌가 싶습니다.

농담입니다.(웃음) 결코 짧다고 할 수 없는 반세기의 세월을 보내며 신뢰를 중히 여기며 살아가시는 원장님의 속 깊은 마음이 아마 국경을 초월한 사랑을 이룰 수 있었던 것이었구나! 하는 생각을 하곤 한답니다. 그리고 몇 년의 세월을 "힘들었어요."라는 말 한마디 없이 우리 덥석부리 아이들을 예쁜 왕자와 공주로 단장해주는 고마운 미용사 이모에게도 이 기회를 통하여 참으로 고맙다는 말을 전합니다.

지금껏 그래왔듯이 저는 앞으로도 어리석은 사람이 산을 움직인다는 우공이산(愚公移山)의 삶을 살아갈 것입니다. 그것은 책임을 완성하는 또 하나의 길이 된다고 믿고 있기 때문입니다. 사는 동안 필요한 사람이 그 자리에 있어 주는 것만큼 큰 축복은 없다 하였습니다. 원장님이 저에게는 그러한 분이십니다. 저 또한 원장님께 그러한 한사람이 되며 살아갈 수 있기를 바란답니다.

넘치도록 고마운 인연, 그 많은 날들의 감사함을 어찌 몇 줄의 글로 표현할 수가 있겠습니까. 고객들의 신뢰 속에 나날이 발전해가는 모습에 무한한 박수를 보냅니다.

사랑하는 아내 나나꼬와 함께 언제나 행복하시길 바랍니다.

생명의 기쁨을 나눈 귀한 인연, 예쁜 미라 형님

인간보다 인간의 속내를 잘 파악하는 맑고 고운 영혼을 가진 생명들.

오직 내가 구조해야 하는 여린 생명들이였기에, 언제나 의연할 수도 뻔뻔할 수도 있는 나를 온 마음으로 응원해주시는 우리 미라 형님!

어찌해야 할 바를 모르는 황망한 순간순간들을 온몸을 던져 함께 해주시는 감사하신 우리형님. 고통 앞에 울부짖는 생명들의 곁으로 달려가기 위해 나의 작은 가슴이나마 너희들의 안식처가 되어주고 파서, 그렇게 하루하루를 시작하며 무모한 행진을 하는 나의 발걸음 앞에 언제부턴가 미라 형님이 함께 힘찬 걸음을 내디뎌 주신다.

그러한 시간 속에 어언 세 번의 해가 바뀌었다.

미라는, 형님과 11년째 함께 살고 있는 반려가족 말라뮤트의 이름이다. 멋지고 인정 많은 형님. 나와의 인연으로 반려가족의 수가 늘어 수고로움이 많으신 시간들을 보내시지만 늘 당신의 능력이 거기까지라는 것이 마음 아프시다고 미안하다고, 미안하다고, 나를 지켜보시는 당신의 가슴이 녹아내린다고, 언제나 나의 등을 토닥여 주시며 큰 힘이 되어주신다. 내가 구조해 오는 녀석들을 보듬어 주시는 것도 모자라 어느 뜨거운 여름날 상자 속에 담겨 판매되고 있는 여러 명의 어린 애기들을 사오신 그 따스하신 마음. 물 한 모금 없는 곳에서 숨을 헐떡이는 어린 것들을 차마 외면할 수가 없었다는 것이다.

나와의 인연으로 몰랐으면 좋았을 아픔을 안게 되고 겪지 않으셔도 될 육신의 고통을 겪으시며 살아가시니 형님을 향한 송구스러움과 감사한 마음, 어찌 말로 표현될 수가 있겠는지요. 한 번의 아픔으로 강산이 변하는 세월을 뛰어 넘었고, 황혼을 지나 흙으로 돌아가는 순간까지, 아파야 하는 굴레가 때론 두렵기도 하지만 인과응보에 순응하지 못하는 우리들의 죄업이기에 세상이 너무 아프다며 때론 독설처럼 거친 소리를 내뱉어도 늘 진심을 담아 들어주시고 품어주시며 위험에 놓여진 생명들을 보듬어 오기 위해 내딛는 나의 발걸음과 함께 해주신다. 세월을 헤치며 살아오신 나름의 지략을 활용하시어 편견을 뛰어넘지 못하는 사람들의 야박함을 다독여 녹여주기도 하며 차마 외면할 수 없는 가엾은 생명들을 향한 나의 발걸음을 언제나 힘차게 응원해주신다. 구조한 누렁아가를 보듬어 오시며 물린 상처가 아직도 남아있기에 죄송함으로 몸 둘 바를 몰라 하는 나에게 "인간이 저승사자였던 그 아이가 두려워서 물었을 뿐"이라며 오히려 두려움으로 떨었던 그 아이의 안타까웠을 시간들을 아파하시는 사랑. 우리 예쁜 미라 형님은 나와 담 하나를 사이에 두고 살아가시는, 때론 피를 나눈 형제보다도 더 깊은 마음을 나누며 사랑으로 함께하는 옆집 형님이시다.

1년쯤 전이었나. 안타깝게도 내가 병원신세를 지고 있을 때, 한 분의 형님은 우리 집 멍이 들과 양이들의 밥을 챙겨주셨고 한 분의 형님은 주변의 길고양이들 먹이를 책임져 주셨으니, 나에게 두 분의 형님은 늦가을 된서리를 이겨낸 국화처럼 향기롭고 그 얼굴들이 나에게는 보물이고 그 사랑이 나에게는 명약이다. 형님의 다복하신 삶이 99&88로 이어지길 바랄뿐이다.

윤현옥 형님!

형님의 사랑으로 쓰러지지 않고 올해도 살아남았습니다. 제가 얼마나 형님께 감사해하며 의지하고 사랑하는지 아시지요?(웃음)

생명의 기쁨을 나눈 귀한 인연, 피아노 형님

그저 마음속 깊은 곳의 자리매김으로 끝날 수도 있는 고마움들을 이러한 기회를 통하여 다시 한 번 말씀드릴 수 있음에 감격하지 않을 수 없습니다. 저의 핸드폰에 피아노 형님으로 저장 되어있는 분. 휴식을 취할 장소가 필요할 때 쉴 수 있는 공간을 내어주시는 형님 그 무엇보다 가엾은 생명들에게 주시는 사랑 한이 없으니 어찌 감사하지 않을 수가 있겠는지요. 주인이 있었으나 방임 방치가 되어 뭇사람들에게, 또는 철없는 학생들에게, 돌팔매의 대상이 되어 살아가던 백구 한 쌍을 돌봐 오시다 저와 함께 혼연일체가 되어 구조함으로 돈독한 인연이 되어버린 형님!

삶이 보장되지 않은 출산이 얼마나 그들의 삶에 힘겨운 상처가 된다는 것을 한마음으로 공감해 주셨기에 한 치의 망설임 없이 결코 적지 않은 자비를 들여 불임을 해주셨던 형님. 마을을 떠도는 아이들에게 누가 이러한 사랑을 줄 수 있단 말입니까.

또한 15년의 세월을 배고픈 길고양이들의 먹이를 챙겨오셨으니 약한 생명을 사랑하시는 그 마음 어찌 감동하지 않을 수 있겠는지요. 칠순의 세월을 가늠할 수 없는 고우신 자태와 열정으로 또한 확고하신 신념으로 후진양성에 맹활약을 하시고 계시는 형님이 참으로 부럽습니다. 형님을 꽃으로 표현한다면 봄날 가가호호(家家戶戶)의 담장을 곱게 단장하는 개나리라 표현하고 싶습니다. 개나리꽃의 향기를 혹시 기억하시는지요? 혹 잊으셨다면 올봄 개나리의 향기를 느껴보시길 바랍니다.(웃음) 지금도 오래전 떠나보낸 몇아 이를 추억하실 땐 눈시울이 붉어지시고, 함께하는 토토, 콩이, 세리를 단 한 번도 동물이라 의식해 본 적이 없으시다는 분. 다쳐 있는 길고양이를 울음소리로 감지하며 구조하셨던 분. 형님의 그 아름다운 사랑이 일생을 함께해 온 피아노의 아름다운 음률이 되어, 보다 넓고 크게 울려 퍼지기를 바랄 뿐이랍니다. 새벽 4시, 길고양이들의 먹이를 들고 경쾌한 발걸음으로 하루를 시작하시는 지금처럼 오래토록 건강하신 모습으로 힘차게 건반을 두드리시며 저와 함께 정을 나누고 살아주시기 바랍니다. 또한 형님의 보호 속에서 행복을 찾아가는 진돌이, 진순이, 또 샤크, 오랜 시간 형님의 반려가족으로 살아온 토토, 콩이, 세리의 건강함을 함께 바랍니다.

99&88 하시와요.

김영순 형님! 사랑합니다.

생명의 기쁨을 나눈 귀한 인연, 백충 목사님(원평동 중심교회)

불자 가족인 내가 웬 목사님? 그러나 나의 작은 생각과 판단에 의하면 인간이 종교를 가지는 궁극적 목적은 보다 된사람으로 살아가기 위함이라 여겨집니다. 인간의 가치관인 윤리적 도덕성을 잘 유지하고 인간의 삶에 있어 가장 으뜸인 효의 중요성을 상실하지 않아야 하며 뚜렷한 국가관으로 나라의 소중함을 충으로 느끼며 작은 행동이라도 할 줄 알아야 한다고 생각합니다.

숭배하는 종교는 있으되 이와 같은 사상이 없다면 그것은 된 사람이 될 수도 없으며 하나님의 교리도 부처님의 교리도 위반하는 것이라 생각합니다. 목사님의 존함을 허락도 없이 거론하여 어떠한 질타를 듣게 될지는 모르나 저는 목사님을 통하여 아주 조금씩이나마 하나님의 향기를 느낄 때가 있곤 합니다. 담백하신 마음에 청렴한 믿음을 느낄 때가 있습니다.

가엾은 생명을 구조하기 위해 먼 길을 가던 날, 황망함으로 길을 찾지 못하여 당황스럽기 그지없던 날, 한 번의 전화로 지체 없이 달려와 주신 그날의 감사함은 잊혀지질 않습니다. 또한 떠돌이 아가를 품어올 수 있게 외면치 않으시고 연락을 주셨던 순간에 대해서도 다시 한 번 감사드립니다. 아마도 제가 가슴으로부터 깊은 불자가 아니었다면 (늘 신심이 없다고 스님께 사랑 담긴 꾸중을 듣지만) 목사님과의 인연이 조금은 더 돈독해지지 않았을까 하는 생각을 해보기도 한답니다. 부족한 사람을 통하여 동물에 대한 연민을 각별히 가져주시니 감사합니다. 그러고 보니 저의 주변에는 교우들이 많으십니다.

목사님(중심교회)의 성실한 성도 차순자 집사님, 양선모 전도사님을 비롯 오산 모 교회의 최 권사님 송탄의 황유미 권사님, 하나님의 사랑을 마음을 다하여 실천하시며 살아가시는 윤봉택 집사님, 그 외 생명사랑을 공감해주시는 분들이 많으시니 감사할 따름입니다.

목사님을 비롯하여 믿음 속에 살아가시는 분들이 사회적 약자가 되어 살아가는 생명들의 고단한 삶을 돌아봐 주시고 그들을 위해 한 품을 떼어주시는 그런 사랑이 실천되기를 기도하며 욕심을 내어볼 뿐입니다. 사람이나 동물이나 마음을 가지고 있는 생명체의 삶은 믿음 안에서만이라도 공평한 대상자가 되어야 하지 않겠는지요.

동물을 다스릴 권한이 있는 것이 아니라 모든 생명체를 보호하고 지킬 의무가 있음이 사람임을 목사님들께서 함께 기도해 주신다면 생명사랑을 이루어가는 참으로 아름다운 세상이 열릴 것입니다.

목사님!

식육견과 애완견 또는 유기견, 이 모든 것은 우리들의 편의만을 위해 만들어진 이름일 뿐입니다. 풍전등화가 된 그들의 안타까운 삶에 보다 따뜻한 관심을 담아주시고 가엾은 생명들의 보다 나은 삶을 위해 진심을 담아 기도해 주시기 바랍니다. 아울러 (평택시 군문동에 위치한 중심교회)가 목사님의 맑은 믿음으로 큰 은혜를 입으시기를 진심으로 바라며 모든 성도님들께도 축복이 함께 하기를 바랍니다. 때론 마음을 담아 나의 걸음을 응원해 주는 차 집사에게도 고맙다는 말을 전합니다. 그러고 보니 그저 그럴 것만 같았던 우리의 인연도 어언 15년을 앞두고 있구려! 바야흐로 묵은지 내음을 풍기는 인연이 되었소. 사람에게 지치고 아이들에게 지칠 때 푸념 늘어놓으며 내 집처럼 들어가 다리 뻗고 누울 수 있는 그대가 있어 고맙구려 인생 뭐 별거 있남….

아이들 다 키워놓았으니 우리들 사랑이 필요한곳에 사랑 나누어 주다 떠나는 것이지 인생을 조금 비우며 살아도 극복의 달인이 될 수 있는, 채우고 사는 것만이 생의 행복이 아니라는 것을 알 수 있는 우리는 가을의 길목에 서 있는 6학년 이라오.(웃음)

익은 가을 향취 속에 고운 빛깔로 눈부신 단풍처럼 그렇게 함께 조금은 고운 흔적 남기며 살아갑시다. 하나님의 은혜 안에서 건강하길 바라오.

순자! 사람에게나 동물에게나 약자를 살아가는 삶에는 누리는 자들이 상상할 수 없는 불편함들 참으로 많다오. 눈에서 멀어지면 마음도 멀어지는 것이라 하지만 우리는 함께 한결같은 마음가짐으로 단 한 가지만이라도 약자인 생명들의 불편함을 해결해주는 그러한 생을 살아갑시다. 약자를 배려하는 삶, 바로 하나님의 참사랑이 아니겠소. 하나님의 은혜 안에서 건강하길 바라오.

생명의 기쁨을 나눈 귀한 인연,
-한국동물보호협회 금선란 회장께 올린 글-

회장님!

찬바람이 너무 야속합니다. 회장님 오랜만에 인사 올립니다. 언제나 마음가득 감사함 채우며 회장님을 위해 기도하고 있을 뿐입니다.

하루도 뻔한 날이 없는 우여곡절의 아픈 사연들 어제는 태어나자마자 어미를 잃은 눈도 못 뜨는 네 마리의 강아지를 죽음 직전에 구조하였답니다. 재개발 단지 유리더미에서 길고양이 가족을 구조하다가 손과 무릎을 꿰매는 상처도 입었습니다. 오래토록 구조하려 했던 삽살견은 그 전쟁터 같은 환경에서 다리 부상을 입은 채 도망질만 칩니다. 오랜 시간 먹이를 주는 마음을 보았음에도 유독 구조가 안 되는 아이입니다. 주변 몇 분께 소시지 등을 이용한 협조를 당부하였으나 어제 빗속에서도 뒷다리를 든 채 가련한 몰골로 어디론가 사라졌습니다. 사람을 신뢰하지 못할 만큼 상처가 큰 아이라고 생각합니다. 그러나 계속 방법을 찾아 볼 것이고요. 도대체 비바람을 피하기조차 어려운 열악한 환경의 견사들은 왜 이리 많으며 구석구석 병으로 고통 받는 아이들은 왜 이리 많은 건지요. 이사 가면서 버려지는 아이들 또한 너무나 자주 만나니 날이 밝아 옴이 두려운 날조차 생깁니다. 이토록 어렵고 외로운 길은 회장님은 그 긴 시간들을 어찌 견뎌오셨을까. 생각할수록 마음이 숙연해집니다. 삶이란 참으로 작은 계기로 인하여 긴 삶이 전환되기도 하는 것 같습니다. 한계는 있고 정말 너무 아프네요.…….

이렇듯 찬바람이 살 속을 헤집는 날이면 차디찬 도로 위에 던져진 벌거숭이들의 추위와 고통이 느껴져 세상이 더욱 아플 뿐이고요. 늘 제 발등에 떨어지는 불을 끄기 바빠 협회 아이들에게 도움이 되지못하고 살아감을 죄송스럽게 생각합니다. 그러나 회장님께서 노력해 오신 동물들을 위한 생명사랑의 실천, 황무지를 개척해 오신 그 고뇌, 언제나 잊지 않고 지냅니다.

점차 동물복지가 향상된다고는 하나 그저 약간의 언론 보도에 그칠 뿐, 들어야 할 자들이 귀를 열지 않으니 효과 없이 그 소리는 이내 사라지고 맙니다. 참으로 안타깝습니다. 보다 절실함을 담아 모든 동물단체가 그 절실함 앞에 하나가 되어준다면 우리들이 원하는 동물복지는 분명 이루어질텐데 왜 이리 화합하며 단합하지 못하는지 과연 진실로 말 못하는 생명들이 수난의 삶이 가엽기나 한 것인지 심히 의아함을 금할 길이 없습니다. 금강산 그늘이 관동 팔십 리까지 영향을 준다고 하였습니다. 그러하니 강산이 변해온 회장님의 인고의 세월, 곳곳에 뿌린 동물사랑이라는 거름, 좋은 열매로 보답되는 날이 꼭 와야 할 것이고 그리 될 것이라 믿고 싶습니다. 그것은 회장님 일신의 보상을 떠나 지구를 살아가는 수많은 동물들에게 절실히 필요한 길이 될 것이니까요. 생명을 돕고자 노력하시는 동물단체 회원님들의 노고 또한 헛되지 않아야 한다고 생각합니다.

동물단체가 단합하고 반려가족이 하나가 된다면 기적을 이룰 수 있으련만 각자 마음에 방탄띠를 두른 듯 한 모습들이 애석하기 그지없습니다. 한 권의 책이 완성되기에 앞서 회장님의 기나긴 노력의 세월이 자취 없이 사라짐이 애석하여 몇 글자 올려보았습니다. 협회의 무한한 발전과 회장님 이하 회원님들의 건강을 기원합니다.

생명의 기쁨을 나눈 귀한 인연, 교수님의 전화

"정 선생 잘 지내시나. 나, 이 교수야."

정신없이 살아가노라 까맣게 잊었던 분.

5년이 훌쩍 넘은 것 같다. 이 교수님을 마지막 뵈 온 것이.

안부전화 조차 잊고 살았는데 뜻밖의 전화를 받으니 반갑기 그지없다. 그간의 회포를 길게 풀어내신 후 격조한 시간 속에 당신은 정년을 하셨고 이제는 고향 홍천에서 전원생활을 하시며 유유자적 살아가신다는 것이다. 그리고 더욱 반가운 말씀을 하신다.

견공을 키우고 싶으니 나에게 튼실한 녀석을 구해달라는 것이다. 동물들이 천대받고 살아감이 안타깝다고 몇 차례 푸념은 했지만, 이렇게 나를 기억해 주실 줄은 예상치 못했었다. 믿을 수 있는 환경에서 사랑받으며 살아갈 녀석들을 생각하며 신바람이 난 나는 그야말로 늘 보낼 곳이 없어 안타까워했던 튼실한 두 녀석(리트리버와 허스키)을 교수님의 가족으로 입성시켰다. 내가 지은 영웅이 호걸이라는 이름에도 대만족 하신다. 녀석들 몸값이라며 봉투를 주신다. 교수님의 마음을 모르는 바는 아니지만 애써 공들인 것이 장사꾼이 된 듯하여 보람이 없다며 책망하고야 말았다. 다음에 평택 나오시는 날 거나하게 한잔 사시라 말하며 기꺼이 사양하고 돌아왔다.

산에서 얻은 약초라며 이것저것 챙겨주시는 두 분께 나는 원망하듯 눈까지 흘겨대며 말을 한다. 제발 산짐승들 양식 좀 빼앗지 마시라고. 나의 말에 한바탕 웃음바다가 되었고, '앞으로는 그리 하마' 하고 씨만

뿌려 거두며 살아가시겠노라고 약속을 해주신다. 아이들처럼 새끼손가락 걸고 약속하며 또다시 한바탕 웃음지은 즐거운 시간.

산새가 아름다운 평화로운 마을. 무엇하나 부족함 없는 가족을 만난 녀석들. 넓은 전원의 마당이 녀석들의 놀이터가 될 것이니 그 축복 오랜 시간 나에게 기쁨이 되어줄 것이다. 행복을 안고 돌아오는 길. 시야에 들어오는 모든 풍경들이 아름답기 그지없었다. 그 아름다움 속에 고통 받고 있을 무수한 생명들이 있다는 생각에 슬픔은 다시 살아나니 어이 할꼬….

한 달이 지난 지금 녀석들을 향한 교수님 내외분의 사랑이 돈독함이 전해진다. 녀석들의 재롱에 빠져 살아가는 하루하루가 더욱 행복하시다라며 이것저것 소소한 녀석들의 일상을 자주 전해주시고 녀석들에 관한 질문도 많이도 하신다.

내가 고마워해야 할 일을 교수님께서 늘 고맙다고 하시니 나 또한 더욱 감사하고. 평택을 나오시는 날 우리 아가들을 위한 선물을 하시겠다고 하시니 기쁜 마음으로 기다려야겠다.

인연이란 늘 이렇게 소중하다.

생명의 기쁨을 나눈 귀한 인연, 강희옥님

희옥님!

세찬 비가 발길을 잡아주는 수심과 함께 하는 시간입니다. 동화 같은 이야기 하나 들려 드릴게요.

영국의 에든버러 시(市)에 보비라는 개가 있었답니다. 그 개는 주인이 죽어 땅에 묻히자 14년이나 주인의 곁을 떠나지 않고 주인의 묘를 지켰답니다. 보비는 주인과 함께 다니던 인근 카페에서 사람들이 먹다 버린 빵조각으로 끼니를 때우며 엄동설한에도 주인의 묘를 떠나지 않았답니다. 그러다 14년이 지난 아주 추운 겨울날 자신의 머리를 주인의 묘비에 기댄 채 꽁꽁 얼어 죽고 말았답니다. 사람들은 주인을 잊지 못해 14년 동안 주인의 묘를 지킨 보비를 주인과 나란히 묻어주었고 그 근처에 보비의 동상도 함께 세워주었답니다. 그리고 지금 그곳은 유명한 관광지가 되었답니다. 인륜을 상실해 버린 각박한 세상 속에서 사람도 아닌, 개의 한결같은 사랑이야기가 많은 사람들에게 귀감이 되기를 바라면서 감동 깊게 읽은 보비의 사연을 적어 보았습니다. 보비에게 큰 사랑을 주고 간 주인의 사랑, 외로움 속에서 그 사랑을 기억하며 오랜 시간을 지탱해온 보비. 그 눈물겨운 사랑이 많은 것을 느끼게 합니다.

이 아름다운 보비의 사랑, 동물을 사랑하는 우리들이 언제나 스스로를 돌아보며 다져야 하는 한결같은 마음이 되기를 기도하며 바라고 있습니다. 벌써 8년의 세월이 흐른 듯합니다. 고통 속에 방치되어 뼈만

앙상한 채 죽어가고 있던 두 아이를 구조하며 함께 울어야 했던 그날을 잊을 수가 없습니다. 온몸을 떨며 절망하고 아파하며 분노하였던 모습이 가슴깊이 남아 있습니다. 우리들의 괴로움은 그와 같은 불행에 직면한 생명들이 끝이 없다는 것이지만 세상 곳곳, 그들을 향한 강인한 사랑을 담고 살아가는 분들이 있기에 수많은 생명들에게 희망을 줄 수 있는 에너지가 될 것이라고 위안 받습니다. 코스모스가 피어 있던 자리에는 누가 씨를 심지 않아도 이듬해 코스모스가 다시 피어나듯이 이 땅위에 고통 받는 생명들이 존재하는 한, 또 뜻을 함께하는 우리들이 존재하는 한, 작은 행동으로나마 생명의 존엄성을 알려나가며 지켜가야 하겠지요.

동물을 사랑하는 분들이 많으며 곳곳의 카페 회원분들, 갖가지 예쁜 사연 카페 창에 올리며 아픔과 행복을 서로 공유하고 있습니다. 그러나 위기에 닥친 생명들을 구원하는데 단호히 앞장서는 분들은 애석하리만큼 부족하니 안타까움과 절망 또한 한이 없습니다. 동물을 사랑하는 사람들임에는 분명한데 도움의 손길이 절실히 필요한 위기의 생명들을 구조하려하는 용기 있는 마음 지극히 소수에 달하니 외면치 못하는 자들의 마음은 아픔의 키만큼 눈물도 쌓이는 것이지요.

가엾은 생명들을 생각하면 행복을 모르겠다는 님의 말씀이 절절합니다.

바로 그렇습니다. 그렇게 언제나 아프답니다….

희옥님이 염원하는 꿈,

제가 염원하는 꿈,

실현 가능한 꿈이라 굳게 믿음을 가집니다. 비가 몹시도 내리더니 조금 잦아든 듯 합니다. 마음이 조금 급해지네요. 언제 다시 비가 내릴지 모르니 조금 이른 감이 있지만 바깥 아이들 밥을 주러 나서야 할 듯합니다.

힘을 내십시다.

희망이 다가오고 있는가!

세계가 인정하는 음악인 조수미님 또 박칼린님에 이어 국민 언니 이효리까지 동물들의 아픔을 공유해주며 도움의 길에 동참을 하고 있다.

오랜 세월 기다려온 날들의 시작점이 되고 있는 듯 희망의 빛을 품게 된다. 그러나 생명들을 향해 보이지 않는 곳곳에서 흉기를 들고 있음을 모르는 것일까. 가장 절실한 중성화 수술의 중요성을 놓치고 있는 듯하여 기쁨 속에 안타까움을 떨칠 수가 없다. TV를 통하여 주역들로 살아가는 그분들의 마음이 보다 근본적 시급함을 인식하여주고 홍보하여 준다면 참으로 많은 생명들이 고통의 삶을 벗어나 살아갈 수 있으리라. 아름다운 분들의 동참을 계기로 말 못하는 생명들이 겪는 기막힌 고통을 몰랐기에 측은지심조차 나누지 못하였던 많은 방송인들이 대거 동참하여 사람과 동물이 공존할 수 있는 구심점을 향하여 나아가는 날이 오기를 기대해본다.

계획은 사람이 하나 이루는 것은 하늘의 뜻이라 했으니 이제 하나님께서 이 생명들을 돌아보시면 좋겠다. 너무도 어여쁜 효리 양이 반려동물을 희망하시는 분들께 절실함으로 부탁하는 말이다.

"반려동물 사지 말고 유기동물보호소에서 입양합시다."

"규칙과 책임이 없는 삶은 허수아비의 삶이다. 가치관이 같은 사람과의 만남 그 교감이 너무도 소중한 것. 규칙을 정해놓고 정기적 봉사

를 다니며 느끼고 나누는 것만이 초심을 유지할 수 있다." 이효리 양의 책 -《가까이》- 중에서

반려동물과 함께 하는 반려가족들은 책을 통하여 효리 양이 전하고자 하는 메시지가 무엇인지를 짐작하실 것이다. 나 또한 화려할 수밖에 없는 생활 속에서 동물고아들에게 가진 효리 양의 진심을 담은 갸륵한 마음에, 놀라운 봉사정신에, 크나큰 감동을 받지 않을 수가 없다. 그녀를 통하여 많은 분들이 그녀의 마음과 하나가 되어 줄 것을 생각하니 그 희망과 함께 몸살로 끓어오르든 열이 싸악~ 식어 내린다. 효리 양과 가엾은 생명들에게 도움의 손길을 주시는 모든 분들께 드리는 고마운 나의 마음과 함께 부탁 하고 싶은 한마디.

인간과 동물의 진정한 소통을 위해 변함없는 마음으로 열심히 노력해주시고 불임의 전도사도 되어주세요이다.(웃음)

불임은 단발마의 비명 속에 공포 속에 죽음을 맞아야 하는 많은 생명들을 구원해 줄 수 있으며 슬픈 고통사와 안락사를 막아줄 수도 있다. 새끼를 지켜 내기 위한 애절한 모정에 씻지 못할 상처를 안겨주는 이별을 안겨주지 않아도 된다. 또한, 유기되어 상처를 끌어안고 고통 속에 살아가야하는 무수한 생명들을 구원해 줄 수 있는 너무도 절실한 대안책이 되는 것이다.

언제나 떠나지 않는 절실한 나의 기도가, 또한 아프게 살아가는 생명들의 바람이, 이 아름다운 분들의 가슴과 입들을 통하여 세상을 향한 노래로 불리어진다면 얼마나 좋을까 하는 간절한 염원을 담아보며 나의 기도문을 그 분들께 올려본다.

나의 기도, 언제나 아픔이

언제나 가슴 한 켠을 도려내는 아픔이 있습니다.
언제나 애절함으로 기원하는 염원 하나가 있습니다.
오늘도 굶주림으로 고통 받는 유기동물이 없기를….

이 지구상에 살아 숨 쉬는 어떤 생명체의 눈과 마음에도 어여쁜 꽃으로 보여져서 학대받지 않기를….

오늘도 그 아이들은 벼랑 끝에서 우리들의 구원에 손길을 기다립니다.
간절함으로….

나와 내 가족의 생존이 귀중하듯이 우리 모두 가련한 생명들에게
사랑이란 이름으로 공존하는 날이 오기를….

모든 동물들은
마땅히 보호받고 행복해야할 권리가 있음을….

하늘이 내리시는 저 눈부신 햇살을
평등하게 누리고 살아가야함을
우리 모두가 인정하는 그런 날이 오기를.

기적의 집 아가들의 위령제를 다녀와서

화마 속에 쓰러져 간 131명의 영혼을 보내는 마지막 순간. 아이들과의 인연이 있고 없음을 떠나 그저 동물을, 생명을, 사랑하고 아끼는 한 사람으로 다녀왔습니다.

세상의 모든 아이들을 도와 줄 수는 없지만, 그 아이들을 향한 안타까움은 우선순위가 없기에 다녀왔습니다. 스님의 불경소리를 들으며 떠난 그 아이들은 분명 불국정토로 왕생극락을 하였을 것입니다. 동물들은 죄가 없기에 무조건 천국으로 갈 것입니다. 그러나 불구덩이, 그 아이들이 왜 좁은 철장에 갇히고 우리에 갇혀 화마 속에서 죽어가야 했는지 철저한 조사가 필요합니다. 증거를 댈 수 없는 동물임을 이용한 계획된 범죄라면 살아있는 당사자의 앞으로의 삶이 온전할 리가 없을 것이며 자업자득의 이치, 인과응보의 순리가 그를 용서할 리 없다고 생각합니다. 참으로 명이 긴 분입니다. 목욕탕을 가기 위해 집을 나선 지 10분만에 기적의 집은 화마에 휩싸였다고 합니다. 부디 실수였기를 진심으로 바랍니다. 그 끔찍한 고통의 몸부림 속에서 한줌 재가 된 아이들 어떤 말로도 어떤 행위로도 위로될 수 없고 용서받을 수도 없지만 그래도 그 아이들의 마지막 길에 인간으로서의 미안감을 속죄할 수 있었기에 조금은 위안을 받은 것도 사실입니다.

천도재 기도를 해주신 정광 스님과 카라 시민단체 사무처장님께 울분을 쏟아 내고 왔습니다. 단체장들이 진정 원하는 길이 무엇이기에 단합하지 않는 것이냐고 진정 생명들의 복지를 원하고 있기는 하는 것이냐고. 하고 싶은 말을 조금이나마 쏟아내고 돌아오는 길 억눌려있던 가슴이 조금은 후련했습니다. 반려동물인들이 많이 모일 거라 기대하지는 않았지만 조금 가까운 거리에 있는 동물단체 대표님들의 참석은 기대했었습니다. 볼모가 된 채 쓰러져간 백여 명의 목숨 앞에 또다시 죄가 되고 부끄러웠습니다. 돕고자 하는 마음을 가졌다는 우리들이 아이들의 고통 앞에 피눈물을 흘린다는 우리들이 이리도 책임을 행하지 못하는데 마음이 없는 나라를 어찌 탓을 할 수 있겠습니까? 그 모든 횡포를 막을 수 있는 것은 단체의 힘인데 그 단체들은 또는 우리들은 생명들의 아픔에서 고개를 돌리고 있는 것입니다. 왜 우리들은 이리도 못났을까요? 저는 지금도 동물을 사랑하는 사람을 만나면 그가 누구든 일단 맨발로 뛰쳐나가 반겨 맞이하는 마음을 가지고 있습니다. 그런데 그 통한의 자리에서 마저도 서로 견제하며 경계하는 도무지 알 수 없는 마음들….' 또한 자신의 진정성보다 자기가 추종하는 자에게 빛나기 위해 행동하는 이기적인 마음들을 보며, 아! 동물복지를 향한 길이 참으로 멀고도 어려움을 또다시 절감하고 와야 했습니다. 아이들을 향한 가슴들이 닿아 만난 인연들 SBS동물농장 게시판을 동물사랑으로 가득 채워주고 계시는 몇몇 분들을 만날 수 있었던 것이 허허로운 가슴에 남아있는 위안입니다. 만물의 영장이며 지구의 주인이라고 두 손을 이용하여 가진 잔혹한 만행을 다 저지르고 있으니 그 잘난 인간들이 만든 법에 의해 죽임을 당해야만 하고 그 잘난 인간들에게 버려져 슬픈 영혼이 되어 비정한 거리를 떠돌다 또다시 그 잘난 인간들에게 유린당하고 착취당하며 그렇게 한 많은 슬픈 생을 마감해야 하는 생명들….

동물학대가 줄기는커녕 합법적으로 동물학대를 증가시키는 악법을 막아내지도 못하며 나는 왜 아픔이 습관이 된 것처럼 언제나 가시에 찔린 듯 아픈 상처만 가지고 돌아오는 이 길을 가고 있는 것일까? 세 치 혀를 빌려 어찌 너희들의 피맺힌 억울함을 말해 줄 수 있으리. 가족과 친구들이 비명을 지르며 아우성치는 현장에서 가까스로 도망쳐 살아남은 몇 명의 아이들이 산속으로 도망쳤다고 합니다. 그 아이들의 구조가 너무도 시급합니다. 교통만 원활한 곳이면 철야에 익숙한 사람 그곳에서 철야를 하면 좋겠지요. 그러나 이곳의 많을 일들을 접은 채 떠날 자신이 없습니다. 그리고 자신들의 아이라고 단정짓는 사람들이 있으니 기적의 집 당사자들의 노력으로 필경 아이들을 구조하여야 할 것입니다.

반려가족 여러분!

반려동물에게 꼭 불임수술을 해주시기 바라고 또 바랍니다. 불임만이 이렇게 무참히 희생되는 아이들을 지켜줄 수 있는 최선의 길입니다. 며칠 후 기적의 집 다섯 아가들이 모두 다 구조되었다는 반가운 소식을 전해 들었습니다. 그 아이들을 구조하신 분들은 기적의 집의 운영진들이 아닌 진정한 동물사랑 생명사랑을 행동으로 실천하시는 동물농장 게시판의 송성인님을 비롯한 뜻있는 동물인들이었습니다. 가슴깊이 감사드립니다.

이틀간 차 속에서 새우잠을 자며 아니 사실 새우잠도 못 주무셨을 것입니다. 촉각을 곤두세우는 간절하고 긴박한 순간에 잠이 올 턱이 없으니까요. 아가들을 구조하기위해 구조틀을 놓고 세운 밤, 학대동물을 학대자에게서 구조해오기 위해 몇날 며칠을 말할 수없는 고통과 직면하며 겪은 나의 그 긴박한 순간들과 그분들의 애간장이 타 들어가는 그 순간들과 다를 것이 무엇이 있겠는지요. 아무것도 바라지 않고 오직 그 아이들의 상처만을 바라보며 치유해주고 싶어 하셨던 그분들의 사랑이 기적을 낳은 것입니다. 우리 131명 천사들의 영혼의 평화를 위해 임들께서도 함께 기도해 주세요. 또한 지옥에서 살아났지만 온통 가슴이 충격으로 까맣게 타들어갔을 우리 살아남은 다섯 아가들의 행복한 미래가 보장되도록 열심히 응원해 주시기 바랍니다.

송성인님과 함께 아이들 구조에 임하셨던 조익영님의 글 중에서

"그 아이들이 흩어지지 않고 꼭 붙어 다니는 모습을 보면서 감동스러웠습니다. 다 구해주고 나니 밀려오는 감정에 북받쳐 주체할 수 없는 눈물을 거두기 힘들었습니다. 아가들아. 그 두려운 눈망울이 사라지길 바라고 꼭 좋은 주인을 만나기를 바란다.

이 세상에는 따뜻한 사람도 많단다."

김해에서 온 국수 한 자루

주문한 일이 없는 택배가 왔단다. 깨지는 물건이 아니면 담 넘어로 던져놓고 가시라 하니 그렇게 해서는 안될 것 같다며 내일 다시 오마 하고는 시간을 정해준다. 대체 어디서 무엇이 왔기에? 국수 20킬로그램이다. 대체 누가 보냈을까? 이름을 보니 분명 내게 온 것인데…. 한참을 살펴보니 국수공장 전화번호가 있었다. 누가 보내신 건가요? 나의 물음에 경남 김해의 배을선 씨라 한다. 세상에나! 미안한 마음, 고마운 마음이 함께 어우러지며 혼잣말을 해댄다. 아니 대체 일 년 내내 국수만 먹고 살라고 이렇게 많이도 보냈나!(웃음) 나는 안다. 을선님이 왜 이렇게 많은 국수를 보내셨는지…! 평소 고마움을 느끼는 분들과 나누어 먹으라는 깊은 사랑이 담겨 있다는 것을 김해의 동물고아들을 구조하고 돌보느라 힘겨운 그분께 이런 선물을 받다니 참~ 나는 복이 많다.

복날이라 정해진 삼복을 앞두고 이성을 잃은 듯 헤매고 다니는 나의 일상은 늘 정신이 없었기에 고맙다는 인사조차 며칠이 지나서야 하는 나에게 그녀의 가식 없는 담백하고 시원시원한 목소리는 마음까지 시원해짐을 안겨준다. 아니 평택에는 국수 사먹을 데가 없을까봐 이리도 많이 보냈습니까? 하고 던지는 나의 말에 "자연 바람으로 말린 귀한 국수이니 많이 드시고, 평소 고마우신 분들과도 나누어드세요." 라고 한다. 그녀의 바람대로 평소 고맙고 정겨운 분들(9집)과 나누는 나의 마음이 뿌듯한 파티를 한 기분이다. 덕분에 내가 얼마나 좋은 기분이었는지 그녀는 모를 것이다. 국수를 먹을 때 마다 나는 웃으며 생각한다. 유난히 길고 굵고 쫄깃한 맛처럼 오래 오래 명 길게 살면서 아이들을 위한 사랑도 더욱 쫄깃하게 나누라고 보낸 것이라며 혼자 웃는다. 덕분에 짜장을 만들어 짜장면을 먹고 싶다 할 때 번번이 못들은 채 지나쳤던 미안함을 가족에게 실컷 보상해주기도 한다. 을선씨 정을 담은 선물 정말 고마웠심데이.(웃음)

사랑하는 까미에게

오랜만에 마주한 컴속 세상….

유기동물.

학대동물.

각양각색의 이유들로 버려지려는 생명들로 가득 차 있는 글들이 난무하기만 하고….

무책임한 인간들을 향하여 끓어오르는 분노와 절망감으로 온갖 고통으로 휘여 감기는 밧줄 속에 나를 던져 놓은 채 자판을 두드려 본다.

까미의 모든 사랑…. 그 모든 노력들이 담긴 순간순간들을 또 다시 꺼내보며 까미만큼이나 애절 코도 사랑스러운 녀석들 하나하나의 얼굴에 입맞춤을 하며 오늘은 펜을 들었다. 까미가 얼마나 아름다운 사람인지! 그래서 가엾은 생명들에게, 또한 나에게, 얼마나 소중한 사람인지! 아이들의 신음소리로 가득한 땅. 그 땅에 희망의 나무가 자랄 수 있도록 함께 노력하자.

나 역시 오늘의 나는 무엇인가.

왜 하필이면 이 능력 없는 나인가.

숨 가쁘게 등성이를 올랐구나 하면 더욱더 가파른 절벽이 기다리는 이 끝이 없이 이어지는 잔인한 세월 속에 너무도 지쳐가고 있지만 나의 고통으로 희망을 안고 되살아나는 반짝이는 눈망울들이 있기에 고통이 보상되는 단 하나만의 이유가 되어 지친 무릎을 세워 또다시 고통으로 신음하는 아이들을 찾아 떠나며 그렇게 아이들의 눈물을 훔쳐대며 살고 있을 뿐이다. 견뎌내기엔 괴로움과 고통이 너무도 커서 필사적으로 눈을 감고 싶은 순간도 때론 있지만 이 힘겨움을 이겨내는 원천 또한 오직 가여움으로 타래져 있는 마음속 피눈물이며 죄 없는 생명들의 썩어가는 살내음으로 가득한 나의 오장육부가 살아 있기 때문이니 어찌 하겠는가….

생명들을 필요한 순간 잠시 소장하는 소모품 정도로 생각하는 그들을 만나 의식을 탈바꿈하고 불임의 목적을 이루기까지 얼마나 많은 난관을 참아내야 하는지 내가 지닌 인내심에 스스로가 놀라기도 한다. 짧게는 한 달 길게는 3~4년의 세월의 한결같은 노력이 필요하기도 하니 말이야.'

인간이 갈구하듯 고통 없는 희망의 햇살을 동물들 또한 갈망함을 알기에 비록 작은 몸부림에 지나지 않는 나의 투지일지라도 한 생명에게 만이라도 더 안겨줄 수 있는 그런 햇살이 되고 싶을 뿐이다. 오며 가며 눈에 띄는 절대 절명의 순간의 유기동물들.

어느 날은 지인에게서.

어느 날은 애견숍에서.

어느 날은 이름도 성도 모르는 그 누군가에게서.

그렇게 구조해야 할 생명들의 소식은 이어지고 어느 날 숨고르기가 시작되려하면 머릿속에 대기하고 있는 불임을 향해 달음 박을 치고 또 어느 날 숨고르기가 시작되려하면 아이들의 고통을 찾아 그렇게 발길을 재촉하며 그렇게 살아간다. 지옥보다 더 지옥 같은 수많은 보호소를 원망하기 전에, 안락사를 행하는 시보호소를 원망하기 전에, 그곳으로 들어갈 생명들을 하나라도 막아내야 한다는 절박한 심정으로 곳곳에서 버려지는 생명들을 안고 온다. 쓰레기보다 못한 취급을 당하며 살아온 생명들이 온몸으로 그간의 고통을 토해내는 그 절규가 희망의 노래가 되는 그 순간까지 나는 수도승의 심정이 되어 그들에게 나의 전부를 내어준다. 지난 월요일 오전 어떠한 방법으로도 잡혀 주지 않아 1년 가까이 고심하였던 떠돌이 백구 부부를 구조하기 위해 마취총을 가진 어느 소장과 함께 3시간의 피가 마르는 씨름 끝에 극적으로 어미견 구조 그러나 불임 후 퇴원을 며칠 앞둔 오늘까지도 애비견 구조는 계속 실패로 이어져 애간장을 녹이고 있지만 작은 녀석이 아니다 보니 그리고 들개 같이 살아가던 녀석이다 보니 구조라는 단어 앞에 막막함만 더해간다. 그래도 그들 몸에서 낳은 새끼 두 녀석과 (이미 5개월이 되었음) 어미만이라도 불임에 성공하였음을 다행이라 여기며 기회를 보고 있다. 어떤 이들은 남자아이들의 불임이 왜 필요하냐고 하지만 나는 그 녀석의 발정으로 또 다른 어느 유기견이 서러운 생명들을 가지게 될까봐 너무도 두려운 것이다.

덩치 큰 유기견 녀석들의 최후가 어찌할지 너무도 잘 알기에 아무리 힘겨워도 포기가 안 되는 것이다. 모든 생명들은 다 살려줄 수도, 도움을 줄 수도 없지만 고통 앞에 놓여질 생명들을 나의 눈으로 보았으니 어찌 외면하리요. 이것이 나의 삶이 되고 말았다.

가는 길이 있으면 오는 길 또한 있는 것이니 우리 언제나 희망을 놓지 말자. 칠흑 같은 어둠속에도 등대는 있으니 그 모든 난관을 사랑이란 이름으로 극복하며 슬프고도 서러운 무수한 생명들에게 등대가 되어 주는 그런 존재가 되자. 첫걸음을 시작하였던 무모했지만 신선했던 그 초심과 함께 더더욱 깊이 아픔을 느끼고 고통을 체험하며 그 죄 없는 생명들을 위해 우리들이 무엇을 어떻게 해주어야 할 것인지. 깊이깊이 생각하며 서로에게 힘이 되는 그러한 삶을 살아가자.

나의 몇 줄의 글이 머지않아 닥쳐올 한파 앞에, 우리 까미가 겪어내야 할 어려운 고통들 앞에, 조금이나마 따스한 위안과 용기가 되어주기를 바랄뿐이다. 언제인지 모르나 우리 반갑게 두 손 잡고 웃음 지을 그날까지 가족 간의 화목에 소홀함 없이 잘 지내주길 바란다. 또한 진심을 담은 까미의 선량한 지도력이 모든 학생들의 미래에 값진 보람이 되리라 확신하며 자긍심을 가지고 분발해주기를 역시 바라면서 언제나 사랑하는 마음 가득 담아 응원하는 거 잊지 말기를. 포천의 아가들에게도 나의 사랑을 전해주기 바란다.

나의친구 전병숙

친구야~ 나 또 걱정이 생겼어.(슬픔)

고통받는 생명들만 만나면 발을 동동 구르며 나에게 전화를 하는 친구이다. 의지가 없이 길 위를 서성이며 살아가는 생명들을 위해 불임수술은 물론, 치료 등을 해주며 10년 세월 길고양이들 먹이를 챙겨주고 있다. 자신이 그렇게 만이라도 가여운 생명들을 도울 수 있음을 감사해 하며 살아가는 따뜻한 마음을 가진 친구이다.

동정심을 가진다는 것과 실천을 하는 것과의 차이는 무한하다. 동정심을 실천으로 옮긴다는 것은 언제나 내 허리띠를 졸라매야하고 순간순간 주저 없이 지폐를 뚝 뚝~잘라 내야 하기 때문이다. 동물을 돕고 사는 사람에게는 보답이 없고 보상 또한 없다. 억울한 소리나 듣지 않으면 고마울 뿐.

오직 죽음의 길에서 생명을 구해준다는 것. 그들의 눈물을 웃음으로 바꾸어준다는 것.

나로 인해 행복한 삶이 시작되는 것에 보람을 느낄 뿐이다. 그러한 친구가 맛있는 호박고구마와 함께 우리아이들의 간식을 보내왔다.

언제나 머리를 맞대고 의논할 수 있어 고마운 친구.

자신이 살아가는 도시의 생명들에게 엄마가 되어 주기위해 노력하는 고마운 친구.

이러한 친구들이 있으니 세상 한 켠만이라도 따뜻해지는 것이다.

친구야~ 건강하길 바란다.

집사님의 전화

사모님 또 비상이 걸렸어.

아! 드디어 2년간의 시간 속에 늘 우려했던 일들이 닥쳤구나. 직감적으로 생명들이 위험에 빠지고 있음을 느낄 수가 있었다. 9년 전 수가 느는 아이들로 인해 아파트 생활을 접어야할 상황이었을 때 많은 아이들과 함께 살아 갈 수 있는 집을 구하기 위해 동동거리는 나를 위해 누구보다도 열심히 뛰어 주신 정이 많은 분이시다. 부동산 경기침체로 사무실을 접고 2년 전부터 모 회사의 경비를 보고 계신다는 소식을 들었을 때 안타까운 마음이 든 그런 분이시다. 감사한 인연은 9년째 이어지고, 공장에서 기르던 백구 한 쌍 중 여아가 병이 들어 개장사에게 팔아버린다는 말을 듣고 일이 손에 안 잡히신다며 전화를 주신 것이다. 그냥 데려올 수는 없는 상황이니 즉시 책임자에게 아이의 몸값을 입금하였고 집사님은 차에 오르지 않는 녀석 때문에 3시간을 어르고 달래시며 걸어서 나의 집으로 데려오셨다. 머나먼 길을 걸어오시느라 땀으로 범벅이 되신 모습을 뵈오니 감사함과 함께 만감이 교차된다. 그래! 나는 이렇게 누군가들의 마음을 변화시켰다는 확신이 올 때 조금이나마 힘을 얻는다.

동물의 고통에 무심하였던 사람들이 강산이 변하는 나의 세월을 지켜보는 동안 어느 듯 동물들의 감정을 헤아려주는 분들이 되시며 동물들에게 측은지심을 느끼고 나를 진심으로 응원하는 마음들로 바뀌었으니 그래도 다행스럽지 아니한가. 그나저나 데려다놓은 녀석이 이

틀이 지나도 밥을 먹지 않는다. 낯선 환경 낯선 사람 모든 낯선 것들을 향한 긴장과 거부의 시간이 꽤나 길다. 죽음의 길로 보내려한 그곳이 그래도 그리운 것이다. 아니, 함께 오지 못한 친구가 그리운 것이다.

아가! 조금만 참으렴.

무슨 수를 써서라도 너의 친구를 데려다 줄 테니.

혼자 남은 백구 녀석을 이 아이 옆으로 데리고 오는 것이 또 하나의 숙제가 되었다. 왜 나는 이토록 난관들과 봉착하면서도 다시 오뚝이가 되는 것인가. 나를 만난 생명들만이라도 상처 없이 그리움 없이 배고픔 없이 행복에 겨워 춤추며 살다 떠나기를 바라기 때문이다. 10년 전 우연히 시작된 우리 길양 아가들의 먹이 배달, 배고픔을 견디며 기다릴 것 같아 10년의 세월, 단 하루도 쉬어본적이 없다. 한 사발로 시작되었던 것이 스스로도 믿기 힘든 양이 되어버렸으니 구조와 불임을 한시도 방심할 수 없는 또 하나의 이유가 된 것이다.

아가들아!

나의 마음엔 너희들이 천사이고 꽃인 것을 어찌하리….

사지로 끌려갈 생명을 구원케 해주신 집사님께 감사드린다.

희망을 위한 동행

뜻밖에 서울시청 박원순 시장님실에서 독대를 신청해 오셨다는 연락을 받았다. 평소에 서민을 위해 남다른 마음을 지니고 계신분이라는 것은 느껴왔지만, 나에게까지 기회를 주실 것이라는 것은 생각하지 못했었다. 반려가족이 염원해온 뜻에 새로운 희망이 될 수 있는 기회가 되기를 바라며 시장님을 뵈옵는 자리에 우리 뜨락의 가족이신 강희옥님과 김이진 목사님 성남(빛과진리교회) 두 분을 함께 모셨다. 지난 화요일 시장님과의 단독 면담 제안을 받은 후 아주 잠시이지만 깊은 고민을 하지 않을 수가 없었다. 단독 면담의 시간은 자유롭게 나의 의지를 더욱 명료하게 전해 올릴 수 있는 절호의 기회이자 시장님의 의지를 더 명확히 전달 받을 수 있는 귀하고도 명확한 자리가 될 수 있기 때문이다.

그리고 어떻게 하면 시장님께서 친견치 못한 생명들의 참상을 보다 사실적으로 전해 올릴 것인가에 대한 걱정으로 잠을 설쳐야 했다. 혼자이기보다는 평소 남다른 열정으로 동물들의 아픔을 종식시키고자 무던히 노력하시는 강희옥님의 열정, 그분의 노력을 함께 전달해 드리고 싶었다. 또한 "가난한 이웃을 돌보며 모든 생명을 사랑하라" 명하신 하나님의 사랑을 행하시며 살아가시는 김 목사님과 함께 하고 싶었다. 송성인님께도 제안을 하였지만 사정상 함께 할 수 없다고 하셨고. 우리는 각자의 소임을 하기 위해 나름 분주한 시간들을 보냈으며 어제 토요일(2012년 10월 23일) 시장님을 뵙고 돌아왔다.

평시민과도 같으신 지극히 소박하신 그러나 단호해 보이시는 카리스마 넘치는 모습을 친견하며 부디 오늘의 기회가 헛되지 않는 시간이 되기를 간절히 기도하였다. 10년간 올린 나의 애탄서와 약자인 동물들의 생존의 길에 남다른 관심을 보여주신 그 의지에 나는 깊이 감동하지 않을 수가 없었다. 다시 한 번 이 기회를 통하여 시장님께, 또 모든 관계자 분들께 심심한 감사의 인사를 올리고자 한다. 그러나 한 번의 자리와 열 번의 자리가 중요한 것이 아니라 얼마나의 진심과 의지를 가진 만남이냐가 나에게는 중요한 것이기에 시원한 답을 듣지 못하고 돌아오는 발길은 여전히 무거웠다. 그러나 시장님 혼자의 힘으로는 우리들의 소원을 이루어 주시기에는 역부족이라는 것을 인정할 수밖에 없으니 가엾은 생명들에게 도움이 되어 주시려 하시는 시장님의 의중을 뵌 것만으로도 그 감사함을 우리들은 잊어서는 안될 것이다. 동물정책을 떠나 따스하신 인간애와 함께 하시는 시장님의 다양한 정책들을 우리 님들께서는 아낌없이 응원해드리고 지지해 주시기 바란다. 내가 시장님께 얻은 답은 우리들이 반려동물과 함께 하는 올바른 문화를 스스로 잘 지켜나가며 중앙정부를 향해서도 어긋난 규정을 개정토록 열심히 촉구하며 요구해나갈 때 조력자가 되어주겠다는 의지가 있으시다라는 것이었다. 이 글을 읽어주시는 모든 분들께 부탁드린다. 동물복지정책에 도움이 되는 좋은 의견들을 모아 열심히 신문고를 올려주시길. 가슴은 아프지만 노력하고자 함에는 뜻이 없다든가, 글쓰기가 나는 힘이 드니 힘이 드는 일 들은 남이 해주기를 바란다면 생명들의 아픔은 방관하면서 말장난을 하고 있는 것에 불과한 것이다. 생명들의 구조는 입으로 하는 것이 아니라 전신의 노력을 바쳐 하는 것이다. 진심을 가지신 분들이시라면 열심히 행하여 주시기를 바란다. 건강에 무리가 되셨을 텐데도 제안서 등을 보기 좋게 출력해 오시며 많은 수고를 해주신 희옥님과 가엾은 생명들을 도우며 살아가시는 목사 형님께도 다시 한 번 고마움을 전한다. 나의 걸음걸음을 푸르른 열정으로 응원해주며 "개식용 금지"를 위해 열심히 운동을 하고 있는 경북 경주의 조희정에게도 이 기회를 통하여 장하다는 말과 함께 고마움을 전한다. 나도 어느덧 60고개. 젊지도 늙지도 않은 어중간한 나이이지만 한계를 벗어나 몸부림치며 살아오느라 이미 바닥이 보여 체력을 버텨나가기 힘겨움을 느끼며 살아간다. 뒷받침 되어주지 않는 체력이 슬프고도 원통하지만 몸부림칠 수 있는 한계가 오고 있음을 인정할 수밖에 없다. 거역할 수 없는 세월의 아픔인 것이다. 반복되는 고통 속에 몸을 던지고 살아가노라니 몇 줄의 글을 쓴다는 것마저도 이제는 너무 힘에 겨운 일이 되고 말았다. 몇몇 아이만 사랑하고 말았더라면 나 역시 이렇게까지 지친 사람이 되진 않았겠지. 너무나도 참담한 생명들의 고통이 나를 돌아볼 여유가 없게 만들었다. 생명들을 구조하는 것은 불법이 아니다. 그럼으로 구조장비도 얼마든지 구입할 수 있다. 물론 장비가 있다하여 움직이는 생명들을 구조할 수 있는 것은 아니다. 한 생명을 구조하기 위해 길게는 1년, 짧게는 며칠간의 시간을 몽땅 바쳐야 하며 배고픔도, 혹독한 추위도, 숨 막히는 더위도, 이 악물고 이겨내야 하고 모습이 한없이 남루해짐으로 모욕적이고 따가워지는 시선도 이겨내야 한다. 구조는 끝도 없는 연장선상이 됨으로 밤을 낮처럼 세워야하는 일들을 끝없이 반복해야 한다. 거울 속에 비친 자신의 모습이 그야말로 유령으로 느껴지는 순간들이 많다. 아름답고 싶고 우아하고 싶은 분들은 절대로 자신을 던지지 못할 것이니 남의 이야기가 될 것이다. 가슴과 몸, 금전적 손실과 혹독한 고통을 함께 감수할 때 진정한 구조가 이루어진다는 것을 기억해 주시기를 부탁드린다. 위의 방법이 불가능하신 분들께서는 몸을 혹사하지 않고 구조할 수 있는 길도 있다. 보호소에서 분양 안락사에 놓여진 생명들에게 새 삶을 찾아주는 것이며, 이웃과 지인들에게 버려지는 생명들을 보듬어주는 것. 또한 생활 정보지 등에 무료분양으로 올려진 아이들을 보듬어 주는 것이다. 한발 나아가 판매되고 있는 아이들을 구해주셔도 되고, 구조해 주고 싶어도 보듬어주실 공간적 한계에 부딪혀 포기하신 경우도 있을 것이다. 그러나 불임만이라도 해주어 생명을 구조한 장소에 데려다 준다면 그것만으로도 길 위의 생명들의 삶에는 크나 큰 도움이 되는 것이다. 견공들은 물론이요, 길고양이들에게는 더욱더 절실한 도움들이 된다. 부디 이들을 도와주시기를…. 각 도시마다 길고양이들에게 먹이를 주고 있는 마음 따스한 분들이 있는 것으로 알고 있다. 좀 더 용기들 내셔서 길고양이 구조틀 하나씩 구입하시고 구조를 기간별로 꾸준히 지속해 주시기 바란다. 구조틀은 서울 하니 동물병원에서 구입하시면 되고 길고양이들 구조는 유기견 구조보다도 더 어려움이 따르므로 틀이 없으면 구조할 수가 없다. 구조 시기는 발정시기가 가장 좋다. 아무 때나 구조하면 자칫 젖먹이 새끼를 둔 어미일 수도 있으니 꼭 발정 울음소리들을 내는 시점에 맞추어 구조해 주시기 바란다. 반려가족만이라도 함께 노력하며 또한 중성화수술을 실천하여 천대받을 생명들을 조금이나마 방지해준다면 길 위의 생명들은 물론이며 나와 같은 사람들의 삶도 조금은 정상화될 것이다.

나의 작은 바람은 시간이 허락된다면 동물들을 위해 보다 사회와 공감할 수 있는 일들에 몸을 바치며 살고 싶다. 세월을 이길 장사가 없기에 지나치게 몸을 혹사하는 지금과 같은 일은 지속적으로 할 수 없음을 이미 몸이 말해주고 있기 때문이다. 아픔을 함께 공감하시는 반려가족 분들만이라도 중성화수술의 전도사들이 되어주어 생명들을 향한 우리들 모두의 간구한 꿈을 이루어 가는데 도움을 주시기를 감히 바란다. 그리고 반려가족 모두가 행복한 삶이되시기를 진심으로 바란다.

전례에 없이 서울시 박원순 시장님께서는 동물복지과를 개설하셨다. 이것은 앞으로 중앙정부의 동물복지정책을 보다 능동적으로 수립해나가는 계기도 될 것이다. 그곳에는 우리 동물가족들의 진심을 다한 노력들이 있어야 할 것이고, 세상이 버린 생명들에게 관심을 가져주신 박원순 시장님께 우리 모두가 큰 절로 감사를 올리며 시장님의 정책에 많은 관심을 가지시고 힘차게 응원해 주실 것을 부탁드린다.

하나를 보면 열을 알 수 있다고 한다. 약자를 돌아보시는 시장님의 마음이야말로 모든 국민이 바라는 인품이 아닐까.

희옥님께 감사드립니다

어느덧 8년이라는 시간이 흘러갔습니다. 오세훈 전 서울시의 개식용 합법화를 저지하고자 서울시청 게시판을 통하여 우리임을 만난 것이….

마치 교학상장(教學相長)을 하듯. 뜨거운 동지애와 동병상련을 함께 하는 짙은 연민으로 결코 짧지 않은 세월을 서로를 격려하고 위로하며 그렇게 지내왔습니다. 또한 어디에서 살아가던 생명 구원을 위해 함께 하자는 묵언의 약속을 가슴으로 교감하며 각자의 자리에서 정녕 세상이 버린 생명들이 구원될 수 있기를 바라며 스스로가 안겨준 사명감을 잊지 않은 채 하나의 길을 걸어온 것입니다. 참으로 고마운 인연인 게지요. 유난히도 길고 혹독했던 겨울! 그 겨울을 지나 초록 잎새들이 숲을 가득 메우는 푸르른 계절에 희옥님과 함께 세상의 신문고가 되기 위해 투혼을 바친 지난 시간들 잊지 않겠습니다. 고통으로 시간이 정지된 수많은 생명들에게 진정 희망이 되어줄 수 있다는 희망을 담은 값진 시간이었습니다. 격조한 시간 속에서도 진심이 닿는 사이는 묵언으로도 충분한 교감이 되는 것이라 여기며 함께 나아감을 느끼고 있었습니다. 뜻은 사람이 세우나 기회는 하늘이 주시는 것이라 하였으니 하늘을 향하여 새벽의 맑음으로 함께 기도하십시다.

우리의 간절한 염원을 하늘이 들어주실 때까지….

갖가지 사연과 함께 나의 품으로 안겨오는 생명들. 꽃이 아무리 예쁜들 이보다 더 예쁠손가.

소곤소곤 무슨 비밀 대화를 나누는 걸까.
무엇이 못마땅한지 한 녀석이 시비를 거는 것 같기도 하고.(웃음)

• 5장 •

세상의 모든 딸들에게 보내는 연서

행복한 가정, 아름다운 사회를 만들어 가는 데는 여성의 힘이 크다. 충(忠), 효(孝), 선(善), 행(行)의 의미를 존중하고 행하면 복(福)된 날로 살아가게 될 것이다. 또한 형체가 다르고 언어가 다르다고 하여 고통받는 동물들을 외면하지 말고 평등한 생명권을 인정하는 따뜻한 마음으로 약자를 배려하는 사랑 가득한 사회를 만들어 주길 바란다. 동물사랑은 인간에 대한 폭력 근절의 희망이며 절대적인 사랑도 함께 가지고 온다.

효(孝)를 세우면 의(義)가 살아나니 인성교육이 더 값질 것이다.

사랑하는 딸아.

하나의 생명이 유에서 무로 돌아가는 순간까지 얼마나 뜻하지 않는 삶의 파도를 타는지 때로는 생의 의지를 상실할 만큼의 힘든 순간도 다가온다. 그러나 그 순간순간마다 용기와 희망이라는 두 단어를 잊지 말기를 바란다.

파괴되고 있는 윤리

1995년 어느 여름날. 이 세상 어느 누구도 불행해 지고 싶지 않을 것이다. 누구나 행복하게 인간답게 살고 싶어 할 것이다. 이러한 우리들이 살아가고 또 만들어가는 세상인 것 같은데 왜 이리 윤리가 파괴되며 가정이, 가족이 너무도 쉽게 무너지고 있는가.

사람을 대신해줄 기계들은 우리를 경탄케 하지만 그런 문화적 혜택 속에서도 마음의 여유로움을 갖춘 사람들은 참으로 드물다. 부처님께서 우리가 사는 세상이 고통바다라 하셨다지. 아침에 일어나 TV를 틀면 밤 사이 일어난 세상 이야기들은 왜 이리도 끔직한지. 특히 저항할 힘도 판단의 기준도 없는 초등학교 저학년 아이를 추악한 욕구의 도구로 삼아온, 진정 죽어 마땅한 경비원 사건은 며칠이 지난 지금도 분노로 살이 떨린다. 감당키 어려운 천재지변, 피할 수 없는 순간적 사고, 이런 것들을 견뎌내기에도 너무나 벅찬 세상인데 인류의 도덕성마저 상실되니 이 세상을 어찌한단 말인가. 너를 어찌 지켜나가야 하는지 너무도 두렵고 무섭고 미안하구나. 너도 언젠가는 어른이 되고 엄마가 되겠지. 아침 뉴스에 나온 너무도 애통하고 놀라운 내용을 너무도 끔찍하지만 몇 가지 적어두려 한다. 네 살 바기 아가를 두고 잠시 슈퍼를 다녀왔는데 그 사이 엄마를 찾던 아이가 베란다에서 추락해 죽었구나. 유아기일 때나 좀 성장한 이후라도 아이들은 사물에 대한 판단력이 없으니 한순간도 방심하여서는 안 된다. 엄마가 몇 가지 일러주는 말 꼭, 꼭 명심하여라.

- 모유 수유: 1년은 먹여야 함. 젖을 뗄 때는 애기가 배고프기 전에 수시로 입맛에 맞는 이유식을 해주어야 함. 젖을 뗄 때는 유두에 아주 쓴 약을 발라 스스로 포기하는 기간을 만들고 기다려 주어야 함. (1주일이 고비) 강제성을 띠우면 아이의 성격형성에 나쁜 영향을 미침. 이유식은 생후 6~7개월부터 야채 등의 잡곡으로 미음을 끓여 소량으로 먹일 것.
- 신생아일 때 아기를 누여놓는 벽에는 액자이든 그 무엇이든 걸어두면 안 된다.
- 2개월 이후부터 침대나 소파에 뉘여 놓은 채 단 몇 분이라도 방치해서는 안 된다.
- 기어 다니며 손으로 무언가를 잡으려할 때 뾰족한 물건이나 보온병 같은 것은 철저히 치워야 하고,
- 걸음을 시작한 무렵에는 의자 종류를 아무 곳에나 두어서는 안 된다. 특히 베란다 부근이나 높은 곳에서는 더욱이 올라갈 수 있는 도구는 절대 두어서는 안 된다.

적어두기 조차 너무 끔찍한 사건(방송에서)이지만 이 세상의 모든 엄마들이 알아야 할 일이기에 적어두련다. 채 돌이 되지 않은 애기를 재워놓고 잠시 나갔다 오니 아가가 없어진 거야. 몇 시간이나 집 안팎을 찾아 헤맸지만 허사였고 근 하루가 지난시간에 세탁기에서 이미 죽음 직전인 아가를 발견되었다. 너무도 놀랍고 끔찍한 일이 아니겠느냐! 누가 그 속에 떨어져 있을 줄은 상상이나 하였겠니. 그러나 유아기 때는

언제나 움직이는 시한폭탄이 될 수 있음이니 잠시도 태만함이 있어서는 안 된다. 아이들의 성장기에 일어나는 크고 작은 사고 등은 대다수 부모의 실수에서 일어나는 일이라는 것을 명심하여라.

- 아이를 동반한 외출 시에도 언제나 아이를 앞세워 걸어라. 아이들 뒤에서 따라오게 함은 곧 사고를 부르는 원인이 된다.
- 도로 곳곳에 있는 맨홀 뚜껑은 항상 움직이는 생명들의 위험한 적이다. 특히 공사장 부근 덮여 있는 듯 보였던 맨홀 뚜껑이 발을 딛는 순간 뒤집혀 생명을 앗아가는 사고. 어느 날 실종되었던 아이들 몇 명이 맨 홀에 갇혀 죽은 모습으로 발견되었고 취객인 어른도 죽음 직전에 가까스로 구조된 적도 있단다.
- 여름철 물놀이 얕은 물에서 아이들끼리 노는 동안 어른들은 먹고 놀고 대화 꽃을 활짝 피우지. 그 재미에 푹 빠져 잠시 방심하는 순간 사랑하는 자녀를 잃게 된다. 뉴스를 통하여 또 이웃을 통하여 직접 경험한 일이다. 심지어 유치원에서 간 실내 수영장에서도 원아가 물놀이 도중 죽어 있었으니 얼마나 위험한 세상이냐 말이다.
- 장난감 총을 겨누며 놀다 각막에 총알이 튀어 실명한 아이들.
- 아빠의 라이터를 가지고 놀다 폭발하여 화상을 입은 아이들.
- 생후 10개월 때 높은 계단에서 굴러 떨어져 평생 등이 굽은 채 살아가는 사람들도 있다, 이들이 다 운명에 의해 이렇게 된 것일까. 아니란다. 엄마의 생각은 이러하다. 개인의 편안함만 추구하는 이기적이고 무책임한 성향들이 빚어내는 어른답지 못한 사회가 만든 사고라

고 생각된다.

• 둘만의 자유로운 사랑을 위해 부모를 멀리하고 나의 편리성을 추구하며 자식을 돌보는 책임을 소홀히 하는 탓이다.

• 아기는 엄마의 뱃속에 잉태되는 그 순간부터 엄마의 마음가짐 몸가짐 식습관 이러한 것들에 영향을 받는 것이니 그 순간부터 엄마는 더욱 반듯하여야 한다.

• 언제나 몸가짐을 단정히 하고 올바른 식습관으로 아가를 배려하여야 한다. 우선 먹기 편하고 입에 달다 하여 인스턴트 식품과 외식을 즐기면 아가는 물론 그 모든 사람에게도 비만과 심한 성인병을 부르는 주범임을 명심하여라. 특히 태중에 엄마가 이러한 음식을 가까이 한다면 결과는 건강은 물론이고 알레르기 체질로 태어날 확률이 70퍼센트 이상이다.

어찌 당부하고 싶은 일들이 이것뿐이겠니. 딸아! 세상은 아름다운 곳이지만 너무나도 두려운 곳이기도 하단다.

생명을 위협하는 맨홀

맨홀은 우리가 살아가는 도심의 무덤과도 같다. 취객이 맨홀에 빠져 목숨을 잃고 말 못하는 생명들이 맨홀에 빠져 목숨을 잃는다. 사람은 살려 달라 소리를 칠 수 있지만 동물들의 소리는 사람의 무관심에 묻혀 가기에 또 하나의 고통사로 이어진다. 이익이 우선이 되어 한 치 앞 미래를 생각지 않는 무책임한 자들의 공사는 언제나 억울한 누군가의 목숨까지 앗아가고 있건만 공무원이라는 실무자들의 감시는 어제도 오늘도 게으르기 그지없다.

우리들 생활에 필요한 많은 요소들이 맨홀 속에 가려져 있으니 우리는 참으로 놀라운 기술에 경의를 표해야 마땅하다. 그러나 책임감이 사라진 듯 안전 불감증으로 이어지는 양심은 눈앞의 이익만을 좇아 사회의 불행을 키운다. 부실공사는 결국 국가에 막강한 손실을 가져오는 것이며 국가의 손실은 부메랑이 되어 나의 손실로 돌아옴을 알아야 할 것이다.

몇 년이면 도로가 주저앉고 교각이 무너지며 반짝이며 빛을 발하던 빌딩이 무너진다. 시공을 하시는 분들에게는 아마도 나라도 없고 자손도 없는가 보다. 수백 년을 어떠한 홍수에도 밀려나지 않고 굳건히 그 자리를 지키는 충북 진천의 돌다리(동네 이름이 생각나지 않음으로) 그냥 자연석 돌다리라고 해야겠다. 농다리라 들은듯하다.

과학적 힘을 빌리지 않았어도 국가와 후손을 위한 책무와 사랑에 진심을 담으셨기에 오늘날 그 가치가 살아나는 것이며 우리는 그 진정한 가치를 교훈삼아 살아가야 할 것이다. 과학적 기술이 아무리 뛰어난들 무슨 소용이 있을까. 넘치는 욕심으로 양심이 죽은 어른들이 난무하는 세상은 너희들에게 남겨줄 근원이 되는 유산이 없다. 진심을 담은 그날의 노력으로 흘린 땀이 참으로 아름다운 역사를 만들어 가는데 구슬 같은 끈이 되어야 하건만….

지혜는 세계를 지배할 수 있는 막강한 힘을 준다라는 말이 있다. 지식은 머리에서 나오지만 지혜는 가슴에서 나온다 하니 우리 모두가 따뜻한 가슴에서 나오는 지혜를 담아 아름답고 행복한 사회를 만들어 가는데 일조를 아끼지 않았으면 싶다.

맨홀과도 같은 농수로, 야생동물은 물론 자신이 처해있는 상황을 표현할 수 없는 모든 살아 있는 생명들에게 사지(死地)가 되어있는 농수로 나밖에 모르는 이기적인 양심을 그대로 드러내 보이는 예가 아니겠는가. 그 길고긴 수렁을 만들며 간단한 출구조차 내야함을 모르는 것은 과학도 아니요 문명도 아니요 양심도 아닌 어리석은 인간의 표본이다.

자신들이 만든 농수로가 자신들에게 늪이 되고 자신들이 소홀히 한 맨홀이 자신들의 생명을 앗아 간다면 그들은 그래도 억울하다 말을 할 것인가.

지도자가 무책임한 나라

보필자들이 무능한 나라

진정한 애국자가 없으니

나라의 미래가 보이지 않는다.

(도로의 맨홀 공사 시 열려 있는 뚜껑으로 사람들과 동물들의 목숨을 위협받으니 각별한 지도감독을 내리시길 바랍니다. 또한 농수로의 피난 출구를 조속히 세워주시기 바랍니다.)

엄마는 때론 명의가 된다

며칠간 아기가 감기로 시들하였다. 예방접종일이 자꾸 늦어져 불안하였기에 감기증세가 다소 가라앉는 듯하여 보건소로 향했고, 보건원은 아가를 살펴본 후 가능하다며 접종해준다.

그런데 웬일인가.

이른 저녁부터 심하게 보채며 열이 오른다. 밤새 세 번의 심한 구토를 하였고 아가의 얼굴이 상기될 만큼 열 또한 더욱 오른다. 밤을 새운 채 날은 밝아왔고 여전히 심한 아가를 안고 소아과를 찾았다. 엄마의 설명에 더 큰 비중을 두는 듯한 의사의 진료가 끝난 뒤 뜻밖의 벼락을 때린다. 뇌막염 증세가 있으니 큰 병원을 가라한다. 떨리는 가슴을 가까스로 지탱하며 대학병원 응급실에서 검사를 할 수밖에 없었다. 놀라 달려온 아빠의 표정은 당혹함으로 일그러져 있고, 상상하지 못한 고통이 따르는 검사에 아가는 자지러질듯 울어대고 난 내 아가의 고통을 바라보며 거의 내 정신이 아니었다. 울며 날뛰는 우리 모녀를 지켜보는 아빠는 또 얼마나 아팠을까? 5시간 정도에 걸친 검사를 끝내고 아기는 입원실 침대에 누워 있었다.

아! 이 무슨 아픔이란 말인가.

천사 같은 나의 아가에게 왜 이토록 무서운 아픔을 주시는가. 아무리 생각해보아도 납득할 수 없는 이 두려움 앞에서 주체할 수 없는 눈물만 닦아 내릴 뿐 내가 무엇을 어떻게 해야 하는지 막막하기만 하였다. 혈관을 찾기 위해 아가의 꽃잎 같은 살을 이곳저곳 찔러대는 간호사 약속한 사람은 손등에다 링거를 꽂아 놓은 채 일절 모유조차도 먹이지 말라 한다.

고통의 시간 금, 토, 일, 그 사흘이 흘러가는 동안, 엄마의 눈에 관찰된 아가의 모습은 정말 도저히 그런 끔찍한 병균이 있다라고는 믿어지지 않았다.

눈동자의 촛점이 저리도 맑은데!

절망의 고통 속에서 절대 아니다라는 확신에 가까운 의구심과 함께 월요일 아침을 맞았다. 인턴은 과장에게 검사 기록을 보고해야 한다며 다시 검사를 위해 아가를 데려가겠다고 한다. 순간 어디서 그런 확신이 생겼을까? 과장님이 회진하여 현재의 아이 상태를 관찰한 후 결정을 하겠다며 재검사에 응하지 않겠다고 완강히 거절을 하였다. 간호과장까지 달려와 아가에게 위급한 상황이 생길 수도 있다며 화를 내기까지 하는 과정을 포기시키며 과장님의 회진을 기다렸다. 드디어 과장님의 회진 시간. 아이의 발바닥을 손으로 튕겨보고 다리를 들어 던지듯 놓기를 몇 번 반복하며 나를 보며 환하게 웃으신다. 아주 "잘~ 키우셨네."라고 하며 감기증세가 있을 때 예방접종을 하여 생겨난 열과 구토라며 퇴원해도 좋다고 하신다. 뛸듯이 기뻤다. 다음날 퇴원을 하였고 엄마의 느낌이 헛되지 않았다는 것, 그래서 우리 아가가 그 고통스러운 검사를 다시금 받지 않아도 되었다는 것, 너에게 다시 젖을 물리며, 아빠와 엄마는 기쁨으로 서로의 손을 꼬옥 잡았단다. 겪는 순간은 매우 힘들었지만 그 순간에 우린 감사드린다. 부모의 어리석음과 철없음으로 성장과정 동안 생겨날 수도 있는 크고 작은 두려운 일들 중 매우 중요한 것을 일찍 경험하게 되었으니 앞으로의 육아에 많은 도움이 되리라!

문득 이런 생각을 한다. 아이가 태어나는 그 순간의 산고의 고통은 시작을 알리는 짧은 경종일 뿐이라고…. 작지만 우리들만의 보금자리로 돌아와 다시금 가족애의 소중함을 느껴본다.

다리를 쭈욱 뻗고 잠든 남편의 모습이 한없이 평온해 보이고 기지개를 쭈욱 쭈욱 키며 소록소록 자고 있는 너의 모습 또한 엄마의 마음에 더할 나위 없는 평온함으로 휴식과 행복을 준다.

곳곳이 위험으로 가득한 세상. 나의 딸이 온전한 삶을 살아가게 되기를 이 밤도 하늘의 달님과 별님에게 빌어본다.

모두가 고마움뿐이다.~~~

이웃에서 일어난 슬프고 놀라운 이야기

1992년 9월. 9월은 참으로 하늘이 청명하다.

부는 바람마저도 맑고도 깨끗한데….

이 감사한 계절 앞에서 엄마는 너무도 슬픈, 두렵고도 놀라운 사건 하나를 기록할 수밖에 없는가에 서글픔을 느낀다. TV 보도를 통하여 수없이 듣는 이 사회의 패륜적 사건들이 바로 가까운 이웃에서, 또 눈이 마주치면 반가운 인사를 나누던 사람으로 인해 생겨나다니 참으로 가슴 떨리는 일이구나. 아름답고 건강한 이야기들을 우리 딸에게 남겨주고 싶은데 그러하지 못함이 정말 미안하다.

2년이 되었구나. 그 두 남매와 엄마가 아주 가까운 이웃이 된 지도. 늘 조금은 들떠 보여 젊은 세대가 가지고 있는 특성이거니 하였을 뿐, 너무도 열심히 살아가는 20대의 평범한 직장인들이었기에 밝고 활달한 성격 또한 거부감을 가질 필요성이 없었다. 한 달쯤 전 아파트 여고생 하나가 가출하였다는 소문이 돌고 알고 보니 그 여고생 또한 얼굴을 기억할 수 있는 이웃집 학생이었다. 아주 예쁘고 귀여운 여학생. 며칠 전, 눈부신 청명한 하늘을 올려다보며 두 팔이 묶인 채 끌려가는 그 남매 중, 오빠를 보았고 여고생 납치범이 바로 그 청년이었음을 알게 되었다. 세상에나! 그 놀라움. 신고하면 모두가 죽는다는 협박이 두려워 친구 집으로 도망치듯 몸을 숨긴 여동생 손발이 묶인 상태에서 엄청난 추행을 당한 그 고운 여학생은 정신분열 증세를 보여 정신병원에 입원을 하였고 그 부모는 정신없이 어디론가 이사해버렸다. 한 달만에 일어난 변화무쌍한 일들. 어제 저녁 짐 정리차 들렀다며 좀 더 관심으로 지켜주지 못한 것이 후회가 된다며 남매의 이모님은 한없는 눈물을 흘린다. 부모의 이혼 후 친척집을 전전해오던 남매의 삶은 결국 다시는 피워볼 수 없는 삶이 되고 말았다. 후회의 눈물을 흘리며 지낸단다. 어떤 위로의 말을 해주어야 하는지 그저 손을 잡아주었을 뿐 아무 말도 나오지 않았어. 그 가치 있는 젊음이 한순간의 욕망을 이기지 못하여 조각나 버렸으니. 언제나 웃음으로 인사를 나누던 사람이 패륜자라니 어떻게 이 시대의 우리 아이들을 지키며 살아가야 할까. 한 달 사이에 일어난 이 일들은 평생을 잊히지 않을 악몽이 될 것이며 보다 신중할 수 있는 교훈도 될 것이다. 본인의 의지와 상관없이 일생동안 씻을 수 없는 충격과 상처를 입은 그 예쁜 소녀가 하루라도 빨리 악몽을 씻어 내버리고 평범하고 고운 여성으로 살게 되기를 엄마도 기도라도 해주려 한다. 또한 어리석음과 철없음으로, 또는 불우한 환경에서 자신을 추스르지 못하여 인생에 크나큰 오점을 남긴 청년이 온전한 속죄를 하여 다시금 건실하게 살아가기를 빌어주고 싶다. 죄는 밉지만 사람까지 미워하기에는 청년의 유년기가 너무 가엾다. 이혼이 불가피한 경우가 될 수도 있겠지만, 자녀를 방치하고 방관하는 것은 이혼보다 더 큰 죄다.

세상의 모든 딸들이 자라 이 세상의 온갖 파도를 경험하며 살아갈 것이다. 참으로 아름답지만 그 아름다움 뒤에는 험난한 가시밭길이 있다는 것을 잊지 말아라. 부모가 단정한 삶을 살면 너희들의 자녀도 단정할 것이다. 학문을 높이 쌓아가면서도 인간의 도리를 가벼이 여겨

점점 이기적이고 사악한 세상이 되어가고 있다. 세상을 지배하는 것은 남자이고 그 남자를 지배하는 것은 여자이라는 말이 있다. 여기서 말한 지배는 군림이 아닌 조화, 조율, 즉 엄마의 사랑이 세상에서 가장 아름다운 것이니 그 모성적 본능으로 사회를 지배하는 남성들의 이성적 판단의 가치를 높여 주라는 것이다. 나밖에 모르는 이기적인 사람은 결코 사회적 조화로움에 덕이 되지 않으며 배움의 가치를 행하지 못하는 사람이다. 언제나 삶을 당당함으로 살아가되 약자 앞에서 더욱 따뜻함과 겸손함을 갖출 수 있는 사람. 약자를 보호해 주어야하는 의협심 또한 있어야 한다. 그런 사회가 이루어진다면 세상의 평화는 온다. 선의적 경쟁과 발전만으로도 세상은 충분히 나와 사회를 성장시킬 것이고 너의 존재감을 아름답게 지켜나가게 될 것이다. 우리 세상의 모든 딸들이 남자를 보필하고 자녀들을 양육하면서 참으로 사회의 모든 정서는 나로부터 시작됨을 각인하여 주길 바란다. 사회가 아름다워야 나와 내 가족이 행복한 것이다. 이것은 결코 어렵고 난해한 숙제가 아니며 나로부터라는 의식 속에서 성실히 맡은바 책임을 다하고 정직함으로 하고자 하는 일에 최선을 다하며 살아가면 되는 것이다. 이웃이 행복하여야 내가 행복한 것이다. 우리 딸 너무도 사랑해.~~~

파괴되는 환경이 아프다

두려운 세상, 1996년 여름 어느 날. 때론 아름다움도 있지만 험난하기만 한 이 세상에서 조금은 온전한 모습으로 살아가려면 자기 자신이 가지고 있는 역량이 중요한 것 같다. 엄마가 우리 주연이만 했을 때는 어디를 가도 맑은 물, 맑은 공기가 있었는데 지금 이 시대는 기계문명의 발전으로 자고 나면 편리한 제품들이 깜짝쇼를 하며 각자의 두뇌를 뽐내고 있지만 환경은 최악에 가까울 정도로 오염되어 어디서부터 손을 써야 정화가 될 것인지 전문가들도 답을 찾지 못하니 안타깝기만 하다.

자연과 인간을 보호하는데 기대를 걸어보는 개발과 발전이라는 것은 그 언어가 무색하리만큼 시간이 조금만 지나면 사상누각(砂上樓閣, 모래위에 집을 짓는 것과 같다는 뜻)을 가져오는 결과가 많으니 아무런 보탬도 되지 못하는 엄마는 우리 딸이 자라날 이 지구가 이토록 병들고 있음이 때때로 두렵기까지 하여 가슴이 심하게 뛴다. 이 모두가 우리 어른들의 무책임에서 비롯된 결과인데 아마 대다수가 우리가 행하며 살아온 일들이 이토록 잘못된 것인지를 잘 몰랐을 것이라 생각하고 싶구나. 엄마도 몇 년밖에 되지 않았거든. 자연 환경을 파괴시키는 일상들이 바로 우리로 인하여 이어지고 있다는 사실들을…. 이제 부터라도 각자 어른다운 생각과 행동들을 하여 책임 있게 살아간다면 정말 우리 모두의 후손들이 건강한 삶을 누리도록 큰 기여를 할 수 있는데…. 생각만 가득할 뿐 방법을 찾을 수 없는 엄마는 너희들 세대에게 용서를 빈다. 아마 무엇이든 줄이기 운동 실천만 하여도 조금은 환경

운동에 도움이 되리라 본다. 자원을 아낄 수 있는 불끄기, 수돗물 아끼기 운동부터.~~ 음식쓰레기 줄이기 등 재활용 분리수거를 확실하게 하는 것은 환경에 정말 큰 도움이 될 것이다! 자녀들 사랑한다고 값진 옷 사서 입히고 피자, 치킨 사다주며 응석 받들지 말고 엄마들은 분리수거로 환경을 지켜나가는 것이 자식 사랑임을 알아야 한다. 각자가 해야 할 의무는 게을리 하면서 무슨 일이 있을 때마다 남탓만 하고, 나라 탓만 하며 환경만 탓해서는 결코 내 자녀에게 덕이 되지 않는다. 또 산을 찾는 사람들이 산에서 음식을 지어 먹는 것은 환경을 더럽히는 이유가 되며 본의 아닌 순간의 실수로 너무도 많은 자원의 손실을 가져 오게 한다. 자신들의 자손이 살아가야 할 아름다운 자연을 훼손시키고 죄 없는 생명들의 터전을 파괴하며 수천 수만 명의 목숨을 화마 속으로 몰아넣는 결과를 낳는다. 조금만 깊이 생각해보면 충분히 예방할 수 있는 일이지 않을까!'

잠시 다녀오는 등산길 도시락이면 충분한 것을. 하루 금연하면 될 것을. 큰 것을 위하여 작은 것을 포기 하지 않으니 어른들이 가진 생각이 그릇되어 있는데 아이들에게 어찌 어른 말씀 잘 들어라고 말을 할 수가 있겠는가! 늘~ 조금씩 걱정이 되지만 요즈음 며칠 엄마의 마음이 정말 우울하고 근심스러워. 너무도 기막힌 사건을 뉴스를 통하여 알게 되었기 때문이야. 소녀 가장 성폭력, 부모를 여위고 할머니와 살아가는 가엾은 소녀를 한 마을에서 서로를 잘 아는 아저씨들이 성폭행을 하였단다. 결국 소녀는 자살을 하려고 농약을 먹었고 그 파렴치한 남성들은 죄값을 치르기 위해 수갑을 찾더구나. 순간의 실수? 그런 변명을 하기에는 그들은 너무 어른이고 상대는 너무도 어리고 나약한 아이였어. 그래서 엄마는 너무도 화가나. 우리 딸이 소녀 가장이란 말을 이해할 나이가 되면 성폭력이란 말의 의미도 조금은 알게 될거야. 그때 이러한 사건을 어떤 방법으로 전해 주어야만 옳은 것이 될까? 세상은 경계하여야 할 것이 너무 많으니 정말 즐겁지가 못하다 엄마는 우리 딸에게 이름을 떨치기 위해 열심히 배우라는 소리는 하지 않아. 그러나 어리석음을 면하기 위해서는 사람답게 살기 위해서 열심히 모든 면의 지식을 쌓는데 소홀함이 없어야만 한다고 말해주고 싶어.

엄마의 말 꼭 가슴에 간직하고 실천하도록 노력해다오. 언제까지나…. 엄마는 배움이 적어 그럴듯한 교육론을 남기지는 못해. 하지만 자식을 사랑하는 엄마의 가슴으로 얘기한다면 어느 누구에게도 뒤지지 않아. 사랑하니까 너무도 사랑해서 그냥은 못 떠날 것 같으니까. 이렇게라도 엄마의 마음을, 세상의 경험들을 적어가고 있는 거야. 엄마의 사랑은 교육도 될 수 있으니까. 젊은 날에 비추어지는 세상은 어른만 되면 하고자한 모든 일을 다 이룰 수 있고 달콤하고 아름답게 느껴지는 것이다. 그럼으로 나막신을 신고 얼을 판을 들어섬이 얼마나 무모하고 위험한지를 알지 못한다. 무모함속에서 지혜도 얻으니 기쁨과 슬픔 모두를 맛있는 비빔밥으로 만들며 살아가라는 것이다. 그러고 보니 우리 딸이 좋아하는 음식도 비빔밥이구나!(웃음) 금상첨화로 조화를 이루며 잘 융합해 나갈 것이라 엄마는 믿는다. 많이 고단하고 힘들 때는 엄마가 남긴 글과 길동무하며 쉬여가기를 바라는 엄마의 마음이란다. 우리 딸 사랑해.

나누면 배가 되는 사랑! 길 잃은 장애학생에게 집을 찾아주었다

오랜만에 남편의 솜바지를 사러 시장을 가고 있었다. 바삐 걷고 있는 나의 눈에 어눌한 말투로 길을 묻는 남학생의 모습이 들어 왔다. 방학임에도 교복을 입은…. 누군가의 친절한 안내를 받고 그 학생이 돌아서는 순간 정상적인 물음이 아니라는 느낌이 들었고 왠지 그냥 보내면 안될 것 같은 생각과 함께 황급히 발길을 돌려 그 학생의 발걸음을 멈추어 세웠다.

세상에! 쉴 사이 없이 횡설수설. 자신의 집 전화번호와 본인의 이름 외에는 아무것도 모르는 심한 자폐아였다. 추어서 꽁꽁 언 손을 녹여주기 위해 포장마차 집으로 데려가 김이 피어오르는 오뎅과 순대 한 접시를 먹이며 차분히 달래가며 얻어낸 전화번호 그 학생을 만난 세 시간 후에야 가족과 연결이 되었고 단짝인 이웃집 친구를 딸려 내보냈는데 몇 시간 뒤 잃어버렸다는 친구의 연락을 받은 가족은(할머니와 외숙모) 이곳저곳 갈만한 곳을 수색하며 파출소 신고를 하며 찾아 나선 것이었다. 집안 사정상 부모와 떨어져 외할머니와 함께 사는 장애아였고 짧은 시간이지만 하늘이 무너졌다는 할머니의 모습은 애간장이 다 녹아내린 듯한 모습이셨다. 고맙다는 인사를 수도 없이 하시고.

얼마나 다행인가. 무언가가 부족한 듯한 사람에게 관심을 가진다는 것은 언제나 우리들의 생활이 되어야 한다고 주장하는 나의 생각이 옳았음을 다시 한 번 기쁘게 느껴본다. 물론 나의 관심이 아니더라도 그 학생은 어떤 경로로든 가족을 찾았을 것이지만 그러나 반대가 될 수도 있다. 그 아이의 남은 생이 그야말로 예측할 수 없는 고통으로 채워 질 수도 있는 것이다. 장애인뿐 아니라 모든 청소년들에게 우리 모두가 조금만 더 어른의 책임감으로 관심을 가져준다면 또한 본능적 모성으로 생각해본다면 그 몹쓸 유괴와 실종도 많이 줄일 수 있을 것이다. 그 책임 있는 마음들이 인간은 물론 말을 못하여 안타까운 생명들에게도 이어진다면 우리들이 살아가는 이 세상은 맑고 깨끗한 공기로 가득 찰 것이다. 관심과 사랑은 인간을 비롯하여 살아 숨 쉬는 모든 생명들에게 명약과 보약이 되지 않을까?

짧아지는 교복 길이

미모 지상주의가 사회를 어둡게 하는데 한몫을 한다. 초미니, 과다노출, 이는 분명 청춘의 아픔과 눈물이 되고 독이 되고 있는데 이를 견제할 수 있는 부모도 교육도 손을 놓고 지낸다. 어떤 부모는 자녀의 미모 지상주의 사상을 더 부추기는데 한 몫을 하기도 하고. 딸의 복장인지 엄마의 복장인지 나란히 걸어가는 모녀의 뒷모습은 초미니로 과다 노출이 되고 있다. 가려짐 속에 묻어나는 아름다움 이 사라진 세상. 애꿎은 젊은이들의 감성들이 병들어 가고 죽어간다.

자유분방함에서 얻는 교훈도 있겠으나, 이대로의 교육은 득보다 실이 많다. 날로 증가되는 성폭력 범죄의 처벌강화들을 외쳐댄다. 마땅히 그렇게 되어야 하는 사항이다. 그러나 그보다 더 시급한 것이 과다노출로부터 시작되는 분별의식을 마비시키는 오늘날의 성문화가 아니겠는가! 올바른 몸가짐에서부터 올바른 생각이 생겨나는 것이다. 유치원 학습에서부터 다시 이루어져야 할 과제라고 생각한다. 요즘 들어 교복 스커트의 길이를 줄이고 싶다며 보채는 우리 딸.

사랑하는 내 딸 주연아! 이러한 엄마의 생각을 두고 구시대적 생각이라며 반항도 하고 서운해도 하지만 엄마의 생각은 변할 수가 없음을 이해해주렴, 우리 딸은 한문을 잘 아니 견물생심(見物生心)의 뜻 또한 알고 있으리라 믿는다. 우리 예쁜 딸! 지금 그대로가 너무 예뻐!

보석으로 다듬어지는 빛나는 성장 시기. 값지게 채워나가자.

한주연 파이팅.~

세상의 모든 딸들에게
-생명의 탄생 앞에서

1991년 1월 2일 새 날이 막 시작되었을 때 으아 앙! 건강한 울음소리를 들을 수 있었다. 6시간의 진통 끝에. 어떻게 그 순간의 감격을 몇 마디의 글로 표현할 수가 있을까. 마치 온 인류가 엄마를 축복해주는 것 같았지.

온통 빨간 몸에 까만 머리 그 축복받은 생명의 탄생이 엄마의 생에 가장 큰 기쁨의 선물이었다.

처음 마주하는 순간 너의 모습을 좀 더 정확히 담아두려고 온몸이 바스라질 듯 한 고통도 잊은 채 엄마는 온 힘을 눈으로 모아 보고 또 보았단다. 큰일을 해냈다는 뿌듯함 속에 나른하게 퍼져오는 그 행복감이란 엄마가 되어보지 않고서는 모를 것이다. 나날이 새롭게 변화되는 모습이 경이로워 그 모습이 너무도 어여뻐서 사랑하고 또 사랑하느라 긴 잠을 이루지 못해도 꾹꾹 눌러 참아낸 하루하루의 삶이란 무게에 온몸이 욱신거려도 삶이 온통 행복의 꽃밭이었던 시간들. 온 가슴 내어주던 엄마의 젖먹이 아가가 일곱 살이 되어도, 열일곱 살이 되어도, 성인이 되어도, 그 순간의 사랑과 희열 가슴에 가득 채우고 거친 세상의 언덕 언덕을 고요히 걸어올 수 있었다.

사랑하는 나의 딸아!

이토록 눈부신 봄날처럼 부모의 사랑은 따사롭고 단풍서리처럼 곱게 물들여주는 사랑이란다. 즐기며 할 수 있는 일을 찾아 열심히 성실하게 열정적으로 살아가거라. 그래서 능력을 키워라. 그 후 필요한 사람들에게 도움을 주는 사람이 되어라. 엄마는 우리 딸이 그렇게될 수 있도록 우리 딸 주변의 습한 공기를 정화시키며 살아 갈 것이다. 이것이 엄마의 사랑이고 바람이란다.

세상의 모든 사물들은 세월 앞에서 노화되고 부패되어 사라지지만 부모가 살아가며 남긴 발자취와 사랑은 영원히 사라지지 않는 것이다. 너희들은 이렇게 너무 깊고 넓어 손으로 주어 담을 수없는 부모님의 사랑이라는 풍경 속에서 덜 익은 인생이란 걸 달콤한 과즙처럼 마시며 그렇게 엄마의 사랑베개 베고 누워 세상을 익히고 다지며 살아온 것이란다. 그런데 말이다. 사람이 가진 이 무한하고 따뜻한 사랑 속에서 인정에 목이 말라 검게 삭은 애간장이 누더기가 되어 살아가는 생명들이 무수하고 그들은 우리와 겉모습만 다를 뿐.

우리네가 가진 같은 감정과 감각을 지닌 생명이라는 것이다. 우리들이 또 하나의 사랑으로 보호하고 보듬어 주어야 생명들임을 알아야 한다. 동물을 이방인으로 생각지 말아라. 세상의 모든 어머니들은 목숨을 담보하며 너희들을 사랑하며 지켜왔듯이 사람과 다른 모든 생명들 또한 자연의 품속에서 또는 황무지의 삶속에서 너무도 애절하고 처절한 사랑으로 새끼를 사랑하고 지켜가며 가족을 귀하게 여기며 살아가느니라. 너희들의 사랑이 이 생명들에게 염불이 되고 복음이 되어지도록 힘을 모아 노력해 주었으면 한다. 자신을 해치려는 자가 아니면 먼저 사나움을 가지지 않으며 맹목적으로 인간을 따르고 의지하는 생명들임을 믿어주어야 한다. 그 생명들을 돕는다는 것은 꼭 함께 하는 것만이 아니며 그들을 향한 세상의 그릇된 제도를 바로잡는 것이다. 이 책 속에 담아진 모든 글들은 그들의 아픔을 소리낸 것이니 그 의미들을 다시 한 번 곱씹어 느껴보며 세상 무엇과도 비유될 수 없는 사랑 그 위대한 모성애를 나누어 생명들의 눈물을 닦아주라는 것이다. 모성은 너무 거대하고도 아름다워 그 어떤 악취도 향기로 거듭나게 할 수가 있는 것이기 때문이다. 그러하기에 열 달을 품어 육신이 찢어질듯 한 산고를 겪으며 위대한 사랑을 이루어낸 세상의 어머니인 너희들이 그들의 삶에 관심을 가지야 한다는 것이다. 절대 앞서 등돌리지 않는 영원한 충직함을 가지고 있다. 내가 영화로워도 내가 가난하여도 언제나 변함없는 마음으로 주인을 사랑하고 보호한단다. 때로는 큰 목소리로 주변의 두려움을 예고해주며 주인을 위해 목숨도 기꺼이 던지는 갸륵한 생명들이다. 주인의 희로애락을 함께 느끼며 내가 어떤 위치와 어떤 상황의 자리에 서 있던 한결같은 편안한 친구가 되어준다. 인생이 행복할 수 있는 또 다른 하나의 가치와 여유롭게 쉬어가는 쉼표를 선물해주는 생명들이다. 세상의 모든 딸들아! 나는 너희들을 너무도 사랑한단다. 그러하기에 세상의 혼탁하고 습한 공기를 정화시켜 주고 싶다.

하늘 아래 명당 사계가 있는 아름다운 이 땅에서 이제는 그토록 끔직하고 잔인한 살육이 자행되어서는 안 되는 것을 너희들이 알아야 하며 나의 행복을 지키는 진리 중의 하나는 다른 생명의 존엄성을 지켜주는 것임을 알아야 한다. 야생동물에게 가장 잔인한 형벌은 인간에 의한 횡포를 피해갈수 없는 것이다. 그토록 잔인한 올무의 고통과 그토록 잔혹한 사냥총부리로 그들의 삶의 영역을 갈가리 찢어놓고 침범하는 비정한 사람들의 양심.

그것도 모자란 듯 사람 손에 길들여진 여리고 충직한 반려동물들마저도 소수의 잔인한 포악성을 가진 자들로 인하여 너무도 끔찍한 방법으로 고통을 당하고 있다. 세상을 지배하는 것은 남자이고 그 남자를 지배하는 것은 여자다. 여성의 도리를 다하지 않은 채 남자에게 목소리를 높이라는 것이 아니라, 남성들과 함께 하는 모든 삶을 포용하고 배려하며 미처 남자라 느끼지 못하고 생각지 못하여 그릇되어지는 일들을 바로잡아 나가라는 것이란다.

자녀를 위한 희생을 행복이라 여기는 어미, 남편이 힘들어 할 때 두 손 마주잡고 힘이 되어주는 아내, 나의 자식이 귀하듯 내 자녀의 친구를 귀하게 생각하는 마음, 나의 아빠 엄마가 소중하듯 남편의 부모님 또한 소중하게 생각하는 마음, 위의 말은 결코 불가능한 일이 아니니 이러한 마음으로 나의 행복을 위해 열심히 살아가는 여성이 된다면 가정도 사회도 행복은 보장될 것이다. 그리고 사람도 사랑하고 살기 힘겨운 세상 동물을 사랑하라 한다고 의문 갖지 말고 너희들이 가진 능력을 나누어 주며 사람이기에 지니고 행할 수 있는 양심과 지적 논리에 맞는 그런 세상을 모든 딸들이 함께 이루어주기를 바라는 것이다. 누구나 나누어야 하는 이해와 배려이며 누구나 나눌 수 있는 사랑이란다.

티 없는 맑은 눈동자들을 마주하며 '너희들 세상 바꾸어줄게'라며 겁 없이 언약하였던 그 무모함으로 나의 조그마한 품에서 행복해 하며 그렇게 기쁨에 차서 웃고 노래하는 생명들이 무수하였으니 이들을 사랑하노라 마음으로 빚을 진 가족에게도 좋은 세상을 이루었음을 보여주며 행복하게 살아가고 싶다. 또한 더없는 사랑으로 세상의 모든 딸들을 위해 기도하며 그렇게 노년을 맞이하고 싶다. 세상에서 가장 귀한 보석은 내 사랑으로 약자가 행복을 얻는 순간이 됨을 세상의 모든 딸들과 함께 인지하며 살아가게 되리라 믿으면서….

[추신]

가장 천대받는 사회적 약자인 동물들을 도울 수 있는 길은 그들을 향한 국가정책이 바르게 선행되도록 관심을 가지는 것이다.

동물들을 향한 충동적 발로만을 앞세워 가족을 이룬 후, 수가 늘어나는 심각성을 깨닫지 못한다면, 결국 사회적·생활적 한계를 뛰어넘지 못하여 본인은 물론 죄 없는 생명들에게도 지옥을 안겨주게 된다. 그로 인하여 양육하고자 했던 본래의 의지마저 잃게 되는 것이다. 오늘날 사회적 문제로 대두되고 있는 동물고아들의 증가 역시 바르게 확립되지 못한 정책의 문제점이 크다. 그러나 더욱 근본적인 문제는 책임지지 못할 생명을 번식하는 사람들에게 있다. 약자를 돕는 길은 나를 더욱 바르고 열심히 살게 하는 원동력이 되는 것이니, 모두가 이러한 문제들을 조화롭게 해결하는 데 힘을 보태는 사람들이 되었으면 한다.

나 이렇게 살고 싶다

햇살이 잘 드는 동산 아래 아담하고 소박한 나의 집.

살아있는 모든 생명들에게 약이 되는 송림으로 담을 두르고, 뒷산 푸르른 숲에서 들려오는 맑고 청아한 산새 소리로 눈을 뜨며 아침을 맞이하고 싶다.

밤새 엄마를 기다렸다며 휘감는 녀석들의 보챔에 화답하고 은은히 다가오는 풀꽃향기로 계절을 품으며 그렇게 하루를 열어가고 싶다.

행복하다고 합창하는 아이들의 노래 소리, 나의 노래 소리와 뒤섞여 빨래처럼 담장에 걸어 놓은 채, 고뇌하던 지난날을 회상하고 이제는 그토록 두려워하던 생명학대가 사라진 평화의 세상을 이루었노라 행복해 하며 그렇게 살아갈 수 있다면, 나의 삶은 싹을 틔우는 씨앗이 되리라.

하루하루를 작은 탁자 위에 빛깔고운 대추차 한 잔 올려놓고, 아름다운 시집의 책장을 넘기며, 따스한 햇살 아래 천방지축으로 뛰어놀다가 지쳐서 졸고 있는 나의 사랑스러운 멍이와 양이들. 옹알이와 함께 웃음 지으며 꿈결 같은 하루를 마무리 하고 한없는 맑은 바람 불어오는 둥지에서 지나온 곡예사와도 같았던 나의 세월들을 글과 노래로 승화시키고 싶다. 어여쁜 손주를 품에 안고 환한 웃음 지으며 다니러 온 사위와 딸에게 건강한 웰빙 식탁을 선물해주며, 나 그렇게 평온함 만끽하며 살다가 떠나고 싶어라.~

수없이 하늘을 우러러 소원하였던 많은 분들의 피눈물과 분노의 함성이 고난 속에서 살아가던 생명들에게 명약이 되었음을 감사하는 세월, 인간과 동물이 사랑으로 공존하는 세상을 이제는 이루었으니, 따스한 아랫목과 시원한 그늘을 찾아가는 것이 죄가 되지 않는 세상, 나의 배부름을 미안해하지 않아도 되는 세상. 내 육신을 도륙당하는 듯 아파하지 않아도 되는 세상. 그런 세상을 이루고 나 이런 곳에서 이렇게 앞으로 남은 여생을 산책하듯 살아가다 떠나리라.~

너무도 간절하게 이루고 싶은 저의 희망사항입니다. 제가 이렇게 살다 떠날 수 있도록 대통령님께서 도와주세요. 생명을 향한 잔인한 폭력이 끝나는 따뜻한 세상을….

글을 마치며

이 책은 저의 손을 빌려 담아낸 무수한 생명들의 눈물입니다. 다양한 길을 살아가는 것이 인간사라 하지만, 저 자신도 때론 어쩌다 여기까지 왔을까라는 회한의 아픔도 있습니다. 지극히 평범한 삶 속에서 약자를 향한 연민을 가지게 되었고 어느 날 동물로 태어난 죄로 억겁의 고통을 벗어나지 못하고 살아가는 생명들에게 정지되고 말았습니다. 도저히 상상할 수 없을 정도의 짙은 아픔과 외로움을 가지면서요. 아마도 그들이(동물) 자신의 손으로 수도를 틀어 목마름을 해결하고 "아프니 도움을 주세요."라고 말을 할 수만 있었다면 저의 영혼의 아픔이 이리도 질긴 심줄이 되지는 않았을 것입니다. "자식처럼 키운다." 라고 말하던 애완가족들의 한순간의 변심들, 그로인해 도심의 쓰레기로 전락하는 생명들의 고통의 신음, 보신용이라 말하는 생명들의 아비규환의 실상을 보며 경악을 금치 못하여 인간이란 정체성의 혼란을 가져오기도 하였습니다. 그리하여 작은 저의 노력으로나마 편견으로 고정되어있는 마음의 변화가 생겨나는 바람을 가졌을 뿐입니다. 능력의 모자람 속에서도 그들의 한(恨)을 감소시키기 위해 몸부림치며 수많은 생명들의 고통 그대로의 글, 영혼을 앓으며 쓴 글이기에 독자분들의 감성을 배려하지 못한 부분이 있었다면 진심으로 사죄드립니다. 세상에 나와 몰랐으면 편안하였을 아픔에서 도망치지 않고 그들을 위해 진심을 다해 살아가고자 하는 저의 마음을 헤아려 주시며 이해해 주시기를 바랄 뿐입니다. 그리고 이 책을 통하여 소리친 동물 폭력에 관한 내용들은 동물과 함께 하는 모든 분들을 향한 비판의 소리가 아님을 알아주셨으면 합니다. 생존을 위한 사업임에도 어려운 여건 속에서 동물들의 습성을 이해하고 배려하여 합리적으로 낙농업과 축산업을 하시는 분들이 계십니다. 그러한 분들에게 언제나 고마움을 느끼고 있습니다. 나의 욕심만 채우려 하지 않고 서로 양보하고 배려하여 노사 간의 협력이 조화롭게 어우러지는 모범적인 경영주를 보는듯한 감사한 마음이 들기 때문입니다. 그러나 동물생명을 무생물처럼 취급하며 사육하는가 하면 인륜을 뛰어넘는 지나친 폭력, 잔혹한 살생들이 난무하니 보다 인도적으로 나아가 청소년들에게 생명을 존중하는 건강한 정서를 본받게 하며 감각을 가진 생명들이 보다 인도적인 방향으로 사육되어 지기를 바라는 것입니다.

스스로의 삶을 돌아보게 하는 한 편의 옛 이야기가 있어 올려봅니다.

이런 옛 이야기가 있습니다.

"한 노인이 나무를 심고 있는 것을 지나가는 나그네가 보았다.

나그네: 노인께서는 그 나무 열매가 언제쯤 열릴 것이라 생각하십니까?

노인: 칠십 년은 지나야지….

노인의 말을 듣고, 나그네는 이해할 수 없다는 표정으로 노인에게 그때까지 사실 수 있느냐고 물었다. 노인께서는 이렇게 답하셨답니다.

노인: 내가 태어났을 때 우리 과수원에는 과일이 풍성했다네. 우리 할아버님께서 나를 위해 심어 놓으셨던 것일세.…"

모든 부모님들의 마음이 글 속 노인의 마음이실 것이라고 생각합니다. 우리 모두는 후손을 사랑하는 아버지와 어머니이니까요. 나의 자녀를 나의 목숨보다도 더 아끼며 사랑하기에 다른 생명을 향한 측은지심의 사랑 또한 간직되어 있으실 것입니다. 도심곳곳 몇 집 건너 반려동물세대가 살아가고 있습니다. 이들에게 반려동물들은 또 하나의 애틋한 가족이기에 고통받고 살아가는 모든 생명들을 향한 짙은 연민으로 함께 아파하며 상처받고 있습니다. 사회적 약자 분들이 더욱 보호받고 혜택 받는 세상, 말 못하는 생명들의 감각과 감정을 인정받는 세상, 이러한 세상이 오기를 간구하게 꿈꾸는 이 분들의 마음과 저의 마음을 헤아려 주시기를 감히 가슴 조아려 바랍니다.

이 자리를 빌려 동물을 무생물처럼 방치하며 사육하시는 분들께 다시 한 번 부탁드립니다. 가엾은 생명들에게 비바람을 피할 수 있는 환경을 제공해 주시고 굶주림의 고통을 주지 말아 주십시오. 배고픔을 견뎌야 한다는 것은 사람은 물론, 동물에게도 가장 견뎌내기 서러운 일일 것입니다. 사람에게 사육당하는 동물들은 사람이 주지 않으면 스스로 어떠한 먹이도, 한 모금의 물조차도 구할 길이 없을 뿐 모든 재난 앞에서도 피난권을 보장받지 못하고 살아가는 참으로 슬픈 생명들입니다. 국회 법사위를 통과한 동물보호법안에는 "살아있는 생명들은 갈증 및 굶주림을 겪거나 영양결핍이 되지 않아야 함", "정상적인 행동을 할 수 있는 적절한 공간과 운동 휴식과 수면을 보장받는데 불편함이 없어야 함", "상해 및 질병이 치유됨으로 공포와 스트레스를 받지 않도록 배려해야 함"이라 규정되어 있습니다. 묶여있는 생명들이 움직이는 그 작은 공간만이라도 눈과 비를 피할 수 있도록 배려해 주시기를 바랍니다. 눈, 비가 내리는 날이면 몸 한 번 쭈~욱 뻗지 못할만큼의 좁디좁은 집안에 웅크린 채 생리적 볼일조차 자유롭게 해결하지 못하는 환경 속에서 일생을 살아간다면, 살아있는 생명의 감정과 감각을 너무도 고려치 않는 양심인 것입니다. 생업에 도움을 얻기 위해, 또는 집지킴이로 나와 함께 하는 동물들을 어떠한 환경에서 사육하느냐는 부와 빈곤의 차이이라기보다는 양심의 문제인 것입니다. 인간을 위해 한없는 희생을 하다가 떠나는 생명들을 고마운 마음으로 측은한 시선으로 보살펴주시기를 다시 한 번 부탁드립니다. 국가적 위상이 점차 높아가고 세계적으로도 동물 폭력을 근절하며 공존하고 살아갈 수 있는 세상을 이루기 위해 노력을 기울이고 있습니다. 그들의 희생으로 얻은 과학의 힘을 이제는 그들에게 아낌없이 돌려주며 살아가는 세상이 되도록 세상의 모든 분들이 함께 노력해주셨으면 합니다. 동물복지 향상을 위하여 각고의 노력을 하고 계시는 동물단체와 반려가족으로서의 의무와 책임을 다하며 살아가시는 분들께 한없는 박수와 격려를 보내며 부족한 글이지만 많은 분들에게 읽혀져 열악한 환경에서 힘겹게 살아가는 동물고아들의 불임을 돕는데 조금이나마 힘이 되어줄 수 있기를 꿈꿔봅니다. 마지막으로 부족함이 많은 저의 글을 한 권의 책으로 탄생시켜주신 도서출판 문화문고 김종만 대표님께 진심어린 마음으로 감사의 인사를 올리며 고난이 많았던 시간들을 묵묵히 지켜보며 힘이 되어준 남편에게도 고마움을 전하면서 긴 글을 마치겠습니다.

독자 여러분 감사합니다.

행복하세요.~~~

동물의 성향

동물은 인간을 향해 겁을 먹거나 두려움을, 위험을 느낄 때 공격한다. '너를 해치지 않아.' 라는 확고한 믿음만 준다면 결코 사람을 공격하지 않는다. 약육강식으로 살아갈 수밖에 없지만 배를 더 채우기 위해 이익을 얻기 위해 상대를 베어버리지는 않는다. 그들의 생존방법은 때로는 우리들이 배워야 할 귀감이 되기도 한다.

• 부록 •

서울시가 시민에게 알리는 TNR 필요성과 홍보

길고양이 대책은 TNR 정책 밖에 없다.

서울시청 지침서에 나온 불임수술 및 방사(기준)

- 수의사는 포획된 고양이의 정보를 기록 관리한다.
- 건강진단을 통하여 불임수술 가능여부를 결정하고 3개월 미만의 고양이는 수술을 실시하지 않는다.
- 불임수술 시 녹는 실을 사용하여 일정기간 이후 녹아 없어지게 한다.
- TNR을 알리는 귀 표지는 국제적 공통방식으로 가장 안전한 방법인 왼쪽 귀 끝부분을 0.9cm 자르는 방식으로 하여 서울시 전역이 통일되도록 한다.
- 불임수술 후 男3일(♂)女 7일(♀)간 회복을 위한 치료 후 포획된 장소에 방사한다.

  단, 수술후 상태가 나쁜 고양이는 몸이 회복되면 방사해야 된다.

가. TNR이 필요한 이유

도심의 거리와 골목길에서 마주치는 길고양이는 원래 집고양이였습니다. 이러저러한 이유로 길에서 새끼를 낳은 것이 지금의 길고양이입니다. 이제는 시끄러운 발정음이나 싸움소리 그리고 쓰레기봉투를 뜯는다고 민원의 대상이 되어 포획되면 대부분 안락사 되고 있지만, 어느 집 아랫목에서 사랑을 받았던 우리들의 반려동물이었습니다.

◈ 길고양이가 보기 싫다고, 귀찮다고 죽이는 것은 올바른 대책이 아닙니다.

기존의 포획/안락사 방법은 오랜 연구와 관찰결과 실제적으로 길고양이의 숫자를 줄이는 효과가 없는 것으로 밝혀졌습니다. 한 지역에서 포획 후 안락사를 실시하는 경우, 주변지역의 길고양이가 유입되는 '진공효과'와 암컷의 출산율이 높아지게 되어 일시적인 효과만 있는 것으로 알려져 있습니다.

◈ 쥐들과 함께 사시겠습니까?

안락사 효과를 높이기 위해서 대대적인 포획/안락사를 하는 경우, 쥐들이 다시 나타나 왕성하게 번식을 하게 됩니다. 따라서 적정한 길고양이 숫자를 유지하면서 길고양이로 인한 문제를 제거하여야 합니다. 그렇지 않다면 귀중한 시민의 세금을 낭비하는 결과만을 초래할 뿐입니다.

◈ 유일하게 성공한 방법은 TNR 정책 밖에 없습니다.

길고양이 문제를 해결하기 위하여 여러 가지 방법이 시도되었지만,

TNR만이 유일하게 성공한 대책입니다. 또한 가장 인도적인 방법입니다. TNR이란 포획-중성화(불임수술)-방사를 뜻하는 국제적인 공용어입니다.

많은 외국의 선진국들은 이미 오래전부터 TNR을 길고양이 관리지침으로 사용하고 있으며, 세계동물보호협회(WSPA)도 TNR을 적극 권장하고 있습니다. 이에 서울시 정책에 따라 우리 구에서는 OO협회(동물병원)와 연계하여 TNR 사업을 2008년 1월부터 실시합니다. 시민 여러분의 많은 참여와 적극적인 협조를 당부드립니다.

• 포획된 고양이 수술 후 제자리 방사 원칙 고수
  - 타 지역에 방사할 경우 다른 무리의 따돌림으로 죽게 되며, TNR 실시효과는 사라짐.

• 3개월 미만 어린고양이 불임수술 후 방사 금지
  - 면역력이 약한 어린고양이를 수술할 경우 상처치유 지연 및 영역 적응에 실패해 상처 악화 등으로 위험해질 수 있음.

• 수술 후 여러 마리 한 공간에 합사 금지
  - 수술 후 치유 과정에서 길고양이를 합사할 경우 어리거나 약한 고양이가 공격받을 수 있음.

• TNR의 효용성

- 불임을 한 고양이는 교미음을 내지 않고 온순해 져서 영역싸움 소리가 적어짐.
- 더 이상 번식할 수 없어 일정한 개체 수 유지로 생태계 구조가 안정됨.

나. 주민의 이해를 돕기 위한 TNR

길냥이로 인한 주민들의 불평을 막는 조언

길냥이와 그들의 자손들은 인간에게서 버림받거나 잃어 버려진 희생물이다. 그들은 생존을 위해 적응하며 인간 가까이서 살아왔다. 이제 그들은 우리 주위에 어디에서나 보이며, 때론 인간들에게 불쾌한 행동을 이유로 또는 단순히 눈에 거슬린다는 이유로 잡혀가 죽임을 당하고 있다.

생존을 위해 쓰레기 봉지를 뜯거나, 짝짓기로 인한 울음소리나 싸움소리, 먹이가 드물 때 인간의 집 근처서 먹이를 찾아다니는 등, 그들의 불쾌한 행동들로 인간들은 그들을 제거하려 해왔다. 그러나 그들을 제거 하는 것은 문제를 해결하는 것 같지만 또 다른 고양이들이 빠르게 유입되어 제거된 고양이의 빈자리를 채우며 불쾌한 행동들은 계속되어 왔다.

TNR 프로그램을 통해 인간들과 길냥이의 갈등을 인도적인 방법으로 해결하는 것은 그들을 있게 한 인간의 도의적 책임을 져야한다는 점과 장기간 동안 그들의 불쾌한 행동을 해결하고 수적감소를 이룬 다는 점에서 모두 이상적이다.

그러나 대부분의 사람들은 TNR로 인해 다시 방사된 길냥이에 대해 적대감을 갖는다. 사람들은 고양이가 다시 불쾌한 행동을 일으킨다고 생각하며 그들이 방사되길 원하지 않는다.

그들은 고양이의 생리에 대해 잘 모르며, TNR된 고양이에 대해 더 더욱 모르기 때문이다.

다음의 조언들은 길냥이를 이해시키고, TNR을 이해시킴으로써 불평과 걱정을 해소하여 길냥이들과 인간이 평화롭게 공존하는데 도움이 될 것이다.

길냥이에 대한 사실들과 TNR의 이점

- 길냥이는 오랫동안 그 지역에서 살아왔고, 그들의 영역에 강한 유대감을 가지고 있다.
- 길냥이는 서로와 그들을 돌보는 사람과 강한 유대감을 갖고 있지만 길들여지지 않고, 입양될 수 없다.

길냥이에 대한 잘못된 이해

(예) 질문과 답변

질문: 길냥이가 아이들에게 위협이 된다.

답변: 길냥이는 선천적으로 사람을 두려워하며 그들이 모르는 사람에게 가까이 가지 않는다. 길냥이는 자신들이 위협받지 않으면 결코 공격하지 않는다.

- 부모들은 아이들에게 그들이 모르는 동물에게 접근하거나 만지지 않도록 가르쳐야 한다.

※ 아이들은 동물이 덫에 걸려 있거나, 상처를 입었거나 동물들의 새끼를 발견했을 때, 어른에게 도움을 요청해야 한다.

질문: 길냥이는 질병을 가지고 있고, 광견병을 퍼트린다.

답변: 이것은 일반적인 오해이다. 길냥이는 사람들과 다른 동물에게 건강에 위협이 되지 않는다. 연구는 길냥이와 주인이 있는 고양이가 비슷한 건강 상태를 가진다는 것을 보여준다.

- TNR은 공중건강을 지켜준다. 중성화하고 백신을 놓아 방사한 길냥이는 사람들과 야생동물 사이에 장벽의 역할을 하여 야생동물에게만 나타나는 광견병이 인간에게 전염되는 것을 막아 준다.

질문: 만약 먹이를 주지 않는다면 길냥이들은 나타나지 않을 것이다.

답변: 고양이에게 먹이를 주지 않는다면 쓰레기 봉지를 뜯거나 음식을 찾아다니는 등 더 큰 불쾌한 행동을 야기시킨다.

- 정기적으로 음식을 공급받지 못하는 길냥이들은 굶주림으로 인해 사람들에게 더 가까이 접근해서 사람들과 부딪힐 기회가 더 증가한다. 정기적으로 먹이를 공급하는 것이 TNR 후 길냥이 무리를 관리하는

첫 단계이다. 사람들과 부딪힐 기회를 감소시키기 위해서 먹이 주는 곳이 사람과 떨어진 곳에 설치되어야 한다.

다. 사후 관리와 가이드라인

중성화 수술 후 방사된 길냥이는 반드시 관리 되어야 한다. 먹이와 물을 공급받는 길냥이는 다른 길냥이로부터 자신의 영역을 지키면서 번식을 하지 않아 진공효과 없이 수적인 감소를 이룰 수 있다. 이웃들에게 무엇을 하고 있는지 알리고 자료들을 제공한다. 일단 사람들이 어떻게 지역사회에 이익을 주는지 알게 되면 길냥이에 대한 이해를 도울 수 있을 것이다.

- 길냥이 무리들을 계속 모니터링하여 TNR되지 않은 길냥이와 새로 유입되는 고양이들은 빠른 시일 내에 TNR될 수 있는 시스템이 마련되어야 한다. 이를 위해 지역단위의 자원봉사단체 구성이 선행되어야 할 것이다.
- TNR된 길냥이들은 사람들 눈에 띄지 않는 한적한 장소에서 먹이와 물을 공급받아야 한다. 그렇지 않으면 그들은 굶주림을 면하기 위해 이웃의 쓰레기를 뒤질 수도 있다.
- 먹이를 주는 곳이 사람 눈에 띄는 곳이면 점차 먹이를 한적한 곳으로 1~2주 동안 이동시키면서 준다. 길냥이는 먹이를 따라갈 것이다.
- 만약에 잠시 집을 비우거나 먹이를 줄 수 없게 되면 그동안 먹이와

물을 줄 사람을 찾아본다.

- 가능하다면 길냥이가 거처할 수 있는 적절한 집이 사람들의 눈에 띄지 않는 곳에 제공되어야 한다.
- TNR이 된 고양이들은 지속적인 관리와 보호가 필요하다. 먹거나 마시지 않고, 무기력해 보이거나, 눈물 또는 콧물이 나고, 털이 빠지는 등의 증상을 보이는 아픈 고양이는 중성수술이 이루어지는 병원에서 적절한 치료를 받을 수 있도록 해주어야 한다.

라. 결 론

길냥이의 과도한 수적 증가로 인한 과부하 된 보호소, 이어지는 높은 안락사율, 삶의 질에 대한 불평, 경제적 부담 등의 많은 문제점들이 논쟁이 되고 있다. 그러나 현재 실행되고 있는 안락사나 방치 등의 방법으로는 효과를 기대할 수 없다. 근본적으로 길냥이들의 개체수를 감소시키며, 그들에게 해를 주지 않는 인도적인 방법인 TNR프로그램의 실행이 보호소로 가는 길냥이의 수를 감소시키고, 비용을 절약하며, 모든 불평(민원)을 해소할 수 있는 적합한 대책이다.

TNR 대상 고양이

1) 민원이 들어오는 "길 고양이" = YES

2) 초기, 중기 임신 중 고양이 = YES

말기 임신 고양이 = NO

처리법 : 포획된 곳에서 즉시 방사 혹은 위탁 관리

3) 수유 중인 어미 고양이 = NO.

처리법 : 포획된 곳에서 즉시 방사

4) 1.5kg 미만 어린 고양이 = NO

처리법 : 포획된 곳에서 즉시 방사

5) 전염병에 감염된 고양이 = NO

처리법 : 안락사

6) 외상이 심한 고양이 = NO

처리법 : 치료 혹은 안락사

A. 포획하기 전 준비

- 가능하면 적어도 일주일 전부터 같은 시간, 같은 장소에 먹이를 주어 익숙하게 한다. 덫 설치하기 하루 전날 배고프게 하기 위해 먹이를 주지 않는다. 기존에 먹이를 주고 있는 다른 사람이 있다면, 포획하려는 계획을 알려 먹이를 주지 않도록 한다.
- 신중히 덫을 설치할 날의 계획을 세운다. 덫에 잡힌 길냥이를 어떤

이유로든 놓아주었을 때는 다시 잡기 힘들다는 것을 유념해라.

• 만약 새끼 고양이가 어미와 함께 있다면 2개월 안에 엄마에게서 젖을 떼면 안 된다. 수유하고 있는 어미를 잡으려면 새끼고양이의 위치를 파악하고 젖을 뗄 때까지 기다려야한다. 만일 새끼 고양이를 길들여서 입양시키려면 4~6주 사이에 어미에게서 데려와 인공수유하며 양육하는 것이 바람직하다. 그 이후가 되면 나이가 더 듦에 따라 길들이기가 더 힘들어진다.
• "동물구조 중, 덫을 옮기지 마세요", "○○시" 라는 표지를 덫에 부착한다.

B. 준비물

• 참치 캔. 치킨. 생선통조림.
• 덫 밑에 깔 신문지.
• 덫을 전부 덮을 수 있는 크기의 어두운 색의 큰 타월이나 천이나 담요: 덫 설치 시, 입구를 제외하고 천으로 전면을 덮어둔다. 이것은 길냥이가 덫에 들어 있을 때 상해를 방지해주고 진정시켜주는 역할을 한다.
• 먹이를 놓을 작은 용기: 다칠 우려가 있으니 가능한 한 종이 용기에 담거나 덫 밑에 깔린 신문지에 직접 먹이를 놓아도 좋다.
• 손전등: 밤이나 새벽에 덫을 놓는다면 잡은 고양이를 확인하기 위해서 필수적이다.

C. 덫 설치

- 보통 먹이를 주는 때나 그전에 덫을 설치한다. 주로 덫 설치하기에 좋은 밤에 먹이를 주면 가장 좋다.
- 덫에 적절한 보호 장치 없이 비오는 날이나 빛이 강한 더운 낮에 덫을 설치하지 마라. 고양이는 덫 안에서 무력하여 폭풍우 속에서 익사할 수도, 일사병이 날 수도 있다.
- 차량 근처나 덫 설치할 곳에서 멀리 떨어져서 덫을 준비한다. 덫이 적절히 작동할 수 있도록 바닥이 평평한 곳에 설치한다. 그리고 가능한 한 통행인(당신의 의도를 모르는 통행인이 잡힌 길냥이를 놓아줄 수도 있음)이 없는 곳에 설치한다. 덤불은 덫을 위장하기에 좋은 장소이다.
- 덫 바닥에 신문지를 접어서 깐다. 고양이가 철망 위에 걷길 좋아하지 않기도 하지만 덫을 들 때 고양이의 발톱이 철망 사이로 끼는 것을 막아준다. 신문이 덫의 크기를 넘지 않도록 한다. 너무 크게 깔면 덫의 문을 닫는 작동을 막을 수도 있다.
- 덫 설치 지역을 조용히 하게 한다. 사람이 옆에 있으면 길냥이가 덫에 들어가지 않을 수도 있다. 차안에 가서 앉아 있거나 멀리서 조용히 지켜 본다.
- 여러 개의 덫을 사용한다면 그것을 다른 방향으로 놓아라.
- 덫은 멀리서 10분마다 점검한다. 덫에 들어간 길냥이가 오랜 시간 방치되어서는 안 되며 덫을 도난당할 수도 손상당할 수도 설치가 풀어질 수도 있다.

• 수유묘나 임신묘, 4개월 미만의 어린 고양이는 포획하지 않는 것을 원칙으로 한다. 포획 후, 몸무게가 2kg 미만이어서 수의사의 판단으로 수술이 부적절하다고 판단된다면 즉시 제자리로 방사한다.

• 새끼 고양이는 덫 없이 잡을 수 있지만 여전히 야생의 성질을 가져서 잡기가 쉽지 않다. 두꺼운 타월을 사용해서 잡아 새끼고양이가 할퀴거나 무는 것을 막는다.

• 심한 상처를 입었거나 병이 들었다면 바로 동물병원으로 달려가야 한다.

• 포획을 한 후 병원으로 데려가기 전에 밤을 지내야 한다면 길냥이를 덫에 그대로 있게 하고 건조하고 따뜻한 곳에서 보호한다. 날씨가 안 좋으면 지하실, 빈방이나 차고와 같은 보호되는 곳에 둔다. 추운 날씨에 덫에 갇힌 채 밖에 둔다면 저체온 증으로 죽을 수도 있다. ※ 단순한 지침-바깥 날씨가 당신에게 추우면 고양이에게도 역시 춥다. 또한 덫에 있는 길냥이를 뜨거운 햇빛 아래에 놔두지 마라.

수술 받은 고양이는 따뜻하고 안전한 장소에서 보호하고 출혈이 있는가, 2차적인 감염이 일어나는가, 정상적으로 식욕을 찾는가 등에 대해 주의 깊게 관찰해야 한다. 수술 후엔 고양이를 운반해 온 덫이나 이동장에 놓아라. 덫의 문은 확실히 잠가져 있어야 하고, 천이나 담요로 덫을 덮어라.

• 고양이는 마취에서 깨어나면서 구토를 하거나, 현기증으로 비틀거릴 수 있다. 하루가 지난 뒤에도 구토를 계속한다면 정확한 원인을 찾아 치료해야 할 것이다. 고양이가 토하면 머리를 부드럽게 옆으로 돌

려주고 입안의 이물질이 기도를 막지 않도록 깨끗하게 닦아주어야 한다.

- 수술 후 최소 8시간 이후에 부드러운 음식물이나 습식사료를 주고, 깨끗한 물을 공급한다.
- 사료를 급여하기 위해 캐리어의 문을 열 때 고양이가 도망가지 않도록 조심해야 한다.
- TNR이된 고양이가 회복기를 거쳐 방사한 후에는 수의사나 자원봉사자(밥주는 사람)에 의해 신선한 먹이와 물을 공급받고 지속적으로 관리하며 보살펴주어야 한다.

안전한 귀 표지 방법